Annina Haab

Bei den großen Vögeln

D1935580

BERLIN VERLAG IN DER
PIPER VERLAG GMBH
Abteilung für Presse- und
Öffentlichkeitsarbeit/Veranstaltungen
Damaschkestraße 4, 10711 Berlin
Tel.: +49 30 448 845 55
swea.starke@berlinverlag.de

Vorläufige, nicht endgültig redigierte, unverkäufliche Arbeitsfassung!
(Vor-)Abdruck oder vorherige Veröffentlichung des Inhalts nicht ohne Genehmigung des Verlags.

Sperrfrist:
Bitte beachten Sie bei Publikationen zum Buch die **Sperrfrist bis zum 01.03.2021**

Annina Haab

BEI DEN GROSSEN VÖGELN

Roman

BERLIN VERLAG

es beginnt nicht mit einer Beerdigung

Ali sollte die Geschichte erzählen, nicht ich. Ich war nicht dabei, aber Ali weigert sich ja. Sie scheint nicht das Bedürfnis zu haben, ihr Leben zu einer Erzählung zusammenzufügen. Ich habe es schon oft versucht, muss die Fantasie zu Hilfe nehmen und über all die weißen Stellen etwas zeichnen. Ich weiß nicht viel. Nur meine Liebe, von der könnte ich schreiben, aber ich will, dass es um Ali geht.

Obwohl Ali noch lebt, haben die Erzählungen in meinem Kopf immer mit ihrer Beerdigung begonnen. Ich dachte, dass ich mich vorbereiten könnte, dass ich so viel über die tote Ali und die Konsequenzen ihres Todes nachdächte, dass es danach nicht mehr schlimm würde. Ich dachte, wenn ich jede mögliche Situation schon durchgespielt habe, als wäre Ali tot, dann kann mich zumindest nichts mehr überraschen. Aber dass sie stirbt, ist trotzdem unvorstellbar geblieben. Ali ist nicht tot und soll auch nicht sterben. Ich kann mir mich hier nicht vorstellen, ohne Ali am anderen Ende des Sees zu wissen. Könnte keinen Schritt tun, wenn ich nicht wüsste, dass sie da ist und das Land festhält.

Es gab diesen Tag, da wurde es mir plötzlich bewusst, wie mit einem Blitzschlag im Kopf. Im ganzen Körper eigentlich. Da begriff ich, dass Ali irgendwann sterben würde. Im Februar war das, ich saß warm eingepackt in Spanien am Meer, als mein Bruder anrief, weil sie im Krankenhaus lag. Wirbel eingefallen, Wasser im Bauch, Leberzirrhose, sagte Lukas, es sieht nicht gut aus. Da bin ich in Panik geraten und habe sechsunddreißig Stunden lang in einem Reisebus gesessen und gedacht, es reiche nicht mehr, und geweint.

Ali lag dann in einem halbsterilen Krankenhausbett und sah zerknittert aus und blass und alt.

Meine Mutter sagte, sie ist alt, jetzt wirklich schon sehr alt.

Im Zimmer lagen noch drei weitere weißhaarige Frauen, die eine heulte, die andere hatte eine Lungenentzündung und hustete den ganzen Tag, die dritte war dement, wankte andauernd zum Klo, zog sich dort aus und begann, nach Hilfe zu rufen. Das hatte alles überhaupt nichts mit uns zu tun.

Seit Ali nicht mehr so ist, wie sie einmal war – und ich weiß nicht, wie und wann das passieren konnte –, erschrecke ich jedes Mal, wenn ich sie sehe, auch wenn ich mich langsam an ihren Anblick hätte gewöhnen können.

Wo sind die Haare hin, die Muskeln, wo ist das Fleisch unter der Haut, es scheint so, als wäre sie nach und nach von allem verlassen worden. Außer von den Menschen. Wir schauen zu, wie sie einfällt.

Schreib alles auf, sage ich, aber sie will nicht.

Zu müd, zu alt, zu anstrengend, sagt sie, mach du doch. Sie erzählt weiterhin am liebsten nur Possen und Anekdoten.

Ich kann es vielleicht auch nicht, sage ich zu ihr.

Und sieh zu, dass es lustig wird, sagt sie. Ali möchte, dass gelacht wird.

Weißt du, was ich lustig finde, Ali? Die erste Radiostation, die ging auf Sendung, bevor überhaupt irgendjemand einen Empfänger hatte. Niemand konnte hören, was gesendet wurde. Und die, die sendeten, wussten das und sendeten trotzdem. Weil ja niemand einen Empfänger gekauft hätte, solange es nichts zu empfangen gab. Hast du das gewusst?

Ali sagt, früher im Riet hatte nur der Matter ein Radio. Das stand im Wohnzimmer auf einem Wandregal. Der Matter konnte es sich leisten, als Einziger, weil er im Bergwerk gearbeitet hat, was nicht schön war, aber einträglich. Alle Stühle waren besetzt in Matters Wohnzimmer, aber wer seinen eigenen Stuhl mitbrachte, durfte sich dazusetzen, und außerdem wurden die Fenster aufgemacht, und die Jüngeren haben draußen auf Baumstämmen gesessen, und so haben wir abends Radio gehört, den ganzen Krieg hindurch.

Ich habe versucht, Ali umzuwandeln, im Kopf, habe sie Arnim genannt, sein Begräbnis beschrieben und dann gemerkt, dass es nicht geht, dass es die Geschichte einer Frau ist. Zuletzt taufte ich sie Charlotte, der Name gefiel mir, und ich fand ihn passend, weil ihre Schwägerin so heißt. Habe sie ins Tessin geschickt und ihr einen Mann an die Seite gestellt, aber das ging alles nicht, es war immer zu real oder zu erfunden, dann wieder zu echt, dann wieder gelogen.

Ali ist ein Code, drei Buchstaben, damit ich nicht Oma sagen muss oder Großmama.

Ali ist meine Großmama.

wir sagen: Altsein ist keine Krankheit

Was machst du denn hier? Ali sieht mich entgeistert an.

Gekommen bin ich.

Aber du bist doch am Meer.

War ich auch.

Ja eben, und jetzt?!

Jetzt bin ich bei dir.

Endlich, seit Lukas' Anruf war ich wie betäubt, stellte mir ununterbrochen vor, ich würde zu spät kommen. Wie soll ich ihr sagen, dass ich Angst habe, sie stirbt? Auf dem Ohr ist sie taub, außerdem will ich jetzt nicht gleich losheulen, und die Tränen stehen mir schon wieder recht nah.

Was soll denn das, du bist doch wohl nicht wegen mir früher aus dem Urlaub zurück?

Doch. Mehr bringe ich nicht heraus, würde ich das Sprechen zulassen, würde bestimmt alles aus mir herausbrechen.

Also sicher nicht, Ali will es so nicht haben, und darum soll es auch nicht geschehen sein. Sie denkt, sie hat mir die Ferien verdorben.

Ich sage, es ist ja selbstverständlich … Und sie: Papperlapapp. Das wäre jetzt wirklich nicht nötig gewesen. Dann drückt sie den Notrufknopf, weil die Demente wieder nackt im Badezimmer steht und schreit. Ali sagt, so, jetzt ist es so weit, jetzt sterb ich. Und ich sage, du spinnst. Ich sage, das wird wieder gut, und mit dem Wirbel kann man sicher auch noch etwas machen. In St. Gallen gibt es einen Arzt, der die Wirbel ersetzen kann, sagt sie, oder irgendwie auffüllen mit Beton, aber das lohnt sich nicht.

Es kommt mir vor, als würde Ali bei der Gelegenheit gleich alle Brücken einreißen, nach Hause will sie nicht mehr und zu Lena auch nicht. Nix da, deine Mutter hat schon genug zu tun, sagt sie, ich weiß, wie das ist, wenn man die Alten am Hals hat, es ist viel zu viel.

Wir können uns organisieren, wir wechseln uns ab.

Aber Ali bleibt stur. Wir müssen den Tatsachen ins Auge sehen, sagt sie, Zeit, ins Heim zu ziehen, wie alle anderen auch. Ich will nicht ständig ein schlechtes Gewissen haben, weil ihr euch um mich kümmern müsst, und Punkt.

Ich versuche dennoch, Ali zu überreden, nach Hause zurück oder fürs Erste zu Lena zu ziehen, wenn sie aus dem Krankenhaus entlassen wird.

Vielleicht ist es auch gar nicht mehr nötig, sagt sie.

Ich hasse das.

Dieses Jahr kann ich also mit niemandem ans Geissenbein, sagt Ali, aber ihr seid sowieso zu alt dafür. Erinnerst du dich überhaupt?

Natürlich erinnere ich mich, früher sind wir jedes Jahr dafür nach Rapperswil gelaufen, es war einer dieser

Tumulttage, ich glaube, es war ein Fest, um den Winter zu vertreiben, jedenfalls versammelten sich alle Kinder und Erwachsenen auf einem Platz vor dem Stadthaus und begannen zu rufen, eins, zwei, Geissenbein, eins, zwei, Geissenbein. Mir war schleierhaft, was das bedeutete, und ich mochte auch das Rufen nicht so sehr. Ali hielt meine Hand und rief mit gedeckter Stimme mit, eins, zwei Geissenbein, um mich zu ermutigen. Nach einer Weile sprangen die Fenster in den oberen Stockwerken auf, und es flogen in hohem Bogen Würste, Semmeln und Biberfladen zu uns herab. Ali ließ mich los, und ich sprang mit den andern Kindern herum und versuchte, Würste und Biber und, wenn nichts anderes ging, auch Semmeln zu erwischen. Ali stand mit stoischer Miene und vor dem Bauch verschränkten Händen da wie ein Stock. Wenn der Spuk vorbei war, hatte sie trotzdem oft mehr ergattert als ich, weil es ihr direkt in die Hände geflogen oder ihr aus unerfindlichen Gründen von andern Leuten zugesteckt worden war. Waren alle Fenster wieder geschlossen, tauchte von irgendwoher eine Blaskapelle auf und lief trötend über den Platz, bevor sie sich aufstellte und ein paar Stücke dudelte. Wir setzten uns auf eine Bank oder auf die steinerne Treppe unterhalb der Burg und futterten, wie wir zu sagen pflegten, Wurst mit Wurst, während Ali mit dem Fuß den Takt der Musik klopfte. Sie mochte diesen Tag im Jahr wegen der Musik, während ich die Musik vor allem wegen Ali gut fand und die fliegenden Esswaren viel lieber mochte. Traditionsgemäß hatte Ali eine winzige Tube Senf dabei, die gerade für diese eine Mahlzeit reichte und mir, des guten Stils wegen, ein Gefühl der Überlegenheit gegenüber den andern bescherte, die außerdem ihre Wurst mit Brot aßen.

Ali ist eingeschlafen, ich wundere mich über die Plötzlichkeit, vielleicht wegen der Schmerzmittel. Ich halte meine Hand vor ihr Gesicht und kontrolliere, ob sie atmet, nur um sicherzugehen. Ich decke sie zu und fühle mich seltsam dabei.

Im Flur quetsche ich mir Desinfektionsgel auf die Hände und reibe sie ein, es brennt. Ich fasse nichts mehr an. Mir ist schlecht, in Krankenhäusern werde ich immer seekrank, als hätte ich keinen festen Boden unter den Füßen. Ich drücke mit dem Ellbogen auf die Lifttaste und fahre ins Erdgeschoss. Unten in der Eingangshalle schmiere ich mir noch mehr von diesem Gel auf die Hände und halte die Luft an, bis ich draußen bin.

Dann kommen die Tränen doch. Ich laufe zu Fuß ins Nachbardorf, zu Lena, nach Hause.

die Welt ist das Gegenteil vom Zuhause

Zu Hause im Riet muss alles immer gleich bleiben. Die Männer sind Bauern, und die Frauen sind Bäuerinnen. Die Männer sind Männer und die Frauen ihre Frauen. Als würde die Zeit zwischen den felsigen Wänden des Tals zähflüssig und langsam. Ein Dorf, in dem jeder jeden kennt und in dem man aufeinander aufpasst, hauptsächlich, sagt Ali, um sicherzustellen, dass es dem Nachbarn nicht besser geht als einem selbst.

Ali will die Welt, hat nicht viel am Hut mit Kartoffeln und Mais. Sie sieht ihre Mutter und die anderen Frauen, wie sie müde sind und abgekämpft, wie sie mit Müh und Not Hof und Haushalt bewältigen, abends mit ihren rissigen Händen im schlechten Licht noch Stickarbeiten machen oder aus vorfabrizierter St. Galler Spitze die Zwischenräume herausschneiden. Wenn sie einen Stapel fertig haben, legen sie die kleine Schere in die Schublade und gehen früh ins Bett. Trotz des zusätzlichen Verdienstes kommen sie nie aus dem Dorf heraus. Ali kann sich Schöneres denken.

Sobald es geht, zieht sie nach England, da ist sie vierundzwanzig Jahre alt. Ich stelle mir vor, wie sie mit der Fähre übersetzt. Über den Ärmelkanal, als Galionsfigur mit großen Brüsten. Dabei passt das gar nicht zu so einer Fähre der späten Vierziger, aber sie muss vorne stehen, ganz vorne an der Reling, weil sich das so gehört für eine Aufbruchsgeschichte. Die Haare vom Salzwind verweht, Ali atmet das Meer, zum ersten Mal Möwen, das Geschrei, das Dröhnen der Maschinen, undenkbar. Sie zieht die Jacke enger um die Taille und sieht einer neuen Welt entgegen.

Die Winter, Johann, die Küsse, sie sind mehr als tausend Kilometer in Vergessenheit geraten. Eine lange Zugfahrt, alles ist zwischen die Schienen gefallen, wie die Exkremente aus dem Abort des Waggons.

Der Vater hat gesagt, komm so zurück, wie du gehst! Ali hat hinter den Lidern die Augen gerollt und zurückgerufen, woher willst du wissen, wie ich gehe? Dann nur noch Vaters rotes Gesicht, ohne Worte, außen am Zugfenster. Langsam fiel es seitlich aus dem Rahmen, als der Wagen ins Rollen kam. Es könnte die letzte Unterhaltung mit ihm gewesen sein. Überhaupt ist das fast alles, was ich über Alis Vater je gehört habe.

Wie sich das anfühlt, diesem England entgegenzufahren. Die Vibration des Schiffs, die Leute ringsum, die englisch sprechen, französisch, nur wenige deutsch, ein Wortteppich, aus dem Ali keine Bedeutungen herausfiltern kann. Der Lärm mischt sich mit dem Herzschlag, der aus ihrem Brustkorb bis in den Kopf hinauftönt.

Es war fast zu einfach, eine Annonce in der Zeitung, eine Agentur in St. Gallen, spezialisiert darauf, jungen Schweizerinnen Arbeit in England zu verschaffen, als

Krankenschwestern, Köchinnen und Kindermädchen, die meisten landen in Privathaushalten. Ein einziges Vorsprechen bei der Agentur. In Manchester hätten wir was Gutes, sagte die Vermittlerin, oder in einem Hospiz in Bristol, da sie ja in eine Stadt wolle … Neinnein, Moment, sagte Ali, also ich gehe nach London.

Nach nur zwei Wochen ein Brief, Herr Meyer bestätigte das Anstellungsverhältnis und bestellte Ali für Ende August nach London, kurz darauf sitzt sie im Zug. Die Eltern hat sie vor vollendete Tatsachen gestellt. Der Vater hat geschwiegen, die Mutter geweint.

Ali weiß, wo die Welt ist. Die Welt ist das Gegenteil vom Zuhause. Es ist London in der Mitte des Jahrhunderts.

Dann geht alles unwahrscheinlich schnell. Die Fähre legt an, die Passagiere strömen über die Brücke ans Ufer, unter ihnen Ali, sie kann nicht viel sehen, Hüte, Regenschirme, Koffer, sie selbst hat wenig dabei, drei Garnituren Kleider, ein Buch vielleicht – was wäre das für eins? Eine Übersetzung von Camus oder eher, druckfrisch, *Don Camillo und Peppone*, irgendein Buch, das sie in einem Anfall von Aufbruchsstimmung und Verschwenderlaune in einer Bahnhofsbuchhandlung erstanden hat, vielleicht auch ein Groschenroman, Hauptsache, der Titel gefällt. Sie lässt sich vom Strom der Passagiere nach unten treiben, springt mit einem Satz an Land, hat wieder festen Boden unter den Füßen. Sie folgt ein paar Franzosen zum Bahnhof und wartet mit ihnen auf die nächste Eisenbahn nach London. Sie zieht von einer Zigarette, fühlt sich schon wieder wie auf See. Im ratternden Zug schläft sie ein, das Köfferchen fest zwischen den Waden. Sie wird geweckt, als man in die Hauptstadt einfährt. Es regnet.

Ali ist froh, aus dem stickigen Abteil auszusteigen, schaut sich auf dem Bahnsteig um und wird dann am Arm gepackt, zur Seite gezogen, will sich kurz widersetzen. Miss Mottli, sagt der andere aber. Sie weiß nicht, wie er sie hat erkennen können, ja, das ist sie, wird sie wohl sein, Miss Mottli, wie albern das klingt, doch daran muss sie sich gewöhnen. Very pleased to meet you, Mister Meyer, sagt sie, auswendig gelernt, er ist jünger, als sie erwartet hat. Aber der Mann lacht nur, nein, er ist nicht Meyer, sondern von der Agentur, und außerdem spricht er Schweizerdeutsch, wie sie auch. Der Mann ist hager und trägt einen dünnen Schnurrbart, Clemens heißt er und ist dafür engagiert, sie zu ihren neuen Arbeitgebern zu fahren. Nicht einschlafen, sagt er und schiebt Ali vor sich durch den Bahnhof, hält sie am Ellbogen, bis sie vor seinem dunklen Wagen stehen, als befürchte er, sie könnte ihm davonlaufen. Eigentlich geht ihr das alles zu schnell, obwohl sie auch froh ist, weil sie, wie ihr jetzt erst aufgeht, keinen Gedanken daran verschwendet hat, wie sie vom Londoner Bahnhof zu der ihr ausgehändigten Adresse hätte kommen sollen. Clemens redet, während er fährt, aber Ali kann ihm nicht zuhören, zu viel gibt es zu sehen. Ihre Augen kleben an den Fassaden, den Schaufenstern und den Leuten, noch nie hat sie so viele Leute auf einmal gesehen, ein endloser Strom von Menschen, dichtes Gewimmel und Hektik. In anderen Straßen sind die Häuser nur noch Trümmer und Ruinen, der Anblick ist erschütternd. Dort unten in den U-Bahn-Schächten saßen sie, während die

Deutschen oben die Bomben abließen, sagt Clemens. Ali bekreuzigt sich wie aus einem Reflex, ihre rechte Hand tut es ganz von allein, noch bevor sie darüber nachdenkt. Gerade als sie sich an das Autofahren gewöhnt, hält Clemens am Straßenrand. Da sind wir, sagt er, soll ich mitkommen? Ich schaff es schon allein, sagt Ali, aber er steigt trotzdem aus und trägt ihr den Koffer bis zur Tür.

Sie betrachtet das rote Backsteinhaus, zum Glück ist an dem alles ganz, denkt sie kurz, hat noch die Trümmerberge von eben vor Augen. Die Klingel ist aus Messing und blank poliert, das gefällt ihr. Schon geht schwungvoll die Tür auf, die Frau ist jung und wird wohl nicht Frau Meyer sein. Sie bittet Ali herein. Wenn du tanzen willst, komm in den Schweizer Club, ruft ihr Clemens hinterher. Sie winkt ihm mit der Hand, bevor die Tür zufällt. Die junge Frau führt sie in ein Wartezimmer mit Couch und einem kleinen Tischchen, auf dem Magazine liegen. Was als Erstes auffällt, ist der alles durchdringende Geruch, chemisch irgendwie, unangenehm. Der Mann, der jetzt eintritt, muss Mister Meyer sein, er sieht aus wie jemand, der Ernst und Autorität ausstrahlen will. Er drückt Ali trocken die Hand und bedeutet Mary, ihr alles zu erklären. Die junge Frau führt sie durchs Haus, Putzkammer, Speisekammer, Küche, danach Wohnzimmer, Salon und Schlafzimmer, Mutter und Kinder kommen erst morgen von einem Ausflug zurück. Was die Praxisräumlichkeiten betreffe, werde der Doktor sie selber einweisen. Work together, fragt Ali. No, I'm off, sagt Mary. Sie überreicht ihr die Schürze, die sie bis eben noch selber trug, holt aus der Putzkammer eine Tasche und geht die Treppe hinab. Good luck for you, sagt sie, dann verschwindet ihr Gesicht, und Ali bleibt ratlos im Flur stehen. Man kann sich an fast alles gewöhnen, denkt sie. Das Herz klopft noch immer.

Eingeständnisse werden wir nicht zulassen

Es regnet auf die Ahornbäume, die noch immer kahl und schwarz zwischen Bahngleisen und See stehen. Der Weg vom Bahnhof zum zweckmäßigen Spitalbau, der leicht oberhalb an den Hang geklebt wurde, ist mir schon jetzt verleidet. Ich verbringe meinen restlichen Urlaub bei Lena und komme Ali einmal am Tag besuchen, obwohl es mir vor diesem Zimmer graust, vor dem Geruch und den Gebrechen. Die Frau mit der Lungenentzündung ist spurlos verschwunden, sogar das Bett ist weg, ich frage nicht, was mit ihr geschehen ist.

Jeden Tag sitzt schon wer anderes an Alis Bett, oder es kommt noch jemand, mein Cousin, eine Cousine von Lena und Emil, eine Freundin von früher, eine Freundin von jetzt, Onkel Toto und Charlotte, es ist wie ein in die Länge gezogenes Familienfest in Bruchstücken, nur dass es nichts zu feiern gibt und schlechtes Essen, außerdem singt niemand. Ich weiß nicht, wie Ali es schafft, immer so viele Leute anzulocken, als wäre sie ein Menschmagnet, aber so ist das mit ihr. Gerne würde ich behaupten, dass sie trotz der Schmerzen viel lacht, aber es hält der Beobachtung nicht stand. Manchmal komme ich, und sie will lieber allein sein, dann drückt sie mir einen Zehner in die Hand und schickt mich in die Kantine. Ich fahre ins Erdgeschoss, in die bemüht modern gestaltete Kantine mit Blick über den See. Pflichtbewusst gehe ich eine Runde um das ovale Selbstbedienungsbuffet und betrachte die Salate, Müsli, Quiches und Kuchen, aber ich denke nicht daran, etwas davon zu essen. Während ich vor dem Hauptportal eine Zigarette rauche, krame ich in den Taschen nach Kleingeld. Ich kann ihr nicht die Zehnernote zurückgeben, sonst haben wir wieder eine endlose Diskussion. Wenn Ali zu etwas einlädt, ist es unmöglich, diese Einladung abzulehnen.

Lena fragt, ob ich zu Alis Wohnung fahren kann. Sie hat großes Glück, heißt es, denn sie bekommt tatsächlich kurzfristig einen Platz in dieser Altersheimwohnung, in der nur zwölf Leute leben, kann aus dem Krankenhaus direkt dorthin wechseln, wenn es ihr wieder gut genug geht. Die im Heim wollen aber so bald wie möglich ihre Kleider, damit sie Namensetiketten einnähen können. Mir läuft ein Schauer über den Rücken. Ali in etikettierten Kleidern, angeschrieben, als würde man sie nicht erkennen, die Vorstellung ist unerträglich, Ali in einem Altersheim. Sie hat die bestduftende Wäsche der Welt, wie soll das gehen, wenn ihre Kleider dann von irgendwem gewaschen werden, in einer Altersheimwäscherei.

Machst du es also, fragt Lena, du hast ja Zeit.

Na danke.

Ich packe meinen Rucksack mit überflüssigen Dingen voll, als könnten sie mir behilflich sein, und lasse mir den Schlüssel der Wohnung geben. Irgendwie freue ich mich auf die Wohnung, ein bisschen Zeit da zu verbringen, ich verdränge den Grund, weshalb ich hinfahren muss. Erst als der Zug in den Bahnhof einfährt und durchs Fenster Alis Block zu sehen ist, die Gardinen, die schon von Weitem weiß leuchten, realisiere ich, dass sie gar nicht da sein wird.

Ich allein in ihrer Wohnung, ich striele herum. Aus der Tiefkühltruhe nehme ich ein Brot und backe es auf. Dann erst fällt mir ein, dass niemand außer Ali den Tiefkühler anfassen darf, weil er alt und sie überzeugt ist, dass er äußerst diffizil sei und nur durch ihre aufmerksame Fürsorge so lange durchgehalten habe. Darum tätschelt sie ihn auch nach jeder Benutzung und sagt brava, brava dabei. Ich untersuche den Inhalt des Kühlschranks, werfe einen abgelaufenen Quark in den Mülleimer und ein Paar Würstchen ins heiße Wasser, obwohl ich seit Jahren kein Fleisch mehr esse. Dann öffne ich das Buffet im Wohnzimmer, wegen des Geruchs, der darin wohnt, ein Sonntagsduft, der zum Dessert gehört, weil die kleinen gläsernen Teller dort aufbewahrt werden. Ich ziehe die Gardinen auf und zu. Öffne alles, was geöffnet werden kann. Finde das Buch mit den Zeichnungen, blättere es durch. Mache den CD-Player an und dann gleich wieder aus. *Something stupid*, Alis Lieblingslied. Ich weiß nicht, was zu tun ist, setze mich vor den Fernseher und esse Würstchen mit Senf und Meerrettich. Ich spiele Bei-Ali-sein, und es funktioniert nicht.

Nach Stunden auf der Couch rapple ich mich auf und gehe ins Schlafzimmer. Nur Ali öffnet diesen Schrank. Ich bin nicht Ali. Es fühlt sich an, als würde ich eine Grenze überschreiten, die nicht überschritten werden darf. Ich öffne den Schrank für sie, sage ich laut. Dann rupfe ich Kleider heraus. Ich weiß nicht, was sie will, wie soll ich für sie auswählen?

Ich beginne mit der Unterwäsche, weil ich glaube, dass es einfacher sein könnte, aber wie viel muss ich nehmen und welche? Die Unterhosen, die ganz neu aussehen? Vielleicht sind sie unbequem und deshalb kaum gebraucht. Es ist falsch, in Alis Unterwäsche rumzuwühlen, ich kann mir nicht helfen.

Ich nehme von allem etwas. Aber braucht sie überhaupt noch alle Arten von Kleidern? Die Frage tut weh. Nachthemden braucht sie bestimmt. Pullis auch, aber wird sie je wieder eine Bluse oder eine richtige Hose tragen? Wird sie je wieder spazieren gehen oder ihre Freundinnen besuchen? Tun es Leggings und Trainingshosen? Es ist, als würde ich mit Alis Zukunft pokern, als hätte ich Einfluss darauf. Ich darf nichts verspielen. Ich rufe Lukas an.

Das ist wohl eher deine Auseinandersetzung und nicht ihre, sagt er.

Schöne Hilfe, tschüss.

Ich beginne, Kleider in zwei große Taschen zu stopfen, es kommt nicht drauf an, was, sage ich mir. Und dann: Natürlich reichen die Kuschelklamotten nicht, was für eine dumme Idee. Natürlich ist es unbedingt nötig, dass Ali sich weiterhin schön anziehen kann, gerade sie, die immer darauf beharrt, dass man sich anständig anzieht, wie sie es ausdrückt. Natürlich braucht sie Hosen und Blusen, braucht Strümpfe, Schuhe, Kappen, Hüte. Alles andere wäre ein Eingeständnis, und Eingeständnisse werden wir nicht zulassen.

kein Zimmer für sich allein

England ist kühl. Der Herbst kommt hier früher als im Riet, mitten am Nachmittag wird es schon dunkel.

Eigentlich hat sie es sich nobler vorgestellt, die Tapete im Wartezimmer ist vergilbt und geschmacklos. Die kennt sie auswendig, schaut sie jede Nacht an. Ali schläft auf der Couch im Wartezimmer des Arztes, bei dem sie als Hausmädchen angestellt ist. Die Welt kann wohl genauso eng, aber nie so gemütlich sein wie das Zuhause. Was hast du denn erwartet, fragt sie sich manchmal und macht eine Stimme wie die Mutter. Das Zimmer kann sie nicht abschließen, kann sich nirgendwo ausbreiten, nie etwas liegen lassen, alles muss immer so aussehen, als wäre sie nicht da. Als würde ein Gespenst den Haushalt führen und die Kinder herumtragen.

Mit dem Putzen und Kochen kommt sie mittlerweile ganz gut zurecht, es ist ja keine Hexerei, sagt sie sich, nur Arbeit. Gerne mag sie es, wenn die Frau Meyer mit ihr zusammen in der Küche steht, dann ist sie weniger allein. Das passiert aber nur, wenn die Dame einen guten Tag hat. Manchmal scherzt sie mit ihr oder lehrt sie ein

Sprichwort, an anderen Tagen schaut sie Ali kaum an, sagt, es sammle sich Staub auf den Bilderrahmen und die Teppiche würden zu selten ausgeklopft. Ali sieht beim besten Willen keinen Staub und putzt trotzdem alles, was Frau Meyer bemängelt. Beim ersten Kälteeinbruch hat sie Ali in ungewohnt giftigem Ton gefragt, ob sie zum Heizen zu faul sei. Ali hat erst zu Boden geblickt, aber dann hat sie ihren Mut zusammengenommen und gesagt, es gibt kein Holz, Ma'm, worauf diese in schallendes Gelächter ausgebrochen ist. Hier wird mit Kohle geheizt, Silly. Sie hat sie in den Keller begleitet, wo die Kohlen lagern. Ali hat zwei Eimer vollgeschippt, und die Madam hat ihr oben im Salon eigenhändig gezeigt, wie die Kohle im Ofen geschichtet und entfacht wird. Von nun an erwarte sie ein geheiztes Haus, sagte sie, diesmal in nettem Ton. Die Öfen in den vielen Zimmern am Laufen zu halten, ist trotz des milden Winters eine Plackerei, mehrmals hintereinander muss Ali mit den leeren Eimern nach unten und mit den schwer gefüllten die Treppen wieder hoch. Ein wüstes Material, das sie da verbrennen. Der Schornstein zieht zwar gut, aber sie hat das Gefühl, dass der Rauch beim Lüften wieder zum Fenster hereingedrückt wird. Die ganze Straße ist von dem Gestank erfüllt.

Trotzdem beschwingt es sie jedes Mal, wenn sie die Tür hinter sich schließt und in den kühlen Smog hinaustritt, in jeder freien Minute streift Ali durch die Eton Avenue. Dass sie gerade im Swiss Cottage hat landen müssen, ärgert sie manchmal, aber es ist auch vertrauenerweckend. Irgendwie gehört sie hierher, denkt sie. Sie gibt sich Mühe, so zu tun, als würde sie alles kennen, als wüsste sie, was hinter der nächsten Ecke ist. Versucht, die Neugier und das Erstaunen zu verstecken. Sieht sich die Frauen an, beobachtet unauffällig, wie sie sich bewegen, wie sie gehen und stehen bleiben. Versucht, genauso auszusehen, versucht, nicht aufzufallen, in der Menge unterzugehen, aber es will nicht recht klappen. Außerdem sieht hier sogar Alis Sonntagskleid nach Bauernhof aus und dazu dieser alte Zopf. Die Ladys tragen Föhnfrisuren und Dauerwellen, das sollte sie sich auch mal leisten.

Wenn die Madam einen schlechten Tag hat und gar nicht erst aufsteht, kommandiert sie Ali vom Bett aus herum, allerdings befiehlt sie auch manchmal, wenn Ali ihr den Tee serviert, sie solle sich in den Sessel setzen und mit ihr unterhalten. Ali freut sich über diese Unterhaltungen mit der Madam und hört aufmerksam zu, auch wenn sie nur die Hälfte versteht und die Teegespräche oft ein brüskes Ende nehmen. Manchmal weint die Madam, wird wütend und verscheucht sie. Ali springt dann auf und verlässt möglichst diskret den Raum. Diese unberechenbaren Launen sind ihr aber dennoch lieber als die herablassende Anzüglichkeit des Doktors, mit dem sie ungern zu zweit ist. Meistens ist Ali sowieso allein, so allein wie nie zuvor, hat sie doch immer mit ihrer Familie oder später mit den anderen Hausangestellten zusammengewohnt. Noch vor einem halben Jahr ist es ihr komisch vorgekommen, allein in einem Bett zu schlafen, jetzt wäre sie schon froh, wenigstens ab und zu mit jemandem zu plaudern beim Einschlafen. Johann fehlt, die Gespräche. Irgendjemand meinetwegen, zum Reden. Ali lernt nur langsam Englisch, Freitagabend geht sie in den Sprachunterricht. Sie vermisst ihre Mutter, ihre Sprache. Der Winter ist lang.

Wenn sie sich unbeobachtet fühlt, singt sie beim Putzen Lumpenlieder, die sie vor Jahren von den Soldaten im Riet gelernt hat. Es klingt genauso falsch wie damals, weil auch Ali die Töne nicht recht trifft. Sind die Dienstherren außer Haus, setzt sie sich heimlich vors Radio und hört die neusten Hits.

Die Arbeit ist eintönig. Gerade so, als wenn sie selber schon Mutter und Hausfrau wäre, denkt sie, auch nicht gerade einfallsreich, plötzlich drei Kinder am Hals haben. Abends, wenn alles andere erledigt ist, kocht sie die medizinischen Gerätschaften aus und bekommt Gänsehaut dabei.

ohne Ali ist das Gleiche nicht dasselbe

Ein paar Tage darauf wird Ali aus dem Krankenhaus entlassen. Obwohl sie die Alterswohnung, in die sie jetzt zieht, noch nie gesehen hat, wirkt sie gefasst. Als würde es ihr gar nichts ausmachen. Nur Lena und ich geraten in ein heilloses Durcheinander. Wir kreisen um den Rollstuhl, sind viel zu fahrig für so eine Krankenstation. Ali tröstet uns. Unkraut verdirbt nicht, sagt sie und drückt mir die Hand. Wir schieben sie aus dem Krankenhaus, laden sie umständlich ins Auto und fahren so langsam wie möglich los. Auf dem Beifahrersitz sieht ihr Körper aus wie ein runzliges Häufchen Elend. Sollen wir noch bei dir vorbei, fragt Lena. Nein, sagt Ali, das ist passé. Ich muss mich hinlegen.

Wir lassen das Auto vor dem Altersheim stehen, Lena und ich gehen zu Fuß bis zu Alis Wohnung, ich bin froh, dass ich dieses Mal nicht allein hinmuss, und gleichzeitig gestört davon, dass jemand dabei ist. Über das Heim sprechen wir nicht. Ich fühle mich taub, und es zieht mich in alle Richtungen. Ich weiß nicht, wie umgehen mit Alis Sachen, alle behalten, konservieren, einstecken, polstern und abpacken oder alles kaputtmachen, das Geschirr auf den Boden schmeißen und die Möbel aus dem Fenster. Wem sollen die Sachen jetzt noch etwas nutzen, ohne Ali ist es ja sowieso nicht mehr das Gleiche. Lena hält die Kartonnacht in der Hand und seufzt. Ich seufze ihr nach, dann starre ich auch auf das Ding. Es ist einzigartig, Bestandteil einer Ehe, eines Ehebetts, ein bescheidenes, aber nicht dummes Stück Karton von etwa dreißig auf vierzig Zentimetern, die Ecken abgeschrägt, in der einen unteren Ecke ein mit Sand gefüllter Kubus für die Statik, und das Ganze dann fein säuberlich mit rosarot gemusterter Klebefolie überzogen. Niemand außer uns, die wir selber die Vorzüge der Kartonnacht kennen, könnte verstehen, wozu dieses Teil gut sein soll. Und mir fällt zum ersten Mal auf, was für eine fürsorgliche Erfindung das ist. Die Kartonnacht stand nämlich immer auf dem Kopfteil zwischen den beiden Ehebettseiten und den beiden Ehebettlampen, um das Licht abzuschirmen, damit Herman noch in die Nacht hinein weiterlesen konnte, während Ali schon einschlief, und damit später Ali noch weiterlesen konnte, während wir unbehelligt einschliefen, und damit dann noch später wiederum wir, jugendlich und nachtaktiv, Ali hingegen immer früher müde, noch weiterlesen konnten, während sie schon einschlief. Eigens für diesen Zweck hatte Herman die Kartonnacht ertüftelt und gebastelt, und jetzt fällt uns kein Schwein ein, dem das Stück vermacht werden könnte.

Also an die Arbeit, sagt Lena und sieht dabei nicht besonders entschlossen aus, aber die Wohnung muss bis zum Monatsende leer sein. Die Löcher in den Wänden ausgestopft und übermalt, die Wasserhähne poliert, die Fenster geputzt. Ali wird aus der Wohnung verdrängt, denke ich, aber es ist nicht wahr, jemand, der schon weg ist, kann ja nicht verdrängt werden. Sie wird eher abgezogen, ihr Leben wird aus der Wohnung extrahiert. Anfangs in kleinen Portionen, dann immer schneller. Erst muss aber alles sortiert werden. Lena beginnt mit dem Schlafzimmer, ich gehe ins Wohnzimmer, dann in die Küche, dann wieder zurück. Weiß nicht, wo anfangen, will gar nichts mehr anfassen. Ich finde es eine himmelschreiende Frechheit, das alles.

Weil ich keine Hilfe bin, schickt mich Lena mit der Schmuckkiste und den gesammelten Foulards ins Altersheim, Ali soll aussuchen, was sie behalten will, sagt sie. Ich raffe die Halstücher zusammen, ein seidenes habe ich damals mit Lena bemalt, irgendwann mal zum Geburtstag viel Glück.

Ali wohnt mit Frau Plozky im Doppelzimmer, beide liegen im Bett, mir wäre lieber, wir wären zu zweit. Ich bin wieder erschrocken über ihr so plötzlich eingefallenes Gesicht, lasse mir aber nichts anmerken. Die Zimmerhälfte von Frau Plozky ist mit teuren Massivholzmöbeln eingerichtet, an der Wand hängen Ölbilder. Auf Alis Seite, das Bett erst vor einigen Tagen ins Zimmer gerollt, gar nichts. Die wenigen Kleider, die ich hier abgeliefert habe, noch bevor sie aus dem Krankenhaus entlassen wurde, lagern in einem bis auf seine Unansehnlichkeit vollkommen eigenschaftslosen Schrank, der behelfsmäßig hinter die Tür gestellt wurde. Das Zimmer ist lang gezogen, die Fenster sind allesamt auf der anderen Seite, Frau Plozky hat hier bisher allein gewohnt, nun wurden ihre sämtlichen Dinge in die hintere Hälfte geräumt. Alis Bett wurde in der neu entstandenen Lücke platziert, weshalb es so wirkt, als wohne sie zukünftig in einem Flur. Daran werde ich mich nicht gewöhnen. Ali fragt, wann der Fernseher kommt.

Ich weiß nicht, sage ich, das müssen wir mit dem Auto machen, und dann brauchen wir jemanden, der alles richtig verkabeln kann.

Das kannst du doch machen.

Aber ich hatte doch noch nie einen Fernseher, Ali.

Schau zu, dass er bald kommt, sagt sie und flüstert dann, ich will selber zappen, nicht immer bei der Plozky mitschauen müssen, die Frau Plozky, also die hat einen komischen Geschmack.

Ich lache, Ali hat selber einen gewöhnungsbedürftigen Fernsehgeschmack, ich bin sicher, sie will ihre Jass-Sendung nicht verpassen und das Skirennen nächsten Samstag.

Ich setze mich auf die Bettkante und entrolle die Foulards, einige sind Ali egal, die kommen weg, ein paar kommen danach wieder zurück, weil doch eigentlich lieb gewonnen, dann wieder weg, ich preise jene Stücke an, die ich für stilvoll halte, und stelle unauffällig sicher, dass mein selbst gemaltes Seidentuch immer auf der richtigen Seite bleibt. So geht es einige Zeit hin und her, bis Ali beschließt, rein pragmatische Kriterien gelten zu lassen und so wenig wie möglich zu behalten. Meins fliegt raus. Ich kann es verdauen. Hol dir doch einen Kaffee, sagt sie, und ich nicke, flüchte aber stattdessen nach draußen, um zu rauchen. Ich behalte die Spannung im Bauch, um möglichst souverän zu wirken. Als gäbe es eine adäquate Art, mit dem umzugehen, was jetzt passiert; aber dass ein Leben vorsorglich aufgelöst wird, damit kann gar nicht richtig umgegangen werden. Ali und ich tun trotzdem so, als könnten wir's, als wär da gar nichts dabei, als wär das eben der sogenannte Lauf der Dinge.

Danach gehen wir die Schmuckkiste durch, Ali nimmt jedes Stück in die Hand. Sie lächelt, zieht die Laternenohrclips hervor, hält sie sich an die Wangen und lässt sie klimpern. Das ist vorbei, sagt sie beim Zurücklegen. Bei manchen Stücken erklärt sie, wo sie sie gekauft oder getragen hat, wo sie ausgebessert wurden oder welcher Goldschmied einen neuen Verschluss gemacht hat. Aber das meiste will sie nicht behalten, sie wühlt mit den Fingern durch den Schmuck, bis sie eine blaue Plastikkette zu fassen kriegt.

Da, die muss ich natürlich haben, das ist ja wohl klar.

Was, genau die aus Plastik?

Die hat mir dein Großpapa geschenkt, damals. Für mehr hat's eben nicht gereicht, siehst du nicht, was für ein schönes Blau das ist? Das ist meine Lieblingsfarbe, genau dieses Blau. Oder sagen wir, eine meiner Lieblingsfarben. Gib mal dein Handgelenk, sagt Ali und legt mir zittrig zwei schwere silberne Armbänder um, da, die kannst du sozusagen erben.

Danke.

Geschichte dazu gibt es leider keine, oder ich habe sie vergessen. Und die Schmuckkiste, nimmst du die auch gleich? Also, es ist ja eigentlich eine Nähtruhe, die hab ich für ihn gekauft, damit er sein Rauchzeug darin aufbewahren konnte, er hat immer eine sehr genaue Ordnung haben wollen, sehr genau, und die Kiste hat so viele Fächer, das hat ihm dann gepasst.

Die Kiste will ich auch nicht, ich hab schon eine ähnliche, weil ich sie früher immer haben wollte und mir dann irgendwann selber eine gekauft habe, die so aussah wie Alis.

Ich muss jetzt los, morgen komme ich wieder und bringe den Fuchs.

Was, wieso denn das, auf keinen Fall! Was soll ich mit dem Fuchs hier?

Anschauen natürlich!

Der hat hier drinnen keinen Platz, ich will ihn nicht.

Aber, Ali, der Fuchs, die Ferien –

Sie unterbricht mich, es gibt hier keinen Platz für den Fuchs.

Dabei gibt es in Alis Zimmerhälfte nichts als weiße leere Wände. Dabei hat der Fuchs jahrzehntelang von der Wohnzimmerwand auf die Szenerie heruntergeblickt. Hatte uns, vor allem wenn wir auf der Couch und also vor dem Fernseher saßen, genau im Visier. Und wir ihn.

Siehst ja selber, wie eng es hier ist.

Das Räumen von Alis Wohnung fühlt sich an, als wäre sie tot. Wohnungen räumt man nach Todesfällen. Uns allen kommt damit etwas abhanden, eine Heimeligkeit, die an diese Wohnung gebunden ist, Räume bis unter die Decke angefüllt mit Erinnerungen und Selbstverständlichkeit. Eine Wohnung, die zu unseren Kindheiten gehört und zu unserem Erwachsenwerden. Das Räumen tut weh, aber Ali lebt. Das ist das Wichtigste, daran halte ich mich fest. Sie lebt, während ich ihre VHS-Kassetten in einer Kiste verstaue.

Lena fragt, ob nicht ich den Fuchs behalten will, aber ich will ihn nicht. Sie ruft Onkel Emil an und ich Lukas, Meike und Tobi. Es ist schließlich nicht irgendein Bild, Lena und Emil mussten als Kinder einen Familienurlaub dafür opfern. Auf einer der berühmten Wandertouren, die sie damals nur das Tschumpeln nannten, aus Protest. Auf so einer Tour hatte Ali in einer Wirtschaft den Fuchs erhascht. Von einem, wie sie grundlos vermutete, aufstrebenden jungen Schweizer Künstler. Und obwohl der horrende Preis von 300 Franken viel zu hoch war, musste der Fuchs unbedingt gekauft und der Familienurlaub infolgedessen abgebrochen werden, weil kein Geld mehr übrig blieb. Das muss einiges an Überredungskunst gekostet haben, aber es war immerhin zur Hälfte Alis Geld, nur, damit das klargestellt wäre. Man könne ihn vielleicht, sagte sie damals, schon in wenigen Jahren teuer verkaufen, dann würde sie von dem Geld einen Ersatzurlaub spendieren. Entgegen Alis findiger These wurde der Künstler nicht berühmt, aber ich kann mir vorstellen, dass sie den Fuchs ohnehin nicht mehr hergegeben hätte, er gehörte einfach zu ihr. So, und jetzt will ihn niemand haben. Trotz alldem, trotz der vielen Jahre, während derer dieser kubistische Fuchs jetzt schon durch das fast ebenso kubistische Gras geschlichen ist. Alle wissen ja, wohin das Bild eigentlich gehört, sage ich. Lena hält die Leinwand ein wenig von sich weg. Weggeben kann man ihn auch nicht.

was möglich ist

Es könnte sein, dass ich Johann erfunden habe. Aber ohne ihn wäre Ali zu allein gewesen. Sie hatte Geschwister und Freundinnen, bestimmt, manche von ihnen rufen Ali heute noch an, aber ich will noch etwas obendrauf, Johann, der ewig Dabeiseiende, der Bruderhafte, der Nächste, ich kann nur spekulieren.

Nebeneinander wohnen sie aber nicht. Alis Elternhaus steht allein, unter einen Berg geduckt neben der Scheune. Der Dorfschullehrer sagt jeden Herbst zu gegebenem Anlass, ich kenne ein Haus, das den ganzen Winter über keinen einzigen Sonnenstrahl erblickt. Ali rutscht dann auf ihrem Stuhl nach unten, nestelt am Ärmel, versucht, sich nichts anmerken zu lassen, und wird doch rot wie ein Sommerapfel. Vielleicht sitzen sie dabei nebeneinander, vielleicht wirft Johann das Tintenfass um, damit ein anderes Thema auf den Tisch kommt.

Das Bild in meinem Kopf, Ali und Johann, zwei lustige Dickschädel in den Dreißigerjahren, Kinder eben. Stecken die Köpfe zusammen, hecken etwas aus, verstecken sich vor den Erwachsenen, klettern auf Bäume.

Klettern um die Wette. Ali hat keine Angst, kann mindestens genauso gut klettern wie Johann, das testen sie immer wieder. Danach sitzen sie in der Krone des alten Birnbaums, und von da aus kann man einiges sehen. Den Kirchturm, die Dächer im Dorf, den Fluss hinter der Kuhweide, Johanns Vaters Land, Alis Vaters Land – so war das damals.

Ausgeschimpft wegen der Löcher in den Kleidern, der Grasflecken oder der dreckigen Schuhe werden sie einzeln, je von der eigenen Mutter. Wobei Ali ja selten Schuhe trug. Frühling bis Herbst gingen wir barfuß, sagt sie manchmal, die Schuhe mussten wir für den Winter sparen.

Die beiden sind unzertrennlich, sie werden immer größer, wachsen zusammen, klettern auch noch auf den Birnbaum, als sie dafür schon viel zu alt sind. Eines Tages werden die noch heiraten, heißt es. Vielleicht.

Oder: Ali ist schon fünfzehn, als Johann auftaucht, wegen des Kriegs. Er wird von seinen Eltern aufs Land geschickt, zum Bruder seines Vaters ins Riet. Es werden Hände gebraucht.

Er wäre der geheimnisvolle Fremde, der aus der Stadt.

Auch Ali darf nicht mehr zur Schule, zu alt dafür, ein Mädchen von fast sechzehn Jahren. Soll auch etwas Nützliches machen. Das ist normal.

Über Johann wird viel geredet im Dorf, auch gelacht. Er hat keine Ahnung, wie man mit den Händen arbeitet. Mehr Last als Hilfe, meint sein Onkel, leiht ihn den anderen Bauern aus. So lernen sie sich kennen, in einem Dorf weiß man sowieso alles voneinander. Johann sieht schön aus, schmal ist er. Schmächtig eigentlich.

Ali und Johann beim Heuaufschichten, sind manchmal für einen Moment zu zweit, flüstern sich etwas zu, sie berührt seine Hand, nur Sekunden. Alis Vaters Argusaugen.

Wenn sie ins Dorf geschickt wird, um Kommissionen zu machen, die Treffen im Geheimen, einige Minuten zu zweit hinter einer Scheune. Johann hält Ali um die Schulter, will sie nicht gehen lassen. Er sagt, wir können sofort zu deinem Vater, wenn du willst. Ali will nicht. Das Verstecken hat zwei Seiten, sagt sie, macht sich los und läuft davon. Als sie zurückblickt, ist er schon verschwunden.

Nein, dann doch lieber die erste Variante. Ein Kinderfreund. Ein bester Freund. Außerdem ist Ali zu der Zeit selbst nicht im Riet, sondern bekommt ihre erste Anstellung.

der Körper ist eine Geschichte, die niemand zu Ende erzählen will

Ali kann nicht mehr gehen. Nicht allein. Mindestens eine Person muss sie an der Hüfte halten, eigentlich fast tragen. Ich darf nicht mit ihr gehen, nur wer eine Pflegeausbildung hat. Ich habe keine Pflegeausbildung, aber trotzdem eine pflegebedürftige Großmutter.

Alis Körperlichkeit überfordert mich. Es gibt an ihr nichts mehr, woran oder worein ich mich kuscheln könnte. Überall nur noch Knochen und Haut, und immer fürchte ich, ich könnte sie zerdrücken. Ich kenne keine Erzählungen über die Brüchigkeit eines neunzigjährigen Körpers, ich habe Angst davor. Wenn ich bei ihr ankomme, küsse ich Ali auf die Wangen. Dann sitze ich auf der Bettkante und halte ihre Hände. Alles andere an ihr als das Gesicht und die Hände macht mich verlegen. Ich habe keine Ahnung, wie mit so einem Körper umzugehen ist, wie man ihn richtig dreht und wendet, wie man einen fremden Körper wäscht oder trocknet; was das nur schon ist, ein fremder Körper. Was das nur schon ist, neunzig Jahre lang jeden Tag älter werden.

Ich wäre gern imstande, alles zu tun, was für Ali getan

werden muss, aber mir fehlt der Mut. Also überlasse ich sie den Pflegerinnen. Ich schäme mich meiner Ohnmacht wegen. Vielleicht auch ihrer.

Ali hat die Scham verloren, ich vermute, die Pflegerinnen haben sie gestohlen. Sie abgeschält, runtergebürstet und weggeschrubbt. Ich habe in die Hosen gemacht, sagt Ali. Maria, meine Lieblingspflegerin, bringt sie auf die Toilette, während ich nicht weiß, was ich in der Zeit machen soll.

Ich vermisse die Scham, sie hat mich immer geschont, ich musste mich nie mit Alis Zerfall beschäftigen. Wäre Alis Scham noch hier, wäre es erträglicher für mich, auch hier zu sein. Es wäre aber unerträglich für Ali, hier zu sein, und sie ist immer hier. Tatsächlich sind hier viele alte Frauen, aber es ist in der ganzen Pflegeabteilung keine Scham mehr zu finden. Ich glaube, wer hier nur zu Besuch ist, kann nicht verstehen, wie es funktioniert. Wir stehen erschrocken herum und fühlen uns eigentümlich entblößt, obwohl wir uns nicht entblößen. Es sind die alten Frauen, die ihre Körper den andern mitteilen, mit den andern teilen müssen.

Trotzdem sagt Ali wie früher, mach die Augen zu, während sie sich das Unterhemd über den Kopf zieht. Ich glaube, das sagt sie der Tradition wegen. Als Kind habe ich dann immer verstohlen auf ihre Brüste geschaut, wie jetzt auch. Ich versuche, mir nichts anmerken zu lassen. Ich bin fast sicher, dass sie es sieht und damals schon gesehen hat.

Alis Geschichte ist nicht chronologisch. Sie ist vielmehr ganz durcheinander. Es kommen immer nur kleine Brocken und Bruchstücke aus Ali heraus, kleinste Geschichten, die sich kurz auf der Bettdecke ausbreiten, dann wieder in den Stunden meines Wartens versickern.

Bis auf wenige Schlagworte weiß ich nichts aus ihrer Vergangenheit. Ali versucht, ihr Leben in der Retrospektive immer als eine endlose Serie lustiger Situationen und Anekdoten darzustellen, und verliert praktisch keine Worte über die Jahre in der Fabrik, die Fließbandarbeit, die Chemielabore. Ich glaube, es scheint ihr nicht der Rede wert zu sein, warum davon sprechen, wenn's ja gar keine Freude macht. Das würde nicht zu ihr passen.

Ich hätte auch mehr lernen können, Englisch, sagt Ali, aber ich habe lieber getanzt. Wenn ich konnte, bin ich immer schnurstracks in den Schweizer Club gegangen, weil da getanzt wurde. Sie sagt, wenn du allein hingekommen bist, hast du dich an den Rand gesetzt, die Frauen auf der einen Seite des Saals und die Männer auf der anderen, in zwei langen Reihen. So richtig amerikanisch, sage ich. Papperlapapp amerikanisch, sagt sie. Ich muss kichern. Eine Zeit lang wurde ich von einem Italiener zum Tanz aufgefordert, ein Künstler, Sänger oder so – sie sagt Italiener, ich weiß nicht, ob sie Tessiner meint –, und der wollte mich dann plötzlich heiraten. Er macht ihr einen Antrag. Ali te amo, sagt er zum Beispiel, nicht gerade einfallsreich kommt mir das vor, er sagt, heirate mich, vielleicht marry me, zumal sie kein Italienisch versteht, wobei sie te amo ja bestimmt verstanden hätte. Jedenfalls will Ali den Italiener nicht heiraten. Ich hab ihn gefragt, von was wir leben wollen, und er sagte, auch in der kleinsten Hütte ist genug Platz für die Liebe. Bist du sicher, dass er das gesagt hat, frage ich, damit nerve ich Ali. Sie zieht die Augenbrauen zusammen, sie sind hell und dünn. Er sagt, auch in der kleinsten Hütte ist genug Platz für die Liebe. Nein danke, du, Ali ist für so was zu realistisch. Zwar kann ich sie mir mit Flausen im Kopf gut vorstellen, aber dieser italienische Künstler wird jedenfalls nicht mein Großvater.

England, darüber will ich mehr wissen. England fasziniert mich, die Frau, die Ali ist, allein in London. Der Talenge entronnen und jung und anders, als ich sie kenne, und partout wird ihr der Hof gemacht. Die Vorstellung davon ist zugleich verschwommener und konkreter als alle anderen.

Wo hast du gewohnt, frage ich. Weiß ich nicht mehr, sagt sie, in der Eton Street oder so. Beide Male im selben Quartier, nein, Eton Avenue hieß es, genau, da habe ich gewohnt. Wieso willst du das wissen? Ich erkläre ihr, dass ich mir die Straße im Internet anschauen kann, als würde ich sie eigenfüßig entlanggehen, sie glaubt mir nicht. Dass fast die ganze Welt nicht nur aus der Satellitenperspektive sichtbar ist, sondern auch schon einmal mit Kameraautos abgefahren wurde, Ali kann sich etwas so Absurdes nicht vorstellen und verliert das Interesse an dem Thema. Ich gebe auf und notiere mir den Namen.

Soll ich ihr sagen, dass ich jetzt tatsächlich über sie schreibe? Das wird sie nicht wollen, obwohl sie's gesagt hat. Oder sie wird es wollen und vor allem lesen wollen. Ich kenne das, und dann wird alles zunichtegemacht werden, weil es dem inneren und äußeren Geschehen Alis nicht gerecht wird. Weil es ihr nicht lustig genug ist.

Und vielleicht gibt es auf dem Papier die Scham noch, Alis Scham und ihren Wunsch nach Privatsphäre, die ich hier herunterreiße. Vielleicht darf so eine Geschichte nicht von jemand anderem geschrieben werden, vielleicht kann so eine Geschichte gar nicht von jemand anderem geschrieben werden. Wie sollen die Worte an Ali herankommen, ich schiebe sie auf dem Papier hin und her und weiß doch immer nichts. Ich schreibe alles, was ich weiß, und bin doch meilenweit davon entfernt, etwas von ihr festzuhalten. Es ist erstaunlich, wie sehr man einen Menschen lieben kann und trotzdem nichts von ihm weiß. Ich kann Ali kaum beschreiben, und wenn ich es versuche, finde ich sie in den Worten nicht wieder. Es wäre einfacher, eine Geschichte zu erfinden. Auch Alis Erzählungen niederzuschreiben, fühlt sich an wie erfinden. Am liebsten würde ich für immer nur zuhören.

erwachsen werden heißt lügen lernen

Neununddreißig, als die Sommerferien der achten Klasse beginnen, wird Ali von der Schule genommen. Sie ist gerade fünfzehn geworden und bekommt von der ältesten Schwester ihre erste Anstellung vermittelt, als Hausmädchen, bei irgendwem. Bei Leuten, die jemand sind. Das Haus ist groß, und die Angestellten sind zahlreich, zwei Zimmermädchen, ein Chauffeur, eine Köchin, ein Bursche und Ali. Da sie die Jüngste ist, werden ihr die mühsamsten Arbeiten zugeteilt, alles, was auf den Knien erledigt werden muss, die Böden scheuern und bohnern und ölen. Es wäre alles in allem nicht so schlimm, wenn es nicht so viel wäre und so unglaublich langweilig.

Ali vermisst die Schule, sie hätte es nicht gedacht, aber während der Arbeit denkt sie dauernd daran, wie sie in der Bank gesessen haben, wie sie in der Pause zusammengestanden haben, wie sie Kinder waren, jetzt plötzlich nicht mehr. Jetzt soll sie sofort erwachsen sein und für sich selbst sorgen. So schnell kann es gehen. Während des Putzens rechnet sie dreizehn mal dreizehn, vierzehn mal vierzehn, fünfzehn mal fünfzehn, weiter sind sie nicht gekommen. So ist es eben, sagt Ali, wie es ihre Mutter gesagt hat. Sie hatte immer wieder dieselbe Antwort, wenn Ali nach Gründen fragte oder Antworten einforderte, so ist es eben. Frag nicht so blöd, sagte der Vater. Auch Mädchen sollen lesen und schreiben können und ein bisschen rechnen, aber erwiesenermaßen reicht das, was man bis in die siebte oder achte Klasse lernt, für ein Bauernmädchen vollkommen aus, außerdem lässt sich mit Schreiben und Lesen kein Geld verdienen, mit Arbeit lässt sich Geld verdienen. Mühsam rechnet sich Ali durch die zweistelligen Multiplikationsreihen, erfindet Dreisätze. Wenn zwei Männer in drei Tagen 17 Aren umgraben können, wie viele Aren können dann sieben Männer in zwei Tagen umgraben? Sie wirft den Lappen in den Eimer, ohne die andern macht auch das Rechnen keinen Spaß.

Wir haben jeden Tag gearbeitet, sagt sie, ohne Ausnahme. Nur am Sonntagmorgen hatten wir zwei Stunden frei, um in die Kirche zu gehen.

Ali hat Heimweh. Sie will nach Hause, selbst wenn sie nicht mehr zur Schule gehen darf, sie will lieber zu Hause arbeiten. Sie vermisst die Menschen, die sie liebt, die Stupsereien der kleinen Brüder. Sie hat Angst, was, wenn der Krieg in die Schweiz kommt? Im Radio hat sie vom Überfall auf Polen gehört.

Einmal am frühen Abend wird sie zum Telefon gerufen, das erste Telefonat ihres Lebens. Die Stimme ihrer älteren Schwester Magdalena klingt ungewohnt, als wäre sie aus Holz geschnitzt. Wie es ihr geht, will sie wissen. Ich will nach Hause, Ali flüstert. Sofort nach Hause, sie hält die Tränen zurück. Hör auf zu jammern, sagt die

Schwester, jetzt machst du mal was Nützliches, du weißt genau, dass wir das Geld brauchen, also reiß dich zusammen. Nach dem Telefonat ist Ali enttäuscht. Sie hätte Zuspruch gebraucht, fühlt sich noch einsamer als zuvor.

Sie schreibt einen Brief an die Eltern, schreibt, es gehe so weit gut, gebe so weit nichts zu klagen, sie legt die Telefonnummer ihrer Arbeitgeber bei. Hofft, dass sie angerufen wird, und wartet wochenlang, bis sich aus dem Postamt im Riet tatsächlich der Vater endlich meldet. Ali ist nervös. Es gefällt ihr, sagt sie dieses Mal, lügt, alles ist in bester Ordnung, sagt sie, nur … Nur was, fragt der Vater. Wir dürfen sonntags nicht in die Kirche, flüstert sie. Sofort heimkommen, sagt der Vater. Ali atmet auf.

Als sie nach Hause kommt, wohnen Soldaten in der Scheune, die nur wenige Jahre älter sind. In der ganzen Region wurden die Grenzschutzsoldaten einquartiert, in Scheunen, Schulhäusern und Markthallen. Dem Vater schwant Ungemach, er verbietet Ali, mit denen zu sprechen, und keine Fisimatenten, sagt er, damit das verstanden ist. Sie geht natürlich trotzdem rüber in die Scheune, direkt durch die Tür im Flur, auch manchmal am Abend, spät, aber nur in Begleitung ihrer Schwester. Bei den Soldaten ist wenigstens was los, sie reden viel, singen und albern herum. Manchmal erzählen sie unanständige Witze, dann hört Ali mit einem Ohr hin und mit dem anderen weg, weil sie Anständigsein doch wichtig findet. Aber vor allem, weil sie die Pointen nicht versteht. Sie lacht trotzdem, sobald die anderen lachen, tut, als wüsste sie über alles Bescheid. Auch vor ihrer Schwester. Die macht es ja wahrscheinlich genauso.

Ali sagt, die deutschen Truppen drüben in Österreich haben über die Landesgrenze zu uns herübergerufen, und die Schweiz, das kleine Schwein, nehmen wir auf dem Rückweg ein. Uns hat's gegraust. Heißt es nicht kleines Stachelschwein, frage ich.

Schmarren, sagt Ali.

Ich glaube, die Stacheln hat sie dem Rhythmus des Spruchs geopfert. Ich bin mir fast sicher, sage ich.

Warst du dabei oder ich?

Du.

Ali war dabei, vor bald achtzig Jahren, hat die Wehrmacht vorbeimarschieren sehen. In meinem Kopf ist alles wirr, ich kann mir das gar nicht vorstellen, schaue mir Fotos aus der Zeit an und kann eigentlich nicht glauben, dass meine Ali in so einer Welt gelebt hat, mit Soldaten und Krieg vor der Tür und dieser Stimme im Radio, mit so einer Angst, mit Aktivdienst und Anbauschlacht, Krankenlazaretten und Krankenschwesterhäubchen, mit Kleidern aus Wolle und Leinen, mit eigentlich nichts. Die Bilder sind mir fremd. Das eingeigelte Leben in dieser offiziell neutralen Schweiz voller kleiner Sympathisanten. So lange ist es ja nun noch nicht her, sage ich, aber ich weiß selber, dass das nicht stimmt. Weil es eben unvorstellbar lange her ist, so lange, gefühlt, dass ein paar Jahreszahlen, ein paar Jahrzehnte dafür kein Ausdruck sind. Weil die Welt eine andere ist. Weil Ali und ich die letzten zwanzig Jahre zwar gleichzeitig, aber doch jeweils in einer anderen Zeit gelebt haben.

Ich nehme mir vor, sie nach damals zu fragen, nach dieser Zeit im Krieg, und werde schon bei der Vorstellung scheu, weil ich keine Ahnung habe, was dabei rauskommt. Ich habe Angst, zu viel zu erfahren, habe Angst, nichts zu erfahren. Ich habe wirklich keine Vorstellung davon. Ich kann mich schemenhaft an die Geschichte von einer Katze erinnern, dass es nach Monaten endlich einmal wieder Fleisch gegeben habe, Ragout, das alle Kinder genüsslich gegessen hätten, bis der älteste Bruder ein einziges Mal Miau gemacht habe. Die jüngste Schwester, der die Katze gehört hatte, ist nach draußen gerannt und hat sich in den Schnee erbrochen. Aber ich weiß nicht, ob ich das hinzugedichtet habe.

Nur weiß ich, dass etwa zur selben Zeit mein späterer – oder früherer – Großpapa über die Grenze gekommen sein muss. In der Nacht, als junger Mann. Um der Uniform zu entkommen, hieß es, weil er das nicht wollte. Aber da wussten die beiden noch nichts voneinander. Das kommt alles später.

essen, um am Leben zu bleiben

Ich besuche Ali. Als ich die Tür öffne, liegt sie da, mit nach hinten gekipptem Kopf und offen stehendem Mund, ein fürchterlicher Anblick. Obwohl es nicht das erste Mal ist, dass ich sie so finde, glaube ich jedes Mal, jetzt ist es vorbei. Das jagt mir Schauer über den Rücken. Ich gehe an Alis Bett vorbei, geradewegs auf ihre Zimmermitbewohnerin zu, schüttle deren flatternde Hand, frage Frau Plozky möglichst laut nach dem Befinden und so weiter und hoffe, dass Ali davon aufwacht. Ich bin froh, dass es heute klappt, gehe zurück zu ihrem Bett, sage, hallo, umarme Ali und setze mich auf die Bettkante. Sie sieht schlecht aus, hat die Augen halb geschlossen und wirkt irgendwie durchsichtig. Als könnte man durch ihre Haut direkt auf das darunterliegende Fleisch schauen, auf das Adergeflecht und die Knochen.

Ich kotze die ganze Zeit, sagt Ali, seit Tagen, kotze alles wieder raus. Sie will auch den mitgebrachten Kuchen nicht essen, das hat keinen Wert, sagt sie.

Wir reden dennoch übers Essen. Wir reden jedes Mal übers Essen, das Tagesmenü ist hier auch Tagesthema, die einzige erkenntliche Veränderung, die das Heute vom Vortag und dem Folgetag abgrenzt, die Menüansage an der Tafel im Gang. Es kommt jede Woche mehr oder weniger dasselbe auf den Tisch, und davon ist überhaupt gar nichts je nach Alis Geschmack, kein gutes Haar wird daran gelassen, und vor allem ist alles hart. Alles ist immer viel zu hart, alles.

Wozu hab ich mir denn dieses Gebiss gekauft, fragt sie.

Für Ali war Essen immer von großer Bedeutung, obwohl sie das Kochen nicht sonderlich mochte. Für mich war sie trotzdem die beste Köchin, das stand fest, und noch immer sehne ich mich nach den Alimenüs, Nudeln mit Rahmsauce und Dosenpfirsichen, Schinken mit Kartoffeln und Sauerkraut, karamellisierte Karotten und nicht zuletzt die beste Salatsauce der Welt. Das Waghalsigste aber war Hühnerschenkel mit Pommes-Chips, ein überaus kindergerechtes Menü.

Das Essen in Alis Wohnheim beelendet mich, obwohl sie dort im Vergleich zu größeren Altersheimen wohl noch relativ gut wegkommt, weil im Haus gekocht wird, sogar mit den Bewohnerinnen zusammen, wenn sie Lust haben, aber ich habe das Gefühl, es gibt ständig Apfelkuchen und Hackfleischnudeln, Gemüsesuppe und Kartoffelsalat. Traditionell. Währschaft, wie es so heißt. In winzigen Mengen, wenn man bedenkt, dass es Essen für zwölf Personen sein soll. Aber die Alten schieben sich nur kleine Happen zwischen die mahlenden Kiefer und sind sofort satt oder zumindest zu erschöpft, um weiterzukauen. Ich kriege Hunger nur schon beim Anblick der kleinen Portionen. Auf mehr, auf besser, auf damals. Ich habe Hunger nach Ali, wie sie früher war. Hunger auf ihre starken Oberarme und dünnen Finger, die den Gurkensalat auspressen. Hunger auf Alis runden Bauch, über den sie mit der Hand fährt, nach dem Essen. Hunger auf die Lust am Essen. Darauf, wieder mal mit Ali Döner essen zu gehen oder ihr dabei zuzusehen, wie sie in ihrer kleinen Küche steht und kocht, oder wie wir auf der Couch sitzend essen, belegte Brote, Tomaten-Mozzarella-Salat, Gurkenscheiben und Avocado.

Noch immer streichelt sie unablässig meinen Arm, während ihr Kopf ein bisschen zur Seite sackt, ich weiß nicht, wo sie hinschaut. Dann sagt sie plötzlich, entschuldige, entschuldige, ich muss einfach wieder einmal etwas Lebendiges anfassen, ich darf doch …

Jaja, sage ich und spüre, wie in meinem Innern irgendetwas Lebendiges gerade gefriert. Jetzt möchte ich wieder heulen, aber ich reiße mich zusammen, ohne zu wissen, warum eigentlich. Weil ich verknorzt bin, weil ich es nicht zugeben will, weil auch das beste Altersheim nicht zu meiner Ali passt. Weil die alte Ali verschwunden und die neue so anders ist. Weil die neue Ali so offensichtlich alt ist, hilfsbedürftig, hinfällig.

Ali hat irgendwie zu wenig Blut, Schwindel, Gleichgewichtsstörungen und Übelkeit, ständig ist sie müd und kann doch nicht richtig schlafen, nachts erwacht sie mit Herzrasen. Wir bringen ihr lauter Zeug aus dem Naturkostladen, Kräuterpräparate, Tinkturen. Aber nichts davon hilft, ich bin auch nicht sicher, ob sie die Hausmittel überhaupt anwendet. Kann mir gut vorstellen, dass sie die verschenkt, wie sie fast alles, was sie geschenkt bekommt, immer weiterschenkt.

was wir erinnern, erinnert an uns

In London kauft sich Ali einen Pelzmantel, die Provinz muss man ihr ja nicht gleich ansehen. Wenn sie mit jemandem ins Gespräch kommt, verrät sie ihre Zunge schon früh genug, denkt sie sich wahrscheinlich, außerdem ist es eine Frage des Stils. Ali legt Wert darauf, gut auszusehen, und dieser, ich sage jetzt mal, Nerz, der hat es ihr einfach angetan. Zweihundert Pfund soll der kosten, ich habe dreihundert im Kopf, bin aber misstrauisch, wegen der dreihundert vom Fuchs und der Geschichte mit den dreihundert Franken, die eine ganz andere ist.

Meine Freundin Tanja lacht mich aus, weißt du eigentlich, wie viel ein Pound ist, fragt sie, und dann noch damals, sie kriegt sich kaum mehr ein, du warst wohl noch nie in England, was?

War ich auch nicht, was ist daran so lustig?

Zweihundert Pfund sind wahrscheinlich fast tausend US-Dollar, weißt du, wie lange deine Oma dafür hätte schuften müssen?

Na danke, sage ich, hast du sonst noch Anmerkungen?

Nerz geht gar nicht, sagt sie.

Von Pelzen habe ich also offensichtlich auch keine Ahnung, darum wird Ali der Nerz wieder weggenommen und gegen einen Opossummantel eingetauscht.

Das ist einfach realistischer, sagt Tanja.

Während ich im Internet nach einem passenden Mantel für Ali suche, finde ich den Satz: *It's impossible to explain the importance of a fur coat in a woman's wardrobe in the 1940s. Simply put, it was the definition of elegance.* Das erklärt hier schon einiges.

Den Mantel, den Ali will, gibt es in zwei Qualitäten, einmal good für dreiunddreißig Pfund und einmal better für achtunddreißig, jedenfalls eine Stange Geld für eine Hausangestellte. Eine Summe, die Ali noch nie in den Händen gehalten hat, auch jetzt nicht in Händen hält und nicht in ein paar Wochen. Ein Vielfaches von ihrem Monatslohn, aber Schönheit muss sein. Sie betritt das Geschäft, nervös, weil sie weiß, dass sie sich den Mantel nicht leisten kann, weil sie weiß, dass sie ihn haben muss, ein Mantel ist wie ein Eintrittsticket in die englische Gesellschaft, denkt sie, und wenn schon, dann doch lieber better als good. Unter Einsatz der Hände und ihres besten Englischs kann sie mit dem Händler vereinbaren, den Mantel auf Raten zu zahlen, vielleicht ist das auch eine gängige Methode. Sie überlegt nicht lange, unterschreibt den Vertrag und verlässt das Geschäft, den Mantel kann sie holen, wenn sie die erste Rate vorbeibringt. Ali läuft durch das herbstdunkle London, stolz, beschwingt und zugleich ein bisschen bang, der finanziellen Verpflichtung wegen. So ein Gefühl, dass man von genau dem, was man sich wünscht, nicht weit entfernt ist.

Ali lernt, sich wie eine Dame zu verhalten, bald wird ihr auf der Straße niemand mehr ansehen, dass sie ein Bauernmädchen ist, und zwar eines aus dem dunkelsten Haus eines ohnehin engen Dorfs, eines, das in der Pause die Orangenschale ihrer Freundin abnagt, weil ihr Vater es nie erlauben würde, vom ohnehin knappen Geld so einen Schmarren zu kaufen. Jetzt kauft sie sich selber Orangen.

Alis Geschichte geschieht nur im Umkreis von zwei oder drei Metern um sie herum. Wer diesen Kreis verlässt, wird von meinem Gehirn automatisch weggedimmt, versinkt im Nebel. Das unerbittliche Versickern aller Einzelheiten in der vorübergehenden Zeit. Ich kann mir nicht viel mehr als Ali vorstellen. Eigentlich nicht einmal sie.

Ich habe mir in den Kopf gesetzt, das Kindheitshaus zu besuchen, in dem Ali geboren wurde und aufwuchs. Doch je näher der Tag rückt, desto weniger bin ich davon überzeugt, ob es überhaupt eine gute Idee ist, hinzufahren. Was soll ich da schon sehen, es ist bestimmt alles anders, nein, einen kleinen Moment denke ich, vielleicht ist auch alles noch genau gleich, aber ich weiß natürlich, dass das nicht stimmen kann. Was erhoffe ich mir davon, was soll mir so ein Haus noch sagen, ein renoviertes Haus, in dem sie schon seit siebzig Jahren nicht mehr wohnt und wahrscheinlich Jahre nicht mehr war? Trotzdem, denke ich, vielleicht weiß es mir etwas zu erzählen, vielleicht spüre ich etwas, sehe ein Fleckchen Land, das ihr etwas bedeutete und mir etwas bedeuten könnte, einen Baum vielleicht, einen Geräteschuppen. Eine Kulisse für die spärlichen Kindheitsanekdoten, die sollte ich zumindest finden, ein Bild rund um die Ali, die ich mir vorstellen kann, danach geht es wahrscheinlich besser, ich sollte hingehen, muss hingehen, will mit Leuten reden, will Menschen sehen, die meine Ali kannten, bevor sie meine Ali wurde.

Wenn ich sie lange nicht besuchen gegangen bin, versuche ich, mein schlechtes Gewissen, meine Sehnsucht mit Geschichten zu besänftigen. Ich wühle in meinem Gedächtnis nach Anekdoten, Geschichten, die von Ali handeln oder von ihr erzählt wurden, es kommt vor, dass ich nichts finde.

Ich rufe an. Manchmal ist sie dann unpässlich.

Ich bin ein Bettmuffel, erzähl du, sagt sie, erzähl doch mal du.

Nein, erzähl was von damals, England, erzähl, wie das damals war, die Geschichte vom Mantel oder so, die hast du nämlich nie richtig erzählt.

Mein Mund ist trocken, kann nicht reden, also tschau, sagt sie und hängt auf.

Das ist der Dank, denke ich, aber wofür sollte Ali mir danken?

Ich grabe weiter durch meine Erinnerungen. Als wir klein waren, verbrachte Ali die Sommer bei uns, zumindest ein paar Wochen. Es begann mit den ersten Kirschen, sie stand mit einer Tasche vor dem Haus, das machte uns immer ganz aufgeregt, auch Alis Bruder, Großonkel Toto, würde also kommen, vielleicht mit dem Motorrad, aber sicher mit viel Schokolade. Die Tage waren anders mit Ali und Toto, es war Sommer und heiß, und wir gingen zusammen durch dick und dünn.

Außerdem fuhr ausnahmsweise nicht jemand von uns einzeln zu Ali in den Urlaub, sondern sie kam zu uns und gehörte uns allen, sie gehörte zu uns allen dazu.

Es galt Tonnen von Kirschen von den Bäumen zu pflücken, morgens saßen viele Leute in der Küche beim Frühstück, und Lena brühte ständig neuen Kaffee auf, Ali und Onkel Toto alberten herum. Erzählten uns Geschichten oder mal einen lustigen Traum, dann machten sich die Pflückerinnen und Pflücker auf, wir Kinder gingen in die Schule. Niemand wollte zur Schule, wenn Ali und Toto da waren. Können wir nicht hierbleiben, fragte Meike. Das hat gerade noch gefehlt, sagte Lena und lachte. Ali schob uns zur Tür und steckte uns dabei etwas Süßes zu, als Entschädigung. Nach dem Mittagessen gingen alle wieder an die Arbeit, wir Kinder hinterher, standen unter den Kirschbäumen und stopften uns voll, versuchten, uns mit den Kirschsteinen zu treffen, für uns war das eine Schlacht, die sechs Wochen anhielt, ohne dass uns aufgefallen wäre, dass die Erwachsenen von früh bis spät arbeiteten und überhaupt nur dafür angereist waren. Dennoch glaube ich, dass es Ali gefiel, so auf dem Baum mit der Aussicht zum See hinunter, den ganzen Tag mit Toto witzeln, Kirschen essen und die Steine in hohem Bogen auszuspucken, anstatt sie, wie sonst, fein säuberlich in einem Taschentuch verschwinden zu lassen. Ali war stolz darauf, dass sie schneller pflücken konnte als die Männer am Baum, und ließ sie das auch wissen. Wir lümmelten im Gras herum, holten auf Bestellung den Weidenkorb mit dem Eiskaffee und dem Kuchen und warteten, bis die andern wieder von den Bäumen kamen. Wenn zwei große Körbe voll waren, wurden wir mit dem Leiterwagen losgeschickt, lieferten die Kirschen bei Lena am Sortiertisch ab und brachten neue Körbe mit. Ali summte, manchmal erfand sie kurze Lieder, in denen sie selber vorkam oder wir oder wir alle zusammen.

Abends wurden Geschichten vorgelesen, außerdem spielten wir Zapfenjassen, bei dem man sich mit wenig Glück ganz schön viele Süßigkeiten sichern konnte. Toto ließ uns absichtlich gewinnen, und wir waren froh darum, der Süßigkeiten wegen, wir rügten ihn aber auch dafür, weil wir ernst genommen werden wollten. Ali hingegen kämpfte hart mit uns, steckte sich zum Schluss ein Bonbon in den Mund und verteilte den Rest ihrer Beute unter uns Kindern.

Für mich war es romantisch, das Gefühl, mittags nach Hause zu kommen und Ali daheim beim Kochen vorzufinden, so mir nichts, dir nichts. Oder zum Sonnenuntergang mit ihr vor dem Haus zu sitzen und Beeren zu essen. Oder der Geruch der heißen Marmeladen. Alle die Dinge, die ich bei Lena als normal ansah, fand ich an Ali zauberhaft, und ich weiß jetzt noch nicht, wie sie das schaffte. Ich liebte die sechs Wochen, in denen sie bei uns im Dachzimmer wohnte, wenn man früh genug aufstand oder sich abends hochschleichen konnte, lag man bei ihr im Bett, als wär es immer so.

Manchmal kommen mir keine wirklichen Erinnerungen in den Sinn, aber vereinzelte Worte, die für immer mit Ali verknüpft sind. Ich denke, kein Mensch auf der Welt könnte dieses Wort so benutzen wie sie. Ich versuche es gelegentlich, aber aus meinem Mund klingen sie falsch, schal, aufgesetzt. Also horte ich sie nur weiterhin, aber wenn ich mir vorstelle, dass all das sich gerade aufzulösen beginnt, kann ich es kaum aushalten. Im Zug beginne ich regelmäßig zu weinen, noch bevor ich bei ihr bin, schon während der Zug um die Ecke biegt und auf der anderen Seite des kanalisierten Flusses ihr früherer Wohnblock auftaucht, die geliebte Wohnung, über zwanzig Jahre bin ich da ein und aus gegangen, wurde ich ein- und ausgelassen. Wenn wir sonntags alle zusammen die Wohnung betraten, der Geruch der Wohnung gemischt mit dem Kochgeruch, das Schuheabwerfen, direkt hinter der Tür, das Durch-den-engen-Flur-Rennen, an den großen Einbauschränken vorbei, bis sich der Flur weitete und wie ein winziger Hof die fünf Türen freigab, die in die zwei Schlafzimmer, das Wohnzimmer, in Küche und Bad führten, da wartete Ali, umarmte uns nacheinander und scheuchte uns direkt in die Stube. Ich kann mich an jeden Geruch erinnern, der in ihrer Wohnung zu finden war, wie der Kühlschrank roch und wie die Polstermöbel, die Spielzeugtruhe, wenn man sie öffnete, das Bad, die gusseisernen Heizkörper, die Schubladen der hüfthohen Schrankwand, das Bett, die Wäsche, alles roch immer gut, ich habe jeden dieser Gerüche geliebt und am meisten natürlich die Wäsche und Ali selbst, die nach einer Mischung aus Waschmittel und Hautcreme roch, wie die Ferien, wie die Sonntagnachmittage, wie die Ausflüge, am meisten wie die Gemütlichkeit und die Freiheit, immer das zu tun, worauf man grade Lust hatte.

All diese Gerüche, die es nicht mehr gibt, ich fürchte mich, dass ich sie bald vergesse. Ich fürchte, alles zu vergessen, bin konservativ geworden, will, dass alles so bleibt, wie es war, ein stadtgroßer Gedenkpark für Ali, und aus allen Ecken und von allen Dächern wird gerufen, da fehlt etwas, da fehlt jemand, da fehlt sie.

Ich gehe nicht direkt zu ihrer Pflegewohnung, stolpere ziellos herum, auf der Suche nach Erinnerungen gehe ich zu der Wasserschwelle im Fluss, wo wir früher immer hin sind, weil da oft Bälle oder andere schwimmende Gegenstände im Strudel hängen geblieben sind. Heute gibt es nichts, keinen Ball, kein Holz, keinen Müll, kein Das-arme-Kind-das-ist-jetzt-bestimmt-traurig-einen-so-schönen-gepunkteten-Ball-verloren-zu-haben. Einfach gar nichts ist da zu sehen, vielleicht weil es Winter ist.

Ich erzähle von meinem Plan, ins Riet zu fahren. Ali scheint von dieser Neuigkeit nicht beeindruckt zu sein, sie versteht nicht, warum ich da hinwill. Ich frage sie nach dem Haus, sie reagiert kaum darauf.

Ich will sehen, wo du aufgewachsen bist.

Dunkel war's, sagt Ali, im Winter immer, und Toilette gab's da noch keine, nur Plumpsklo im Hof, und Dusche erst recht nicht. Wir haben uns am Trog gewaschen in der Küche, puh, sagt sie, der Vater dann, was hätten wir denn tun sollen, wenn wir uns gewaschen haben, morgens in der Küche, wir drei Mädchen, wir hatten ja die Unterhemden an, aber wenn der Vater kam, hat er jedes Mal gesagt, wir sollen uns sofort anziehen, da seien Jungen im Haus, als hätte die das je gestört, das waren ja unsere Brüder, aber so war es halt. Katholisch, wie du ja weißt.

Das ist streng genommen keine richtige Geschichte. Immerhin ein weiterer Brocken zum Aufsammeln, wer weiß, was sich daraus noch ergibt. Eine Pflegerin klopft und erkundigt sich, wo Ali essen will.

Ich kann sowieso nichts essen, sagt sie.

Vielleicht eine Suppe, fragt die Frau, sie ist nett.

Eine Suppe nehme ich doch gerne, sagt Ali. Ich lächle, weil mir nichts Besseres einfällt. Ich wollte dir noch etwas sagen, sagt sie, aber jetzt ist es weg, wie ein Löchersieb da oben.

Es kommt mir so vor, als hätte ich diese Phrase schon tausendfach gehört, ein Sieb im Kopf. Die Pflegerin bringt die Suppe in einer Tasse, Ali verzieht das Gesicht.

Das kann ich nicht beißen.

Das ist doch eine Suppe, sage ich.

Da sind Stücke drin, die kann ich nicht beißen.

Die Pflegerin sagt, ich kann sie wegmachen, wenn Sie wollen.

Nach zwei Minuten bringt sie die Tasse wieder. Krasse Geduld, denke ich, krasser Job. Ali klopft sich an den Kopf und sagt, damit kannst du die Suppe sieben, sag ich dir. Ach ja, genau, letztens waren im Fernsehen diese, diese … Der Satz reißt ab, sie beginnt, mit der freien Hand zu gestikulieren, fasst sich an den Kopf und ringt, dann ruft sie, hilf mir doch, Mensch! Plötzlich dieser Zorn in ihren Augen, sie blickt mich wütend an, wütender, als ich sie je erlebt habe.

Woher soll ich denn bitte wissen, was du erzählen willst, verdammt.

Ali ist verdutzt, klammert sich an die Tasse. Ich bin selber erschrocken, und es tut mir sofort leid, dass ich grob war mit ihr. Ich halte das nicht gut aus. Wenn es der Körper ist, das habe ich langsam verstanden, dass der irgendwann zerbröselt, aber doch nicht das, was nicht Körper ist – falls es das gibt. Der Körper kann doch nicht einfach den ganzen Rest mit in den Abgrund ziehen, das darf er nicht, darauf sind wir nicht gefasst, haben das immer schön getrennt, Körper und Geist, abendländisch korrekt, ordentlich in ein binäres System eingepasst. Seit Jahrzehnten, wenn nicht sogar Jahrhunderten, was weiß ich, aber immer wurde das hier getrennt, und nie hat mal jemand auf den Tisch gehauen und gesagt, schaut mich an, ich zerbrösle auf allen Ebenen zeitgleich und gekoppelt. Ali ist ein einziges Auf-den-Tisch-Hauen. Das dröhnt.

Sie stellt die Tasse auf den Nachttisch und schaut mich an, blinzelt mehrmals. Dann sagt sie, trotzdem schön, dass du da bist.

Ich find es auch schön.

Ich habe den Vater nicht gemocht, darf ich das sagen?

Du darfst alles sagen, sage ich.

Herrschsüchtig und stur war der und wollte alles bestimmen, aber hintenrum haben wir ja doch gemacht, was wir wollten, das durfte der einfach nicht mitkriegen. Der war so streng, wir mussten sonntags drei Mal in die Kirche, am Morgen in die Messe, am Mittag in die Bibelschule und am Abend in den Rosenkranz, und er ist nach der Messe nach Mundigen rübergefahren, um das Schweinegeld zu zahlen. Und hat überall Kaffee gekriegt oder Schnaps wahrscheinlich.

Was hat er gemacht, frage ich, Schweinegeld?

Der ist immer für das ganze Dorf die kleinen Schweinchen verkaufen gegangen, donnerstags, dann hat er sich seinen Teil abgezweigt, und sonntags hat er das Geld ausgetragen, dann hat die Mutter etwas gekocht, was sonst verboten war.

Wie verboten?

Na, wir durften ja nie was kaufen. Wir haben genug Kartoffeln und Mais, hat der Vater gesagt, aber am Sonntag, wenn er weg war, gab's Spaghetti, Spaghetti mit Tomatensauce.

Die Spaghetti des Widerstands, denke ich und muss lachen, Spaghetti ist DAS Essen für Ali. Zu jeder Gelegenheit hat sie angeboten, Spaghetti mit Tomatensauce zu kochen, für sie waren Spaghetti eine Delikatesse, was ich immer komisch fand an ihr.

in den Nebel starren

Nur einmal war Ali hier, hat mich besucht in der ersten Wohnung, die ich gemietet habe, ich habe in meiner Schrankküche Kartoffelbrei gekocht, kann ich mich erinnern, habe damals noch gesagt, das machen wir jetzt jedes Jahr, aber wir haben es kein einziges Mal wiederholt. Wenn Ali sich daran erinnert, sagt sie, ich hab dich ja besucht; wohnst du noch da, in derselben Wohnung? Mittlerweile fragt sie das fast jede Woche. Nein, nicht mehr, sage ich, bin umgezogen. Eigentlich bin ich bereits mehrmals umgezogen, seit ich in diesem kleinen, stickigen Studio mit Dachschräge gehaust habe, aber was spielt das schon für eine Rolle; ich habe eine schöne Wohnung jetzt, sage ich manchmal noch. Ich wünschte, Ali würde den Ort kennen, an dem ich wohne, würde diese Brücke kennen, mit mir in den Nebel hinausstarren, der hier den ganzen Winter über liegt, in die Lichtkegel, die den Kanal säumen, mit mir ins nächste Restaurant flüchten und von dort aus die stürzenden Wassermassen betrachten, das Tosen hören, schweigen. Ich glaube, sie kann sich gar nicht vorstellen, wie ich hier lebe, hat keine Bilder zu dem, was ich erzähle, es findet alles in einem leeren Raum statt, im Nebel; es passt irgendwie, denke ich, und andererseits tut es einfach nur weh. Sie hat von meiner Gegenwart nicht mehr als ich von den Erzählungen aus ihrer Vergangenheit, die reine Aktion, der Rest bleibt vom Weiß verhüllt, Geschichten ohne jede Kulisse. Ob sie sich mein Leben überhaupt vorstellt?

Die Brücke zittert, als in meinem Rücken jemand darüberläuft, ich schaue auf den Fluss, fröstle und denke an die wollenen Decken, unter denen Ali liegt, die jetzt immer fröstelt, noch in dieser überheizten Alterswohnung immer fröstelt, vom Frühstückstisch direkt ins Bett will, unter ebendiese drei Flickendecken, die mich gleichsam rühren in ihrer unpassenden Omahaftigkeit und abschrecken, weil sie von irgendwoher kommen, ich habe keine Ahnung, wer sie gestrickt hat, ich jedenfalls nicht, sie auch nicht und Lena auf keinen Fall, wir hassen das Stricken alle drei. Es ist schlimm, hämmert es in meinem Kopf, dass meine Ali unter fremdgestrickten Decken liegt, ganz fixiert ist auf diese Decken mit den Quadraten in schrecklichen Farben, unter denen ich sie am liebsten hervorreißen möchte, um sie nach draußen zu zerren, damit Luft in ihre Lungen kommt, damit sie mal wieder etwas zu sehen bekommt. Dann würde ich sie in den Zug packen und hierhin verfrachten, an meinen Lieblingsort oberhalb der Wasserschwelle.

Vielleicht wäre es aber auch komisch, wenn Ali bei mir zu Hause säße und – wer hat von meinem Tellerchen gegessen – ihre früheren Gläser und Teller, ihre Pfannen und ihr Besteck wiederfinden würde, all die Sachen, die ich beim Räumen ihrer Wohnung nicht habe weggeben können, die ich gesammelt habe, als ginge es darum, ein Museum auszustaffieren. Ich lebe hier zwischen ihren Gegenständen, während sie dort unter fremden Gegenständen lebt, es fühlt sich falsch an und ist gefährlich, denn diese Gegenstände müssen unter Schutz gestellt werden. Nichts darf kaputtgehen. Wenn Tanja sie benutzt, kann ich kaum hinsehen, wenn es scheppert, laufe ich in die Küche, ich bewache die Gegenstände wie eine Löwenmutter. Tanja kann nicht verstehen, wie aufgeladen diese Stücke für mich sind. Sie nennt mich neurotisch, ich sie einen Trampel.

Kann sein, dass es lächerlich ist, so an Alis Dingen zu hängen, sie zu horten, aber ich kann mich von der Vorstellung nicht lösen, dass etwas, mit dem Ali vierzig oder auch sechzig Jahre lang gelebt hat, das Inventar ihrer Alltage, ihres Lebens, doch auch etwas von ihr in sich aufgenommen hat. Außerdem bewundere ich die Sorgfalt, mit der sie mit den Dingen umgegangen ist, dass fast alles ganz blieb, dass das Geschirrset mit den Zwiebelaufdrucken aus den Sechzigern nahezu vollzählig ist, obwohl sie es jeden Tag benutzte. Darum hänge ich daran und habe Angst, weil es bei mir bestimmt irgendwann zu Bruch geht.

Es heißt, wenn ein Mensch stirbt, geht er auf seine Dinge über. Ali ist aber nicht gestorben, deshalb sind ihre Dinge bei mir auch so fehl am Platz. Sie sollten bei ihr sein. Ali sollte bei Ali sein. Stattdessen ist alles aus dem Ruder gelaufen, sie singt nicht mal mehr das Lied von den zwei Kaffees. Früher sang sie es jeden Morgen, vor der Kaffeemaschine stehend, an etwas anderes könnte ich mich nicht erinnern. In der Mitte gibt es einen Tralala-Teil, damit es sich zum Schluss besser reimt. Erst im Altersheim hat sie mit dem Singen aufgehört. Hat sogar mit dem Kaffeetrinken aufgehört und bestellt jetzt morgens heiße Schokolade, in die sie ihr Brot tunkt. Außerdem gibt es keine Aussicht mehr auf den Fluss und den Bahndamm, kein Ausschauhalten auf Graureiher und Draisinen und auch keinen Einklang mehr zwischen verstrichener Zeit und den passierenden Zügen von und nach Zürich. Es gibt den Blick auf den betonierten Gartensitzplatz und einen ganz und gar läppischen Streifen Rasen, der nur pro forma zwischen diesem und dem nächsten Block angepflanzt wurde. Es gibt keine Kinder, keine Wasserschlachten und keine Wäsche, die in der Sonne hängt. Es gibt den Aufenthaltsraum mit Ohrensesseln, Couch und Fernsehmöbel und das Esszimmer mit dem langen Tisch und Holzstühlen, deren Sitzpolster mit grünem Stoff bezogen sind. Es gibt den breiten Flur, auf dem die Bewohnerinnen, die noch gehen können, auf und ab wandern. Die einen verwirrt, die anderen ratlos. Das ist jetzt Alis Heim. Aber bestimmt kein Zuhause.

Meike meint, ich soll endlich damit aufhören. Mit diesem Drama. Das ist normal, Menschen werden alt, sie brauchen Pflege. Die Dinge verändern sich mit der Zeit.

Ja danke. Das ist mir auch aufgefallen.

Ali hat es schön, sagt sie, besser als allein zu Hause, weißt du, was sie das für Anstrengungen kosten würde, abgesehen davon, dass es unmöglich wäre. Deine Sentimentalität, hat mit ihr nichts zu tun.

es muss besser werden

Ali in London, hat sich einen dieser faltbaren Schirme gekauft, die in die Handtasche passen. Mittlerweile hat sie sich eingelebt, fühlt sich nicht mehr wie ein Fremdkörper, es sind auch ihre Straßen, es sind auch ihre Plätze und Brücken. Sie lässt sich nicht mehr überrumpeln. Alles hat sich irgendwie zum Besseren gewendet, seit sie eine neue Stelle hat, ein neues Zuhause.

Ali hat sich dem Arzt nicht weiter verpflichtet gefühlt, weil er sich distanzlos zeigte. Eigentlich, weil er sie abends in ihrem Schlafwartezimmer bedrängt hat. Ich bin nicht mehr sicher und möchte genau hier nichts Falsches sagen, aber ich glaube, mich an Alis Erzählung dieser Begebenheit zu erinnern, nicht aber an die genauen Worte, was mich misstrauisch macht, weil Erinnerungen im Kopf ja biegsam sind, und nachzufragen habe ich mich bisher nicht getraut, weil ich nicht weiß, wie. Weil es immer wieder die gleiche Geschichte ist und immer wieder eine andere, weil so viele Frauen sie kennen, und es so schwierig ist, die richtigen Worte dafür zu finden. Während Ali sich vor Schlimmerem hatte retten können, als er im Zimmer hinter ihr stand mit der Hand da, wo sie nicht hätte sein sollen. Ein unflätiges Angebot. Das verschlägt ihr die Sprache, aber sie fängt sich sofort, wird wütend. Für wen halte er sie eigentlich. Aber das darf gar keine Rolle spielen, für wen er sie hält. Und nimm deine Dreckspfoten runter von Ali, du Schwein, das sage ich dazu. Und er verschwindet. Soll er für immer verschwinden mit all seinen Komplizen, dann müsste kein Gedanke mehr an sie verschwendet werden.

Ali packt noch spätabends die Koffer und durchwacht die Nacht. Sie verabschiedet sich von Frau Meyer und weint dann plötzlich, ungewollt, weil es einfach aus ihr herausbricht und weil sie doch in den langen Stunden des Winters, in denen sie zusammensaßen, Vertrauen in sie gefasst hat. Ali erzählt, warum sie weggeht, und versichert, dass nichts passiert ist. Frau Meyer zweifelt nicht an ihrem Bericht, kennt diese und ähnliche Geschichten und kennt auch einen Haushalt ganz in der Nähe, in dem eine Hilfe gesucht wird. Es tut mir leid für dich, sagt sie, aber komm doch trotzdem mal zum Tee, nur wir zu zweit, oder zum Gin-Rummy.

Ali zieht in der Eton Avenue einige Häuser weiter. Sooft sich die Gelegenheit bietet, geht sie tanzen, hat eine kleine Glasflasche in der Rocktasche, aus der sie sich heimlich Gin oder Whiskey ins Wasserglas füllt. Wenn sie sich mit Freundinnen trifft, bestellt sie manchmal auch ein Ale, selten aber, da sie ja, obwohl es Sommer ist, den Pelz abstottern muss. Schon gehört ihr mehr als der halbe Mantel. Ab und zu öffnet sie zu Hause den Kasten und streicht mit den Fingern durch den feinen Pelz.

Bis in den dritten Frühling hinein trägt sie einen beachtlichen Teil ihres monatlichen Verdiensts zum Pelzhändler in der Circus Street. Zum Schluss zähneknirschend, da der schwere Mantel schon fast wieder aus der Mode gekommen ist, die sich in London so schnell wandelt, dass es sich nur die bessere Gesellschaft leisten kann, da mitzumachen. Sie liefert das Geld ab, ist ja auch egal, denkt sie sich wahrscheinlich, sie lässt die Tür zufallen und läuft los. Dem Regent's Park entgegen, ein blödsinniger Umweg. Ein schöner Umweg. Unter den Bäumen hindurch und über die Wiese laufen, Ali zieht die Schuhe aus und die Strümpfe, hat schon so lange kein Gras mehr unter den Füßen gespürt. Vom Zoo her wehen Tierschreie herüber und ab und zu der Geruch von Dung. Ali denkt ans Riet. An die Bäume und an Johann, den es vielleicht gegeben hat, an die Mutter, die dunkle Stube und den Vater, denkt an die Spaghetti. Sie zieht die Schuhe wieder an, allzu lange kann sie nicht wegbleiben. Sie trägt Stöckelschuhe, Handschuhe und ein neues Sommerkleid, das locker um die Knie fällt und weit ausschwingt, wenn sie sich um die eigene Achse dreht. Sie mag, wie das Kleid hochflattert, dreht sich manchmal ohne Grund oder mit einem Vorwand um die eigne Achse, weil sie will, dass es auch sonst noch jemandem auffällt. Aber sie muss aufpassen, denn die hochhackigen Schuhe sind tückisch. Obwohl sie oft übt, ist es doch ein unsicheres Gefühl. Jetzt nur nicht umknicken, beschwört sie sich, wenn ihr jemand entgegenkommt. Ich bin jedes Mal eingeknickt, sagt Ali.

Einmal hat sie sich auch bäuchlings aufs Perron der London Underground gelegt, weil ihr linker Absatz in einem Gitter stecken blieb. Sofort rappelte sie sich wieder auf, schüttelte die Arme ab, die ihr helfen wollten, und riss jemandem ihren Schuh aus den Händen, ohne ihn dabei anzuschauen. Mit brennenden Wangen zog sie ab, auf einem Schuh humpelnd. Zu Hause hat sie die Nylonstrümpfe in den Mülleimer geschmissen, als wären die schuld daran gewesen. Der Bauch hat geschmerzt und die aufgeschürften Hände. Es hat Wochen gedauert, bis sie Käthe davon erzählte, die darüber so sehr lachen musste, dass Ali es sich auch nicht ganz verkneifen konnte.

Sie zögert die Heimkehr hinaus wann immer möglich. Auch wenn es nur um Sekunden geht, sie hat keine Lust mehr auf das ewige Kochen, Abwaschen und Fensterputzen, jetzt, wo sie doch langsam auch eine Dame sein könnte, jetzt, wo die Sonne scheint, wo es warm wird und Ali die Blütenluft einatmet, die einen noch viel mehr erwarten lässt. Vielleicht hätte sie doch mit dem tanzenden Italiener durchbrennen sollen, in den Süden, an ein richtiges Meer, nur für eine Zeit, aber das ist mein Wunsch, Ali kann nicht immer auf alles hören.

Sie kehrt zurück, erledigt pflichtbewusst die Arbeit, gründlicher als andere Haushälterinnen. Tut, was sie muss, kocht Innereien und Flan. Es ist schon gut, hier hat sie endlich so was wie eigene vier Wände, unter dem Dach eine Kammer, die ihr gehört, wo ihr Bett steht, wo sie allein sein kann. Eine kleine Lukarne, von der aus sie über die Dächer in den Himmel schaut und von später träumt.

die Vorstellung ist brüchig

An einem milden Donnerstag fahre ich ins Riet. Die Fahrt ist lang; umsteigen, einsteigen, weiterfahren, zum Schluss eine halbe Stunde mit dem Überlandbus durch jedes Kaff, durch den Gemsfelsen, ein durchhöhlter Brocken, von dem mir Ali schon erzählt hat, die letzte Station vor dem Riet. Und dann stehe ich also da, ein Weiler ist das, ein paar Häuser nur, eine kleine Wirtschaft, die nicht mehr betrieben wird.

Ich muss die Geschichte mit Johann revidieren. Es gibt keine Bäume, auf die man klettern könnte, um übers Land zu schauen, nur drei, vier Kirsch- und Apfelbäume im Garten, kleinwüchsige, knotige, und auf Kirschbäume darf man nicht klettern, weil die viel zu brüchig sind, und auch wenn sie das getan hätten, hätte es nicht viel zu sehen gegeben, die Talsohle zwischen Hügeln und Felsen ist flach und trotzdem irgendwie unüberschaubar.

Ein Schotterweg, fünfzig Meter vielleicht, dann der Vorplatz mit einem kahlen Baum, dahinter das alte Bauernhaus mit gelben Schindeln verkleidet. Es gibt verschiedene Türen, ich weiß nicht einmal, wo klingeln. Hier wohnt jetzt nur noch Elsbeth, Alis Schwägerin, also meine Großtante. Während ich noch nach einem Klingelknopf suche, taucht ihr lachendes Gesicht an einem der Fenster im oberen Stockwerk auf. Hier die Tür rechts, sagt sie, ich komme gleich runter. Ich betrete den Hausflur, auf der Holztreppe kommt mir Elsbeth entgegen, es ist düster, wir schütteln einander die Hand. Ich bin sicher, dass ich sie nicht zum ersten Mal sehe, und sehe sie doch zum ersten Mal. Wir setzen uns in die Küche und essen Lasagne, ich schaue ihr zu, wie sie hantiert, nach dem Essen Kaffee macht, ich werde immer verlegener. Elsbeth ist einiges jünger als Ali und bei besserer Gesundheit. Dennoch ist sie sichtbar alt, hinkt und hat einen Tremor in der linken Hand. Auch sie wird nicht ewig allein in diesem Haus leben können, schießt es mir durch den Kopf, es tut mir jetzt schon leid. Elsbeth erzählt mir, wie sie damals in die Schweiz kam, um zu arbeiten. Dort drüben in der Wirtschaft habe ich serviert, sagt sie und zeigt auf das Fenster, durch das keine hundert Meter entfernt das Wirtshaus zu sehen ist, mich schließlich verliebt, dann die Straßenseite gewechselt. So bin ich in diesem Haus hier gelandet, und seither bin ich nicht mehr weg. Weit bin ich ja nicht gekommen in der Schweiz, sagt sie, und wir lachen. Dann erzählt sie auch von ihrer Kindheit in Österreich, erzählt vom Dorf, vom Krieg, vom Rückzug der Wehrmacht, der Roten Armee, der Gewalt, der Angst und dem Verrat. Ich höre lange zu. Ich wüsste auch nicht, was ich zu sagen hätte.

Zum Abschied umarmen wir einander, Elsbeth bestellt Grüße an Ali. Im Zug zurück fällt mir auf, was für eine merkwürdige Vorstellung das war, hierherzukommen, um Elsbeth über Ali auszufragen; die Annahme, Ali hätte auf der halben Welt Spuren hinterlassen, die Annahme, wo immer sie gewesen war, wären alle andern nur dazu da, ihre Spuren zu sichern, als wären alle bloß Schemen, die erst in Alis Glanz zu leben beginnen, dabei sind es doch Menschen mit eigenen Geschichten. Der gleiche Skandal von der Vergänglichkeit des Lebens. Elsbeth ist selbst eine Ali. Ich habe sie sofort ins Herz geschlossen, und das Herz wurde ein bisschen schwerer, weil auch sie eine Großmutter und Mutter ist, die viel zu schnell alt wird und eines Tages stirbt. Ali ist nur eine unter ihnen, unter uns, darin sind wir uns alle ähnlich, nur stehen wir an unterschiedlichen Punkten und sehen die, die uns am nächsten stehen, groß und die, die weiter weg sind, immer kleiner. Es ist nur eine Frage von Gesichtspunkt und Perspektive, eigentlich ein physikalisches Phänomen.

Die Rabatten vor dem Heimeingang blühen, Primeln, Krokusse, Anserinen und Gänseblümchen. Aber hinter den Gardinen von Alis und Frau Plozkys Zimmer dürfte der Frühling sich kaum bemerkbar machen, denke ich und gehe noch einmal zurück, um auf der Fettwiese, die auf wundersame Weise der zunehmenden Überbauung entgangen ist, ein Sträußchen zu pflücken. Notdürftig ausgerupfte Gänseblümchen, in Ermangelung der Schlüsselblumen, die Alis Lieblingsblumen sind. Dann gehe ich zurück zum Aliheim. Sie liegt unter den Flickendecken und sagt, da kommst du ja endlich, ich habe seit dem Frühstück auf dich gewartet. Ich strecke ihr das kümmerliche Sträußchen entgegen, fühle mich wie damals als Kind, als ich versuchte, Schafgarben zu pflücken, die sich, zäh und faserstielig, nie pflücken ließen und immer mitsamt Wurzel aus der Erde kamen. Oder die endlosen Versuche, blaue Katzenäugchen zu sammeln, die ihre Blütenblätter abwerfen, sobald man sie in der Hand hält. Mickrige Realversionen der in der Vorstellung üppigen Blumenbouquets.

Mir fällt die Geschichte vom Gänseblümchen ein, die mir Ali manchmal erzählt hat, und ich frage mich, ob ich sie ihr erzählen soll. Die Blumen der Erde hatten einen großen Streit, wer von ihnen die Schönste unter der Sonne sei. Die Blumen brüsteten sich und gaben voreinander an: Ich bin die Schönste, sagte die Rose, ich bin die Königin der Blumen, ich dufte wie edelstes Parfüm. Unsinn, riefen die Astern, wir sind die Schönsten, wir sind in jedem Garten gern gesehen und dem Auge eine Zier, wir haben Strahlen wie die Sonne und blühen bis tief in den Herbst hinein. Die Sonnenblumen verkündeten, sie seien die Schönsten und die Höchsten und blickten auf alle anderen hinab. Die Hyazinthen riefen, wir sind so blau, so königsblau wie der Himmel, wie sollten wir nicht die Schönsten sein! Nur das Gänseblümchen sagte nichts, klein war es und nichts Besonderes, hatte nur ganz einfache weiße Blütenblätter und wusste, dass es gegen die anderen nicht bestehen konnte. Die Blumen stritten und zankten immer weiter, bis sie schließlich die Sonne fragten, wer von ihnen die Schönste sei. Die Sonne, des Gezeters schon lange überdrüssig, sagte, ihr seid mir alle zu eitel, und am besten gefällt mir das Gänseblümchen, weil es sanft ist und bescheiden. Als das Gänseblümchen dies hörte, bekam es vor Verlegenheit ganz rosarote Bäckchen, und die hat es heute noch.

Na ja, bei näherer Betrachtung ist die Geschichte ganz schön moralisch, aber immerhin eine Erklärung.

Ali riecht geräuschvoll an den Blumen und sagt, aaahhh. Dann streckt sie sie mir ins Gesicht und macht dasselbe Geräusch noch mal. Das hat sie früher schon immer getan, als Aufforderung, den Blütenduft zu genießen, bei jedem hat sie das gemacht, reihum, bis auch die Hinterletzten ihr Schnauf-Aaahhh wiederholten. Ich ziehe die Mundwinkel hoch, es ist irgendetwas zwischen Belustigung und dem Bewusstsein, dass sich Alis Zustand, seit sie hier ist, kontinuierlich verschlechtert. Dass ihr ständig übel und schwindlig ist, dass sie kaum isst, dass alles Körperfett weggeschmolzen ist und die Muskeln verkümmert sind. Sooft ich mich dem Anblick stelle, daran gewöhnen kann ich mich nicht. Dass sie jetzt immer im Bett liegt wie eine Banane zwischen den Decken, die Füße auf einem Kissen und das Kopfende hochgestellt, damit sie hinter ihren Füßen noch den Fernseher sieht. Ich will doch, dass sie mit mir im Rollstuhl rauskommt, jetzt, wo der Winter vorbei und überstanden ist. Immerzu habe ich das Bedürfnis, Ali an die frische Luft zu zerren, sie dem Sonnenlicht auszusetzen, würde sie am liebsten zwangsverfrachten, weiß nicht, wie lange sie nicht mehr außerhalb dieses Hauses war, dieser 25 Grad heißen Heimluft. Nur bis in den Garten, nur auf den Vorplatz, ganz gleich wohin, nur raus. Würde mir gern ihren mageren Rest von Körper über die Schulter werfen und loslaufen, so weit es geht, nach Spanien, bis nach Santiago, wir haben viel darüber geredet früher, Ali und ich, wir würden zusammen dahin laufen, einfach so zum Spaß, ohne religiöse Hintergedanken, ohne Absolution, nur des Abenteuers wegen, tschumpeln, bis wir das Meer sähen, nur hat sie wahrscheinlich gar nie daran geglaubt, während ich es anfangs noch ernst meinte, als Jugendliche, von ihren Witzen geblendet, die eigentlichen Sachverhalte verkannt hatte, nämlich Alis bereits im Anfang begriffenen Zerfall. Ich will meine Ali zurück, habe endgültig genug von Speibecken und Schwindeltaumel. Außerdem bin ich mir fast sicher, dass all die Medikamente daran schuld sind. An der Übelkeit, dem Schwindel, der Magerkeit, der Passivität, der Schläfrigkeit, mir wird gleich selber übel.

Man dürfte einfach nicht so alt werden, sagt Ali, es müsste verboten sein, dass man so alt wird, das macht doch niemandem Spaß! Wir sollten nicht so gehätschelt werden, es ist sowieso zu spät. Ich will sterben, sag ich dir.

Solche Sätze von ihr machen mich wütend. Ich möchte ihr verständlich machen, dass das Leben eben keinen Spaß macht, dass es nun halt einmal hart ist, alt zu werden. Ich weiß, dass es lächerlich ist und selbstsüchtig, das verzweifelte Leugnen eines naseweisen, verwöhnten Großkinds. Ich klammere mich noch immer an die Vorstellung, dass Ali in ein paar Monaten wieder die Alte sein wird, aber was, wenn es stimmt, wenn sie wirklich sterben möchte? Ich habe immer geglaubt, wenn eine wirklich sterben will, dann stirbt sie auch. Aber Ali darf das einfach nicht wollen.

Jahrelang hat sie Witze über das Sterben gerissen, und

ich war stolz darauf, wenn ich von ihr erzählte, wie humorvoll sie ihrem Ende entgegenschaue. Ab sechzig darf man bei Rot über die Straße, und ab siebzig muss man, zum Beispiel. Oder der Witz von der Frau, die das Grab ihres Mannes pflegt und abends zum Friedhofsgärtner sagt, so, jetzt geh ich nach Hause, und er fragt, ob sich das noch lohne – und andere Schlager aus ihrem Repertoire. Wir haben immer gelacht, bis wir es eines Tages nicht mehr konnten, weil uns das Lachen im Hals stecken blieb. Irgendwann hat Ali dann auch aufgehört, solche Witze zu erzählen. Vielleicht, weil ihr auch langsam bang wurde.

Feste sollen nicht fallen

Alis Geburtstag naht, fast neunzig wird sie. Letztes Jahr war's anders. Ich weiß nicht mehr, wie es war, aber anders war es bestimmt. Ich hoffe, ich war überhaupt dabei. Es gibt Zeiten, in denen man die Eitelkeit aufbringt, Einzelheiten als Bestandteile von Reihen, als Wiederholungen von Ritualen abzutun. Die Überheblichkeit, es nicht für nötig zu halten, sich die Umstände einzuprägen. Ich versuche, mich zu erinnern, aber es kommt gar nichts. Weil mir erst jetzt, da die Lage prekär ist, bewusst wird, dass sich all die Momente nicht wiederholen lassen.

Vor neun Jahren der achtzigste Geburtstag, an den kann ich mich noch gut erinnern, Ali bei uns, ein gutes Fest zum Sommeranfang, Lieder, Desserts, Tanzen und so weiter. Wir haben gesagt, jetzt noch einmal achtzig Jahre, wir haben gesagt, mit achtzig fängt das Leben an, wir haben gesungen, Marmor, Stein und Eisen bricht, aber unsere Liebe nicht, mit abgeänderten Strophen, dam dam, dam dam, Ali hat wie immer eher falsch gesungen. Kreuzfalsch, um ehrlich zu sein.

Zum Fünfundachtzigsten haben wir alles genau gleich gemacht, wir haben gesungen, Marmor, Stein und Eisen bricht, aber unsere Liebe nicht, mit abgeänderten Strophen, wir haben gesagt, mit fünfundachtzig fängt das Leben an, gesagt, jetzt noch einmal fünfundachtzig Jahre, und Desserts geschmaust, Eis und Russenzopf und Tiramisu und so weiter. Ali hat Witze über das Wildschwein gerissen, und die andern haben gelacht. Sie ist erst spätabends mit dem Zug nach Hause gefahren, hat Onkel, Tante, Cousin und Cousinen bei sich beherbergt, und wir haben wirklich geglaubt, dass es noch einmal fünfundachtzig Jahre mit ihr geben würde. Dam dam, dam dam.

Es kommt mir jetzt unwirklich vor, dass das vier Jahre her sein soll. Die Zeit verging unbemerkt, jung und erwachsen sein, gedankenlos wegfahren, gedankenlos vor mich hin leben, von Ali weg in die Ferne rücken, nur alle paar Monate mal vorbeigehen und denken, ich brauche sie nicht, oder viel eher gar nichts denken, auch nicht so richtig an sie, eher an sie als Bild, weil sowieso klar ist, dass sie immer da ist. Anders ginge es ja nicht, manches muss als Grundlage gesetzt sein. Bei Terminkollisionen immer Ali hintenanstellen und dann bei den Besuchen alle Anzeichen ignorieren; das Nachlassen der immer peinlichst hochgehaltenen Sauberkeit, die Kalkablagerungen unter den Wasserhähnen, die Müdigkeit, die Schwierigkeiten, tägliche Arbeiten auszuführen, nur schon vom Stuhl aufzustehen, die offensichtliche Verschiebung des Lebensmittelpunktes hin zur Glotze, ihr gegenüber Alis Stammplatz auf der Couch, die Ansammlung von Fertiggerichten im Kühlschrank und in der Gefriertruhe, die Ältlichkeit gewisser Lebensmittel, das hat alles ganz und gar nicht zu Ali gepasst; noch immer glaube ich es nicht, trotzdem weiß ich es irgendwo, ganz weit hinten im Kopf, da weiß ich, dass sie nicht vom einen Tag auf den anderen alt geworden ist.

Ich komm an deinem Geburtstag und sing euch was vor, sage ich. Sie scheint nicht begeistert. Oder worauf hast du Lust? Ali sagt, sie habe gar keine Lust, sie wolle einfach zu Hause sein, könne das Essen aussuchen an dem Tag. Aber von uns wollen alle kommen, was den Besuchszimmerrahmen beträchtlich übersteigt. Das geht nicht, wir müssen raus, sage ich, nicht ohne Freude, denn ich will raus, beziehungsweise ich will, dass sie rauskommt.

Ich habe Schwierigkeiten zu unterscheiden, was meine Bedürfnisse sind und was ihre. Ich kann etwas, das sie sich wünscht, oder etwas, von dem ich mir wünsche, dass sie es sich wünscht, kaum voneinander trennen. Ich projiziere Wünsche auf Ali, nur weil mir in meinem Kopf logisch erscheint, dass man sich in der Situation dieses oder jenes wünscht. Ali wünscht sich nicht unbedingt dasselbe.

Eine Woche später sagt sie, ich will in den Park, sicher in den Park am Geburtstag und Picknicken, jeder kriegt eine Wurst, unkompliziert. Alle sind einverstanden, Picknick passt zu uns, haben wir immer gemacht. Doch dann beginnt es zu regnen. Wochenlang, unwahrscheinlich, aber es hört einfach nicht mehr auf, das Wasser steigt und überschwemmt den Erlenpark am See; der Geburtstag treibt heran, das Picknick fällt ins Wasser. Ich bin genervt, wieso muss das genau jetzt passieren, wo wir Ali das eine Mal aus dem Heim holen wollen. Lena sagt, dann gehen wir eben ins Tonis, und in dem Moment, in dem sie das sagt, macht sich in meinem Gehirn eine Tür auf, und daraus tritt eine Erinnerung hervor, Pizzaessen im Tonis an Alis Geburtstag, wie konnte ich das vergessen, da sind wir jahrelang hingegangen. Jahrelang also nicht gerade, sagt Lena. Sehr wohl, sage ich, kann mich ja ganz genau erinnern, sogar immer am selben Tisch haben wir gesessen. Vielleicht zwei, höchstens drei Mal, sagt sie. Ach was.

Ich freue mich auf die Pizzeria, das wird gut. Außer, dass wir natürlich nicht hinlaufen. Meike und Tobi hieven Ali aus dem Auto, ich würde gerne schreiben, Ali thront im Rollstuhl, aber sie sieht ziemlich kläglich aus und will, kaum wird sie an den Tisch gefahren, wieder an die frische Luft, weil ihr nicht gut ist.

Sie bestellt eine Suppe. Als das Essen serviert wird, entbrennt ein Streit, weil Ali sagt, das Gemüse in der Suppe sei hart und die Suppe keine richtige Suppe, jedenfalls garantiert keine Minestrone. Lena sagt, die sind also sehr weich, die Stücke in der Suppe, aber Ali weigert sich trotzdem, sie zu essen. Ich bin enttäuscht, vielleicht auch schockiert, weil die Rollen so suppenkaspermäßig klischiert sind. Weil Lena plötzlich Alis Mutter ist, statt umgekehrt. Da verstehe ich zum ersten Mal, wie das für Lena sein muss, wie verletzlich das macht.

Ali wird an die frische Luft gefahren, dann wieder herein. Mit ihrer Linken umklammert sie einen Rosmarinzweig, an dem sie ein ums andere Mal riecht, es wird ihr trotzdem schlecht. Immer wieder muss sie raus, wir wechseln uns ab, essen dazwischen Pizza oder Gnocchi und schieben sie vor das große Fenster und zurück. Den Nachtisch essen wir alle draußen unter dem Betondach der Pizzeria, um uns vor dem Regen zu schützen. Das ist auch fast wie Picknicken, sagt Lukas.

Dann fahren wir Ali zurück. Es kommt mir so vor, als würden alle immer den Ausdruck nach Hause betonen, um nicht Heim sagen zu müssen. Das Heim ist jetzt Alis Zuhause.

Wir übergeben sie den Pflegerinnen, die sie auf ihr Bett setzen. Ali übergibt sich in eine Schüssel. Zwischen den Schwallen würgt sie einzelne Worte oder Satzfetzen hervor, die ich nicht verstehe. Wir schauen ihr zu. Die Cousine sagt, das ist der Rollstuhl, im Rollstuhl wird ihr immer schlecht. Lena sagt, das ist das Gehen, letztes Mal war's auch das Gehen. Ich sage, das ist bestimmt das Autofahren. Onkel Emil sagt, das ist das Eis, siehst ja, dass es das Eis ist. Tobi sagt, das ist jetzt grad zu viel für mich. Und er hat recht.

Dann gehen alle.

von vielen Möglichkeiten kann auch keine wahr sein

Ali will fort, sie ist des Putzens überdrüssig. Außerdem haben sich die Freundinnen in alle Himmelsrichtungen verstreut. Andere Bekanntschaften sind distanziert geblieben, sie sehnt sich nach Nähe. Ihre Freundin Käthe ist mit ihren Arbeitgebern nach Amerika ausgewandert; ich warte jetzt noch, bis ein Brief von ihr kommt, und dann kündige ich, sagt Ali.

Aber wohin soll sie ziehen? Wieder im Riet zu leben, scheint unmöglich, sie will nicht unter den düsteren Berg zurück, will nicht zu Ackerpflug und Sauerteig nach Hause fahren. In alle Richtungen zerrt es sie, bis sie gar nicht mehr weiß, was zu denken bleibt. Käthe schreibt von Autos, Highways, Diners, diesen unglaublich hohen Gebäuden, in New York wohnten Menschen aus jedem Land der Welt, Ali solle auch rüberkommen. Aber Amerika ist ihr zu groß und vor allem zu weit weg, wer erst einmal da ist, kommt nicht mehr zurück. Sie kündigt aufs Geratewohl, freut sich jetzt plötzlich, ihre Familie zu sehen und Fränzi und Johann vielleicht, merkt wieder mal, wie sehr ihr hier etwas gefehlt hat.

Nach vier Jahren in London packt sie ihre Sachen in zwei Koffer und stellt sie in den Flur. Time has come, sagt Ali, sie weiß auch nicht so genau, was sie dann dort drüben auf dem Festland will, in dieser Schweiz, die sie sich gar nicht mehr vorstellen kann. Es wird sich schon etwas ergeben, nicht auf dem Land, in einer Stadt, Arbeit gibt es immer genug, und arbeiten kann ich, denkt sie. Sie brät ein letztes Mal Eier zum Frühstück und rührt im Haferschleim für die Kinder, schrubbt die Teller, trocknet sie, poliert die angelaufenen Silberlöffel. Ali wischt den Küchenboden, bettet die Betten und bereitet einen kleinen Lunch vor. Nach dem Abwasch zieht sie die Schürze aus und trägt sie in den Keller, wo die Wäsche gewaschen wird. Sie legt sie in einen leeren Bottich. Das ist für ihre Nachgängerin. Eine nächste Miss, die eine Lady sein möchte und Miss bleiben wird. Ali bleibt kurz stehen, aber es hält sie nichts in diesem Haus, außer dass sie ihren Wochenlohn noch nicht bekommen hat. Sie geht zurück nach oben, nimmt das Geld entgegen, schüttelt die Hand von Mister Hayes, lässt sich von Ellie umarmen, auch von den Kindern, mit denen sie die letzten zwei Jahre durch die Parks und Alleen gelaufen ist. Der Junge heult. In ein paar Wochen wird er einer anderen Nanny am Hals hängen, denkt sie und überspielt vor sich, dass ihr diese Zwerge auch ans Herz gewachsen sind, ihre lustigen Ideen. Dann tritt sie vor die Tür. Anstellungsfrei. Frei. Atmet.

Die nun schweren Koffer trägt sie zu Fuß zum Bahnhof. Der Pelzmantel hat nicht hineingepasst und baumelt, viel zu heiß, von ihrer linken Schulter. Der Nachmittag ist verhangen, aber mild, Ali hält den Kopf aus dem Fenster des fahrenden Zugs, kurz nur, damit sicher nichts passiert, dafür immer wieder. Als sich eine ältere Dame ins Abteil setzt, schließt sie das Fenster und setzt sich auch auf die hölzerne Bank, aber die Nervosität geht nicht weg. Sie schaut auf die Finger, auf die Koffer, streicht sich den Rock zurecht. In Dover steht sie am Bahnsteig, schaut auf die Uhr, rechnet und läuft los, schnell, durch die Straßen, den grünen Hügel hoch, dem Castle zu. So viel Zeit muss sein, denkt sie und hastet über das mittelalterliche Pflaster, stört sich an den Panzern und Kanonen, die halb Überreste, halb Ausstellungsstücke sind. Ein kalter Schauer auf dem Rücken. Ali dreht eine Runde um das Schloss. Es ist nicht spektakulär. Es kommt ihr vor wie mit allem, dass es aus der Nähe an Monstrosität, an Großartigkeit verliert. Sie bläst Luft durch die geschlossenen Lippen, zuckt mit den Schultern. Aber das Meer, das Meer ist so groß, hier könnte sie ewig stehen bleiben und zuschauen, wie es gegen die Kalkfelsen braust. Dann reißt sie sich los, es bleibt keine Zeit zu verlieren, die Fähre wartet nicht. Die Mutter wartet.

Es fragt sich, ob es Johann noch gibt. Ob es ihn noch geben kann, jetzt, da sie die Großstadt kennt. Ob er nicht selber längst weg ist. Eigentlich gefällt es mir besser, wenn Ali noch ein bisschen London erkundet, ein anderes London, nachdem sie sich aus den Kinderumarmungen gewunden und die Hände geschüttelt hat. Wie sie mit geradem Rücken auf die Vortreppe tritt. Frei. Angstfrei. Einmal kurz ausatmet.

Ich denke mir, wie sie ein leicht triumphierendes Lächeln auf den Lippen trägt, während sie mit den schweren Koffern die Eton Avenue hinunterschreitet. Für diesen Tag hat sie Geld auf die Seite gelegt, von dem, was sie auf die Seite gelegt hat, noch weiter auf die Seite gelegt. Sie hat gemogelt, ich will es so. Hat ein falsches Datum angegeben, sich eine Nacht Freiheit gesichert. Es geht heute keine Fähre mehr nach Frankreich. Sie wird morgen oder meinetwegen nächste Woche den Kanal überqueren, jetzt schlendert sie durch die Stadt. Es ist ihre Zeit, Alizeit.

Sie nimmt ein Zimmer in einer Pension, nicht zu teuer, aber anständig, anständig ist gut, ist wichtig für eine alleinstehende Frau. Im Zimmer lässt sie sich aufs Bett fallen, es quietscht und ist sehr weich, sie versinkt fast in den Kissen, schläft bei offenem Fenster ein und erwacht wenig später mit einem Überlegenheitsgefühl. Die Zeit ist gekommen, als freie Frau durch London zu schreiten. Schade, dass es für den Mantel zu warm ist. Sie schminkt sich, summt einen Schlager aus dem Radio, zieht ihr schönstes Kleid an und die neuen Ohrringe. Sie dreht sich vor dem Spiegel, es kann losgehen.

Der Vorabend ist lau, es riecht nach Blättern, nach warmem Straßenbelag, sie läuft ziellos herum, die vom Asphalt aufgeheizte Luft streicht ihr die Beine hoch. Ali läuft weiter, die Zeit der Hintertüren und Seiteneingänge ist vorbei. Schon lange. Sie schreitet über den Trafalgar Square, er gehört ihr. Männer drehen sich nach ihr um, sie reagiert nicht darauf, geht einfach weiter, das ist Teil dieses Überlegenheitsgefühls. Sie betritt ein Lokal und bestellt ein Sandwich mit Roastbeef, zum ersten Mal, heute tut sie alles, was sie die letzten Jahre nur an anderen beobachtet hat, steht gleich am Tresen, wischt sich den Mund mit der dünnen Papierserviette ab und bestellt einen Single Malt. Tut, als hätte sie das immer so getan, als hätte sie nicht gemerkt, dass sie das nur an Männern gesehen hat, dass sie kein Mann ist. Natürlich weiß Ali das, aber es ist ihr egal, sie tut, was sie tun kann. Und dann geht sie tanzen.

Ali ist früh schlafen gegangen

Im Altersheim von der Einsamkeit aufgefressen werden – ich glaube, allen geht es gleich, es ist unabwendbar, ganz egal, wie oft Besuch kommt. Die Einsamkeit baut sich in der Runde von Zerfallenden und Hinfälligen umso mehr auf. Eingekreist von diffuser Feindseligkeit, aber viel schlimmer, von Desinteresse und Apathie. Die meisten Bewohnerinnen verstehen nicht mehr viel von dieser Welt, haben mittlerweile eine eigene, und die Pflegerinnen sind zwar nett, aber das ist ihr Beruf. Ich glaube, sie können, nein, sie dürfen die Pflegebedürftigen gar nicht zu gern haben, das wäre ja nicht auszuhalten bei all den Todesfällen. Ich drücke Alis Hand, was kann ich tun für dich? Ich würde gern mehr für sie tun, weiß aber nicht, wie. In meinem Kopf wird dieser Satz sofort als Lüge demaskiert. Natürlich weiß ich, ich könnte Ali zu mir nehmen, könnte auf sie aufpassen, könnte mich ihr widmen, könnte ein wenig von dem zurückgeben, was sie für mich, für uns alle war und bleiben wird. Hier reden wir kein Wort miteinander, sagt sie, wir kennen uns überhaupt nicht, wir sind wie Fremde, Fremde in einem Restaurant, und alle allein. So lebt sie, die Menschenali. Kümmert dahin. Das ist falsch, grundfalsch.

Das war eine ganz dumme Idee damals, sagt sie plötzlich, als ich im Krankenhaus lag. Aber da wussten wir es halt nicht besser. Und jetzt warte ich hier und langweile mich den ganzen Tag und muss dankbar sein, wenn jemand kommt und ein paar Wörtchen mit mir wechselt. Hier muss man für alles dankbar sein, was früher einfach normal war, nur schon dafür, dass das Gegenüber überhaupt noch verstehen kann, was man sagt. Und ich versteh auch schon die Hälfte nicht mehr, akustisch, manchmal nicke ich einfach und lächle oder sage Jaja, weil ich nicht immer die ganze Zeit nachfragen will. Ist ja eh egal jetzt.

Es trifft mich, dass sie so redet, dass sie es jetzt bereut. Bisher hat sie immer behauptet, sie hätte sich ganz richtig entschieden, dass sie es gut getroffen hätte hier, und ich habe es bereitwillig geglaubt, weil es ein sehr familiäres Heim ist und weil es mir ein Trost war.

Um sich anders zu entscheiden, ist es zu spät, es ist alles weg. Darum hätte ich es lieber nicht gehört, aber ich habe gehört, wie Ali sagte, wäre ich doch in die Wohnung zurück und nicht alles so überstürzt; ich konnte mich ja gar nicht verabschieden.

Ich denke an die Tage, als sie im Krankenhaus lag. Uneinsichtig. Stur. Nirgends wollte sie mehr hin, außer direkt ins Altersheim, während wir versuchten, sie zu überreden, vielleicht erst mal eine Kur zu machen oder eine ambulante Pflege zu organisieren, oder vorschlugen, dass wir abwechselnd bei ihr wohnen oder bei Lena und Paul ein Zimmer für sie leer räumen könnten, sogar eins mit eigener Toilette. Aber Ali wollte nicht. Wollte nicht zur Last fallen, ich weiß noch genau, wie sie sagte, das will ich nicht, und ihr wollt es auch nicht, es ist mühsam, und ihr habt genug um die Ohren. Ali sagte damals, sie wisse es, weil sie es am eigenen Leib erlebt habe, als sie jahrelang ihre Mutter und ihren Mann pflegte. Na also, du kannst dich jetzt auch mal pflegen lassen, haben wir gesagt, du hast es verdient. Aber sie weigerte sich partout. Jetzt erzähl ich dir mal was, sagte sie energisch, dein Großpapa ist gestorben noch vor deiner Uroma, und weißt du, was sie gesagt hat, als er starb? Sie sagte, gut, dass er tot ist, dann hast du mehr Zeit für mich. Da war sie halt schon senil, sagte Ali und zuckte mit den Schultern. Stell dir vor, ich werde bald senil, das will ich euch nicht zumuten.

Wir haben den Versuch, sie zu überreden, aufgegeben, hätten es uns wahrscheinlich auch nicht zugetraut, wenn wir ehrlich gewesen wären, das Mobilisieren und Aufnehmen und Waschen und so weiter, wegen einer eigentümlichen Angst vor dem Körperlichen, vor dem, was nicht wie gewohnt funktioniert. Aber jetzt bereue ich, dass wir uns nicht überwunden haben.

Im Zug nach Hause wird das Gefühl immer schwerer. Daheim falle ich auf die Couch und kann mich nicht bewegen, weil mich die Grausamkeit des Vorgangs bedrängt, die Fehlüberlegung, und ich wünschte, es wäre alles anders gelaufen. Ich wünschte, wir hätten es damals gewagt, hätten alle abwechselnd das kleine Zimmer in Alis Wohnung bezogen und sie in ihrem eigenen Zuhause gepflegt, uns mit ihr unterhalten und ihr Essen gekocht, das sie hätte essen können, das ihr geschmeckt hätte. Sie hätte sich vielleicht erholt. Stattdessen war Ali kein einziges Mal mehr in ihrer Wohnung, hat nie mehr diesen Geruch in der Nase oder die Abendsonne in der Küche gehabt, nie mehr die tannengrünen Vorhänge durch die klemmenden Schienen gezogen oder die weißen Rüschen gefächelt. Hat nie mehr in ihrem Bett gelegen und nie mehr vor ihrer Schminkkommode gesessen. Nur wir sind in die Wohnung gegangen, haben sie in Kisten oder Mülltüten verpackt, haben Inserate geschrieben und gehofft, dass wir die Zimmereinrichtung loswerden, die unhandlichen Möbel aus den Fünfzigerjahren.

Tanja kommt und fragt, ob ich krank sei, ob sie mir Tee machen solle. Und obwohl ich Nein sage, bringt sie mir eine Tasse, ich bedanke mich, sie setzt sich zu mir auf die Couch. Dieses Gefühl, dass wir Ali hätten helfen können, mit den Händen, greifbar. Dass sie im Altersheim ist, fühlt sich an wie eine Abschiebung, fühlt sich an, als würden wir sie aus unseren Köpfen und Verantwortungsbereichen verdrängen. Das Schuldgefühl ist krass, sage ich. Tanja runzelt die Stirn, du kannst dich nicht für alles verantwortlich fühlen, sagt sie. Wir haben es komplett vermasselt, wir hätten ihr ein anderes Alter ermöglichen können, wir waren uns doch bewusst, dass ein Heim nicht das Richtige ist, nicht für sie. Aber niemand von uns hat es getan, hat eingegriffen, hat die eigenen Bedürfnisse hinter die von Ali gestellt. Das ist Selbstüberschätzung, sagt Tanja, stell dir das mal vor, ihr hättet euch aufopfern müssen, das kann von niemandem erwartet werden. Sie versucht, mich zu beruhigen, aber es will nicht funktionieren.

Seit Ali das gesagt hat, bin ich wieder wie besessen von der Idee, dass wir alles hätten stehen und liegen lassen sollen, um zu ihr in die Wohnung zu ziehen. Als ich mich mit Meike und Tobi zum Kaffee treffe, kann ich über nichts anderes reden.

Wir hätten es unter uns aufteilen können, hätten bei ihr bleiben sollen, sage ich, aber wir waren einfach feige und egoistisch. Ab und zu vorbeigehen und ein bisschen Blumen, Kuchen und Tratsch vorbeibringen ist bequemer, als jeden Tag mit Ali aufzustehen, mit ihr Morgentoilette zu machen, zu frühstücken, abzuwaschen, Mittagessen zu kochen, Bettlaken zu waschen und so weiter. Scheiße!

Hör endlich auf damit, sagt Meike, Ali hat das ja gar nicht gewollt, das weißt du genau, es war ihre Entscheidung, ins Heim zu gehen.

Nur weil sie uns davor bewahren wollte, sie pflegen zu müssen, es wäre aber trotzdem besser gewesen, sage ich, wir hätten einfach vehementer sein sollen, uns überwinden und sie dazu zwingen oder so.

Du kannst doch eine neunzigjährige Frau nicht einfach bevormunden, verdammt noch mal, niemand von uns wäre außerdem imstande gewesen, für Ali zu sorgen, sagt Meike.

Wir hätten es aber lernen können, ich schreie fast.

Romantisier das doch noch ein bisschen mehr, sagt Meike.

Tobi sagt, wir sollen nicht so rumschreien, und spricht selber viel zu laut, so ist die Welt schon lange nicht mehr. Du denkst, dass du es hättest tun können, aber du hättest es nicht geschafft, nicht mal wir alle zusammen, es ist alles anders eingerichtet. Es passt nicht dazu, wie wir leben, das beginnt schon viel früher.

Trotzdem, sage ich, das sind doch alles keine Gründe.

Du hängst einer veralteten Vorstellung an, sagt Tobi, die Pflege ist jetzt eben rationalisiert …

Dass ihr immer so tun müsst, als gäbe es die heilige vergangene Zeit, alt sein war noch nie lustig und Alte pflegen auch nicht, Meike winkt dem Kellner und zahlt den Kaffee. Sie ist wütend, und ich komme mir blöd vor. Kann sein, dass die Geschwister recht haben. Kann sein, dass es wirklich nicht gegangen wäre, aber es muss doch irgendwie besser gelöst werden. Ich kann nicht glauben, wie allein alle sind und wie das alles nicht aufgeht. Dass ich also nur ein gefühlsduseliges Anhängsel sein soll von etwas, das es schon lange nicht mehr gibt. Oder auch noch nie gegeben hat. Meine romantische Idealisierung der Großfamilie, während ja Alis Generation genau dafür gekämpft hat, aus diesen Strukturen auszubrechen. Aber ich finde es dennoch sonderbar, dass die Gebrechlichen und Kranken uns so unbekannt und fremd sind. Dass wir voneinander getrennt leben und verlegen werden, wenn sich die Körper zeigen mit ihren Schwächen und Defekten. Dass sie uns wie eine Drohung vorkommen, fleischgewordenes Memento mori, das wir lieber vergessen wollen, was wäre sonst der Grund dafür, dass wir uns immer nur die schönen und jungen Körper ansehen?

Ich rufe Ali an, obwohl es nicht viel zu reden gibt, nur, damit jemand anruft, ein komischer Gedanke. Und um ihr zu sagen, dass ich morgen vorbeikomme, und pro forma zu fragen, ob sie Zeit hat. Sie erzählt mir, was es zu essen gibt, und prophezeit, dass sie es nicht wird essen können. Weil es zu hart sein wird und sie es nicht beißen kann oder zu sauer, zu scharf, wie sie sagt, wenn sie sauer meint, so als würde sie über eine chemische Säure reden. Was es wann zu essen gibt und wie es schmecken wird, für gewöhnlich schmeckt oder beim letzten Mal geschmeckt hat, sind Informationen, die ich mir oft anhöre und nie merken kann. Ich versuche es auch nicht, eigentlich wäre ich froh, wenn wir nicht ständig darüber sprechen müssten, aber das ist die Arroganz derer, die sich frei wähnen, weil sie gehen können, wohin sie wollen, und unabhängig, weil sie selber entscheiden, was sie essen.

Ich frage mich, wann wir den Spaß daran verloren haben, miteinander zu telefonieren. Früher, als wir alle noch zu Hause wohnten, riefen wir Ali täglich an, abwechselnd oder zusammen oder nacheinander. Wir verstellten unsere Stimmen und gaben uns komische Namen, oder wir reichten den Hörer nach jedem Satz weiter und versuchten, sie zu veräppeln. Wir führten fingierte Gespräche, und sie spielte mit. Trickbetrüger, Umfrage, falsch verbunden oder eine Million gewonnen. Hier Lottototal-Superjackpot, sagte ich, herzliche Gratulation, Sie haben eben eine Million gewonnen! Wie? Kann es denn wahr sein, eine ganze Million, da freue ich mich aber. Ich sagte, jaja, wann können wir Ihnen das Geld denn überweisen? Und sie: Ach, das eilt nicht, kommen Sie doch erst mal zu Besuch, ich koche Spaghetti für Sie. Darin war Ali unschlagbar, sie schmiss einen immer aus der Rolle; wenn dir jemand eine Million überweisen will, dann musst du doch sofort zupacken, Ali, was ist denn das für ein Hirngespinst, Tomatenspaghetti. Sie lachte dann nur, und wir redeten über irgendwas anderes. Wenn wir uns verabschiedeten, sagte sie, danke für den Funk.

Irgendwann hob Ali zwei Tage hintereinander das Telefon nicht ab. Einmal, wussten wir, konnte es passieren, dass sie es verpasste, weil sie vielleicht in der Waschküche war oder eine Sendung über Kopfhörer hörte oder weil sie abends noch außer Haus war. Es konnte schon vorkommen, dass sie das Telefon nicht abhob, aber zwei Mal hintereinander, dafür war die Wahrscheinlichkeit schon sehr klein. Wir waren erschüttert, ahnten, dass etwas passiert war, dass sie tot oder schwer verletzt in der Wohnung lag. Lena beruhigte uns, es wird schon nichts passiert sein, sagte sie. Dann rief sie eine Nachbarin von Ali an und bat diese, bei ihr klingeln zu gehen. Aber Ali machte auch die Tür nicht auf. Als die Nachbarin zurückrief, hatte sie sogar geprüft, ob vielleicht Licht brenne nebenan, was aber nicht der Fall war. Es schiene ihr, sagte sie, als wären die Fensterläden schon den ganzen Tag geschlossen. Das konnte nicht sein, das war ein klares Indiz, wenn nicht der Beweis. Ali zog die Rollos jeden Morgen hoch, ließ sie abends wieder runter und öffnete über Nacht das Fenster, daran änderte sich sommers wie winters gar nichts. Lena und Paul fuhren sofort los. Wir Kinder warteten zu Hause am Küchentisch, ängstigten uns und starrten auf das Telefon. Irgendwann klingelte es, und wir rührten uns nicht vom Fleck. Beim fünften Mal hob Meike ab. Jetzt starrten wir sie an. Sie nickte, sagte, mhmh, ja, okay, aha, und dann? Und dann lachte sie los, sagte Tschüss und hängte auf.

Ali war, von einer Wanderung zurück, früh ins Bett gegangen, hatte dann auch keine Lust gehabt, noch einmal aufzustehen, als Telefon und Türglocke klingelten, und schlief schon, als Lena mit dem Zweitschlüssel vergeblich versuchte, die Wohnungstür zu öffnen, da Alis Schlüssel von innen steckte. Zunehmend beunruhigt, besorgten Lena und Paul sich eine Leiter aus dem Keller und machten sich daran, den Rollladen von Alis Schlafzimmerfenster im ersten Stock hochzuschieben. Als es Paul endlich gelang, ins Zimmer einzusteigen, stand Ali mit erhobener Gusseisenpfanne neben dem Fenster und konnte sich im letzten Moment davon abhalten, ihm eins überzuziehen und ihn wahrscheinlich k. o. zu schlagen.

wir finden uns auf freiem Fuß

Ich habe einen neuen Trick, sagt Ali.

Was denn?

Ich schlucke dieses Zeug nicht mehr.

Was schluckst du nicht mehr?

Die Tabletten, alle, keine Lust mehr auf diese Chemie. Wenn sie beim Frühstück die Pillencocktails verteilen, stecke ich sie mir in den Mund, lege die Zunge drüber, schlucke ein bisschen Wasser, dann tu ich so, als würde ich mir den Mund abputzen, und schiebe die Pillen in die Serviette. Die Serviette kommt in den Seelenwärmer und zurück auf dem Zimmer in den Eimer. Schlau wie ein Fuchs.

Ich weiß nicht, ob das die richtige Strategie ist, sage ich.

Ich finde das wunderbar, sagt Ali und lacht. Bald machen wir hier eine Revolution, sag ich dir, Frau Plozky macht auch mit, stimmt's, Plozky?

Stimmt genau, ruft ihre Mitbewohnerin aus den aufgetürmten Decken, unter denen ich sie kaum sehen kann.

Tatsächlich geht es Ali schon nach einigen Tagen besser. Sie bestellt Schokolade und Landjäger aus dem Laden, und als ich zurück bin, sagt sie, wir haben die Chips vergessen.

Wie viel wacher und lebendiger sie wirkt, ist fast unheimlich. Von Altersheimen, die ihre Bewohnerinnen, insbesondere Demenzbetroffene, medikamentös ruhigstellen, habe ich schon gehört, aber das kann ich mir bei Alis Heim nicht vorstellen.

Nach ihrer erfolgreichen Verweigerung bemerkt ihr Hausarzt eine maßlose Überdosierung der Blutdruckmedikamente. Ali ist quasi unterkühlt worden, sagt Lena am Telefon. Mich bringt das in Rage. Wird da nicht jeden Tag der Blutdruck gemessen, frage ich. Doch, natürlich. Und da fällt seit Monaten niemandem auf, dass der zu tief ist? Ich glaube, die achten eher darauf, dass er nicht zu hoch ist, sagt Lena. In mir braut sich etwas zusammen, eine wilde, planlose Wut, all die Monate, Alis Gebrechen und Verwirrung, der Schwindel, die Übelkeit. Ich will irgendjemanden anschreien, weiß aber nicht, wen. Die Frauen, die in dieser Pflegeeinrichtung arbeiten, sind viel zu nett, kümmern sich wirklich um Ali, erfüllen ihre Spezialwünsche, kochen extra für sie etwas anderes oder spielen Karten mit ihr, obwohl sie schon lange Feierabend hätten, kommen sogar noch mal vorbei, um zu plaudern. Diese Pflegerinnen machen so viel mehr, als sie müssten, denke ich, und sie tun es herzlich.

Nachdem die Medikamente endlich richtig eingestellt sind, im Spätsommer, blüht Ali sichtlich auf und mit ihr meine Hoffnung. Es gibt diese Geschichten von Großmüttern, die irgendwann halb blind und fast taub aus dem Altersheim wieder ausziehen, weil sie merken, dass es ihnen da zu langweilig ist, weil sie merken, dass sie doch noch ganz gut allein zurechtkommen, weil sie stark sind. Aber obwohl es Ali im Heim schon lange zu langweilig ist, zieht sie nicht aus. Der Zug ist abgefahren, sagt sie, begreif's endlich, Schätzchen, es wäre illusorisch. Aber besser geht es ihr allemal.

Als ich eine Woche später ins Zimmer komme, ist sie nicht da. Das ist noch nie vorgekommen. Ich begrüße die Plozky, die mir längst ans Herz gewachsen ist mit ihrer verschmitzten Art und den fliegenden Händen, die in alle Richtungen schlenkern und nie etwas zu fassen kriegen. Ob ich ihr ein Karamellbonbon in den Mund stecken könne, fragt sie, wie immer, wenn man in ihre Nähe kommt.

Ich suche eine Pflegerin und frage, wo Ali ist, sie sagt, sie wisse es auch nicht, ich könne ja im Wohnzimmer warten, aber darauf habe ich keine Lust. Ich drehe eine Runde im Dorf, schaue mir den Hügel mit der Villa an, gegenüber von dem Hügel mit der katholischen Kirche, da sind wir immer auf dem Rückweg vom Friedhof hineingegangen, haben Kerzen angezündet und dem Petrus oder Antonius oder einem andern Heiligen Geld eingeworfen, worauf die Holzstatue genickt hat oder die Augen geöffnet, nein, die gefalteten Hände haben sich bewegt. Ich weiß es nicht mehr, trügerisches Gedächtnis. Ich überlege, ob ich schauen gehen soll, aber irgendwie käme es mir unpassend vor. Ich habe in Kirchen nichts verloren und bilde mir überdies ein, die Kirchen wüssten das, das ganze Gemäuer, ich bilde mir ein, es könnte sich rächen wollen und meiner Gottlosigkeit wegen über mir zusammenbrechen. Das ist wahrscheinlich eine zutiefst religiöse Vorstellung.

Irgendwann haben wir auch mit Ali aufgehört, nach den Besuchen von Großpapas Grab in der Kirche vorbeizuschauen, dem Petrus Geld für Brot zu geben. Wir sind nur zum Friedhof und haben Erika gepflanzt oder Steinbrech, haben das Vogelbad geputzt und mit frischem Wasser befüllt. Manchmal hat Ali einen Strauß Schnittblumen mitgebracht und zu Allerheiligen ein Tannengesteck, das wir selber gebastelt haben. Zwanzig Jahre lang, und jetzt gibt es nicht mal mehr das Grab. Es gibt von diesem Mann nur noch Erinnerungen und ein paar altertümliche Fotos. Gäbe es das Grab noch, würde sich Ali bestimmt nicht so vehement dagegen sträuben, mit uns nach draußen zu kommen. Vielleicht besser so, denke ich, es wäre nur eine zusätzliche Sorge gewesen. Ich biege wieder in die Straße von Alis Heim ein, plötzlich höre ich sie rufen. Sie kommt von der anderen Seite mit einem rollbaren Laufgestell auf mich zugestakst, eine Pflegerin stützt sie von hinten. Ich muss lachen, das ist ein ganz neues Bild. Sie zieht die Bremse und setzt sich auf das Fahrgestell. Mühsam zwar, aber ganz eigenständig. Die Pflegerin verabschiedet sich und lässt uns allein. Wir sitzen vor dem Heim auf dem Trottoir, sie auf ihrem Gehwagen und ich auf dem Boden. Die Sonne scheint uns auf den Pelz, sagt Ali.

ich schreibe die Geschichte

Die Bilder werden ständig durchgeknetet, die Zeiten und Räume, die Beziehungen, die Gedanken, ich stelle mir etwas vor, ich erinnere mich an Alis Erzählungen, ich schreibe, schreibe um, höre plötzlich wieder dieselbe Geschichte von Ali, aber ganz anders, ganz anders erzählt, mit anderen Details, ich werfe die Geschichte über den Haufen. Ich dachte, er ist über die Grenze geflüchtet, desertiert, neununddreißig vor dem Wehrdienst davongerannt, seine jüngeren Geschwister wurden schon herübergebracht, hierher, in die Schweiz, waren schon da, aber er musste so richtig flüchten, das erzähle ich, wie Ali es einmal erzählt hat, so habe ich es im Kopf. Ich sage, es muss unweit vom Riet gewesen sein, wo er über die Grenze gekommen ist, es muss einfach. Ich bin stolz darauf, einen Großpapa gehabt zu haben, der nicht mitmachen wollte.

Aber Ali sagt, nein, das war viel früher, vor dem Krieg, als dein Großpapa in die Schweiz kam, seine Mama war ja Schweizerin, also waren sie nur halb deutsch, die ganze Familie reiste in die Schweiz, und hier haben sich die Eltern scheiden lassen, in Zürich. Scheiden lassen, damals, frage ich. Ali ignoriert meine Skepsis, damit sie das Sorgerecht bekam oder so, jedenfalls kriegten sie alle zusammen den Schweizer Pass, nur er war schon volljährig und musste sich also einkaufen, das hat aber auch funktioniert. Aber Frauen, die Nichtschweizer geheiratet haben, wurde doch der Schweizer Pass entzogen, das habe ich letztens gelesen. Die haben dann doch noch bis zum Schluss zusammengelebt, sagt sie, die Eltern von deinem Großpapa, schlau waren die, wirklich.

Es ist schwierig mit diesen Geschichten, sie haben ein eigenes Leben, schmücken sich unbemerkt in uns aus, ballen sich zusammen, und wir greifen unbedarft darauf zurück, weil wir denken, an was wir uns erinnern, daran erinnern wir uns, also muss es so gewesen sein. Dass sich die Erinnerung mit Gelesenem mischt, mit Filmen, mit anderen Geschichten, vergisst sich allzu leicht. Andere Geschichten werden zu unseren Geschichten, weil sie gut in unsere Erinnerung passen. Andere Geschichten werden zu unseren Geschichten, weil wir sie zu unseren Geschichten machen. Grosso modo: Wir schreiben unsere Geschichte selber.

Aber aus den wenigen Anekdoten, die ich über meinen Großvater kenne, kann ich mir unmöglich eine Geschichte zusammenbasteln, ich kenne nur sein ernstes Gesicht von den paar Bildern, die in Alis Wohnung hingen. Ernst, stolz, wortkarg oder vielleicht gründlich und gewissenhaft und ein bisschen gekränkt, weil er nicht hat studieren können. Gerne stelle ich ihn mir weise vor und bedacht und irgendwie mit einer kindlichen Freude, was alles noch nicht so ganz zusammenpassen will und ja auch ausschließlich aus Alis wenigen Darstellungen kommt. Aber wenn einer bei seiner Pensionierung im vollen Ernst verspricht, von dem Tag an jeden Morgen frische Croissants holen zu gehen, dann heißt das schon was. Ganze drei Mal hat er es gemacht, sagt Ali und lacht.

Er hätte so gern studiert, aber nur ein Bruder von deinem Opa, nur der Jüngste durfte studieren. Dein Großpapa war darauf lange eifersüchtig, weil er sehr gescheit war und neugierig auf Wissen … Er wäre ein guter Student gewesen, aber er musste eine Malerlehre machen, und weißt du, warum, fragt Ali. Warum? Also, seine Mutter, die eine gute Näherin war, die hat Dessous genäht in Heimarbeit als Zubrot, und weil sie eins ihrer Dessous hat tauschen können, mit einer Nachbarin, gegen eine Malerkluft, darum. Kompletter Zufall. Früher musstest du für eine Lehre ja noch bezahlen, so war schon mal die Frage der Arbeitskleidung gelöst. Er hatte einfach keine Wahl. Nur weil sie gerade mit dieser Frau tauschen konnte, ist dein Großpapa Maler geworden.

Während Ali so redet, befällt mich eine herzzerreißende Sehnsucht nach diesem Mann. Nach Emils und Lenas Papa, der so viel zu früh gestorben ist. Nach einem richtigen Bild, nur ein bewegtes Bild von Ali und ihm, dem Namenlosen, dessen Namen einzig sie manchmal ausspricht. Möchte ein Bild haben, wie sie sich halten oder nicht halten oder ansehen oder nicht ansehen.

Wäre es eine andere gewesen, wäre er ein anderer geworden, das denke ich manchmal, sagt Ali. Ich spinne den Faden weiter, weil auch wir vielleicht hätten andere werden können, vielleicht wären wir auch gar nicht geworden. Es muss ja ziemlich viel zusammenkommen, dass wir die werden, die wir sind oder am Werden sind. Auch wenn er länger gelebt hätte, wären wir vielleicht andere geworden.

Ich hätte ihn gern gekannt, er hat gefehlt. Hat so sehr gefehlt, dass seine Abwesenheit fast nicht mehr auffiel. All die Spuren, die er überall hinterlassen hat, Gesichter, Zeichnungen, kleine Blätter in Büchern, ein Traumdeutungsseminarfragebogen in einem Heft, in das wir als Kinder unsere krummbeinigen Kopffüßler gekritzelt haben, ich habe die Spuren damals nicht mit ihm in Verbindung bringen können. Er hat für mich nicht existiert und ich nicht für ihn. Ich musste erst sehr viel älter werden, bis ich verstand, dass das Doppelbett, in dem Ali und ich schliefen, tatsächlich nicht das Bett für Ali und uns Enkelkinder war, sondern eigentlich ihr Ehebett dargestellt hatte. Obwohl sein Bild auf Alis Nachttisch stand. Es wäre mir nie in den Sinn gekommen, dass dieses Bett einmal für irgendwen anderes als Ali und uns gedacht war.

wir orientieren uns an uns selbst

Ich schiebe Ali im Rollstuhl vor mir her. Endlich. Wir gehen die Straße entlang, parallel zu den Bahngleisen in Richtung von Alis früherer Wohnung. Ich weiß nicht, ob es gut wäre, mit ihr dorthin zu fahren. Sie gibt mir kein Zeichen. Ich schiebe ein bisschen weiter, unschlüssig, ob ich nicht lieber abbiegen soll auf einen Feldweg, auf dem wir früher oft spazieren gegangen sind, wo zwischen Wiesen und Bäumen der Weg sich durch die Landschaft zieht. Es ist das erste Mal, dass ich allein mit ihr wirklich aus dieser Alterswohnstation rauskomme.

Wo sind wir denn, ruft Ali.

Na, das kennst du doch, sage ich.

Wo, wo sind wir, nichts kenne ich, hier war ich noch nie.

Doch, das da links ist der Weg ins Nachbardorf, weißt du nicht mehr, mit dem Schulhausspielplatz und der Rollenrutsche!

Nein, wo ist meine Wohnung, wo ist der Laden, da? Ali deutet in die komplett falsche Richtung, ich wende den Stuhl, sodass ihre Hand ungefähr richtig liegt.

Da.

Wo, ich kenne mich ja gar nicht mehr aus, sagt sie.

Wenn hier der Bahndamm ist, sage ich, dann weißt du doch, wo wir sind, du hast gleich auf der anderen Seite des Damms gewohnt. Ich versuche, ihr den Weg genauer zu beschreiben. Sie unterbricht mich und fragt noch einmal, wo die Wohnung ist und der Laden.

Das erklär ich dir doch gerade, verdammt noch mal!

Noch nie habe ich sie angeschrien. Meine Überforderung, die in Aggression umschlägt, ich hätte sie nicht an Ali auslassen dürfen. Jetzt sage ich nichts mehr und biege ungefragt in den Feldweg ein, was sollen wir vor ihrem Block rumstehen. Wir schweigen. Ali dreht den Kopf nach allen Seiten und erinnert mich irgendwie an einen Vogel. Ich kann ihr Gesicht von hinten nicht recht sehen, wüsste gern, wie sie gerade aussieht, möchte mich entschuldigen, bringe aber kein Wort über die Lippen.

Hier ist es schön, sagt sie irgendwann.

Ich bringe den Rollstuhl in eine gute Position und ziehe die Bremse. Sie scheint mir nicht böse zu sein. Ihre Hände liegen auf den Beinen, und sie schaut auf die Löwenzahnwiesen hinaus. Ich höre, wie sie einatmet und wieder ausatmet. Ich rauche schweigend eine Zigarette, weiß noch immer nichts zu sagen. Ali fächelt sich mit der rechten Hand ein wenig von meinem Rauch ins Gesicht und zieht die Luft ein. Ich muss lachen.

Sie sagt, was ist das da für eine?

Wegwarte, sage ich.

Und die?

Kleiner Klappertopf, glaube ich.

So wie ich, sagt Ali. Und wie heißt die, das Katzenauge da.

Persischer Ehrenpreis.

Sie greift nach meiner Hand. Gut, sehr schön, jetzt können wir ja nach Hause, bitte.

Ich entsperre das Fahrgestell und schiebe sie zurück. Ich bin froh, dass wir Frieden haben.

der Schatten passt nicht mehr

Ali kommt im Hochsommer zurück ins Riet. Nur vorübergehend. Es ist nicht die gleiche Ali, die zurückkehrt. Sie hat eine Welt dazugelernt, weiß, wo die zu finden ist. Weiß sicher, dass es mehr gibt, dass es den unendlichen Ozean gibt und dass es auf der anderen Seite weitergeht. Sie hat ihre Freundin Käthe in Amerika, obwohl sie selber noch nie hingefahren ist und es auch nicht tun wird. Aber sie könnte. Sie hat Freundinnen in England, solche, die geblieben sind. Kennt Leute an allen möglichen Orten. Sie kann sich irgendwie zu Hause fühlen auf so einer Welt. Sicherer.

Auf der langen Zugfahrt von Calais hat sie kaum geschlafen, hat sich frühmorgens in Zürich am Brunnen das Gesicht gewaschen und umgesehen, vielleicht könnte Zürich ein neues Zuhause sein. Oder doch die Einladung nach Lausanne annehmen, von einem Restaurantbesitzer, den sie in London beim Tanzen kennengelernt hat?

Sie freut sich auf die Schwestern und Brüder, ihre Mutter. Sie hätte sich ankündigen sollen, weiß nicht, was sie erwartet. Aber irgendwie wollte sie auch einfach reinschneien.

In Sargans steigt sie noch einmal um, riecht jetzt schon, wie es zu Hause riecht, nach Heu, nach Kühen, nach Sonnenluft. Es ist schön, Ali ist nervös. Die letzten Kilometer geht sie zu Fuß, an jeder Hand ein Koffer und das nutzlose Fell über den Arm gehängt.

Auf den Feldern ist Heuet, Hochbetrieb, manche winken ihr aus der Ferne zu. Ali winkt zurück, weiß manchmal gar nicht, wem, die andern wissen aber, wer sie ist, und tuscheln hinter ihrem Rücken.

Die Mutter sieht alt aus, wie sie da am Herd steht und Kartoffeln pellt. Jesus Maria, ruft sie, als sie Ali endlich erkennt, wie siehst du denn aus? Die Mutter umarmt sie, streicht ihr über den Kopf, Ali hält die Tränen zurück.

Zum Mittagessen kommen die Brüder und der Vater, die Schwestern arbeiten auswärts, wohnen schon lang nicht mehr zu Hause. Eine von ihnen hat sich letzten Monat verlobt, der Brief, in dem das steht, liegt jetzt wahrscheinlich für immer im Belsize Park Post Office. Oder die haben ihn zugestellt, und er wurde weggeschmissen. Da hat sie aber Glück gehabt, dass ich so schnell nach Hause gekommen bin, sagt Ali und lacht. Der Vater ist schlecht gelaunt, ihm gefällt nicht, wie sie aussieht. Ein leichtes Mädchen, könnt man meinen, seist du, in den Schuhen, sagt er. Sie sagt, so laufen alle rum, die nicht im hinterletzten Krachen wohnen. Dann sagt er nicht mehr viel. Bruder Toto hält unter dem Tisch ihre Hand, drückt sie ein paar Mal. Ali denkt nicht dran, den verstaubten Leinenrock anzuziehen, der noch oben im

Kasten liegt, ihre alte Wochentagskleidung. Sie geht im Sommerkleid aufs Feld, um den andern beim Heuaufladen zu helfen, behält auch die feinen Handschuhe an und wird damit zum Gespött im Dorf. Nachbarn kommen vorbei, um sich mit eigenen Augen einen Eindruck zu verschaffen. Du kommst dir wohl zu gut vor, feine Dame, ruft ihr der Moser von der Straße her zu. Es macht ihr nichts aus, sie könnte genauso gut spotten, wenn sie wollte. Könnte genauso gut in London sein oder New York. Bestell du lieber dein eignes Feld, ruft Ali zurück. Der Moser dampft ab.

Das Riet ist klein geworden. Kleiner noch, als es ohnehin war. Als wären die Hänge am Talrand zusammengerückt und nur die alten Obstbäume hätten die Hügel davon abgehalten, sich ganz aneinanderzudrängen. Ob das überhaupt noch ein Zuhause ist, fragt sich Ali, die steilen Hänge werfen ihren Schatten über alles.

Zum Vieruhrkaffee gehen sie in die Wirtschaft, das macht man nur beim Heuen so, trinkt ein erstes Bier. Hier im Dorf spricht man noch immer vom Krieg, vom Grenzschutz, den Entbehrungen und der Anbauschlacht. Es ist noch ganz anderes passiert, sagt Ali, das solltet ihr euch mal bewusst machen. Da drüben standen eure tollen Soldaten und haben jüdische Flüchtlinge in den Tod geschickt. Quatsch keinen Blödsinn, ruft der Moser und haut seinen Bierkrug auf den Tisch. Ali zeigt ihm einen Vogel und schlägt hinter sich die Tür zu.

Aufs Feld geht sie gar nicht mehr, stattdessen besucht sie Fränzi, die in ihrem Gutsherrenvaterhaus sitzt, wie damals schon. Sie scheint sich nicht verändert zu haben, Ali dafür sehr. Sie kommt sich jetzt nicht mehr komisch vor, sie kennt alle Spielregeln, kennt die Orangen und das Zugfahren. Fränzi ist verlobt, das kennt Ali nicht. Muss sie auch nicht kennen. Ich habe jetzt lang genug Hausfrau gespielt. Dafür sind wir viel zu jung, sagt Ali. Fränzi verdreht die Augen, du bist halt nicht verliebt, sagt sie.

Ali geht zum Postamt und setzt ein Telegramm auf: *Nehme an. Ankunft Dienstag. Freundl. Ms Mottli.* So einfach ist es, denkt sie, wenn man erst mal begonnen hat, für sich selbst zu entscheiden.

Blätter am Baum

Ali kriegt die Chance, in ein Einzelzimmer zu wechseln. Die Freude darüber fühlt sich merkwürdig an, denn hier werden Zimmer nur frei, wenn jemand stirbt. An die Dame, die den Raum vorher bewohnte, erinnere ich mich nicht. Trotz der Umstände atmen wir bei der Vorstellung von ein bisschen Privatsphäre alle auf. Nur Ali will plötzlich gar nicht mehr in ein Einzelzimmer wechseln, hat sich in dem flurartigen Doppelzimmer an die Düsterkeit hinter Plozkys Ziervorhängen gewöhnt, oder sie fürchtet sich davor, ohne Frau Plozky noch mehr allein zu sein. Oder – was ich die unerträglichste Vorstellung finde – sie denkt, dass es sich schlicht nicht mehr lohnt, die Mühsal eines Umzugs auf sich zu nehmen. Gedanken, die wir uns verbieten würden, am liebsten auch ihr. Außerdem ist es lächerlich, bei dem bisschen, was Ali noch besitzt, und in Anbetracht dessen, dass sie liegen bleiben kann und wir sie ganz einfach mitsamt Bett hinüberrollen. Den Fernseher gleich hinterher.

Du bist ein Hansdampf, sagt Lena, willst immer, was du nicht hast.

Stimmt gar nicht, sagt Ali, ich will ja, was ich habe. Bin hier, will hier bleiben.

Du hast jetzt aber ein Einzelzimmer.

Du bekommst dein eigenes Fenster, sage ich, mit einem Baum davor, einer Japanischen Zierkirsche. So lässt sie sich überreden, ein Kirschbaum, der blüht, der Blätter bekommt, Blätter, die dann grün, gelb, rot von den Ästen flattern, das winterliche Gerippe und die neuerliche Blust, das zu sehen, würde sie sich nicht entgehen lassen.

Als ich aus England heimgekommen bin, wollten die mir an der Grenze noch Zollgebühren abknöpfen, sagt Ali. Wegen dem Mantel, stell dir das vor. Die hielten mich an. Nicht so voreilig, Mademoiselle, hat einer gerufen. Ich habe aber gar nichts zu verzollen, sagte ich. Konnte mir auch nicht vorstellen, was das hätte sein sollen. Er hat den Mantel hervorgezogen und auf die Ablage gelegt. Dieses nervige Ding, Herrgott, wie ich die Scherereien mit diesem Mantel satthatte. Dann lass ich das Biest lieber hier, habe ich gesagt, Sie können ihn gleich behalten, und bin einfach weitergelaufen. Der Typ hat mich aber zurückgepfiffen und gesagt, so nehmen Sie schon, kann ja mal ein Auge zudrücken. Also hab ich ihn weiter mitgeschleppt, ohne Zoll. Ein bisschen gereut hätt's mich wahrscheinlich schon. Ali hustet. Nachher war ich dann noch einmal in England, also in London, mit Emil und deinen Cousinen. Das war Ende der Achtziger. Da war aber alles schon ganz anders und ich so richtig Touristin. Bin nach Stonehenge gefahren, wie man es eben tut, alles habe ich gemacht, wir sind sogar mit dem Flugzeug hin.

Ich wusste nicht, dass du mal geflogen bist.

Man kann's ja mal ausprobieren, dachte ich, pfui, falsch gedacht, einmal und nie wieder. Das Fluggeld geht jetzt halt flöten, sagte ich zu Emil, aber nicht im Traum besteig ich noch einmal so ein Ding. Ich hab mir schön brav ein Fährticket gekauft und bin noch einmal von Dover nach Calais, wie ich's ja schon kannte, über dreißig Jahre später. Ha, und auf der Fähre war so eine Frau, das hab ich schon fast vergessen, eine andere Schweizerin, ein bisschen jünger als ich, die hat mich um Hilfe gebeten, weil sie einen Wagen dabeihatte, den sie allein nicht hochheben konnte. Die war in England ihre Schwester besuchen, hat sie gemeint, und hat auf der Fähre mich gefragt, ob ich ihr helfen könne, den Wagen hochzuhieven und dann später noch die Treppen hoch und runter und einfach immer, wenn sie sich fortbewegen wollte. Da hab ich mich mit ihr und ihrem blöden Gepäck abgebuckelt, sauschwer war das. Nachdem ich ihr so oft geholfen hatte, dann später auch noch, den Wagen in den Zug und in Zürich wieder raus zu bugsieren, habe ich gesagt, ich würde jetzt doch sehr gern wissen, was Sie da in dem Wagen transportieren. Und was sagt diese Schafsnase? Eingemachte grüne Bohnen. Butzwütend bin ich geworden. Sie, habe ich gesagt, Sie hätten doch sicher auch zu Hause Bohnen einmachen können. Aber diese Humoristin hat behauptet, keine Bohnen seien so gut wie die englischen. Ali lacht und tippt sich mit dem Zeigefinger an die Stirn.

Wir sollten auch noch gehen üben, sage ich, Lena hat es gesagt, hast es ja gehört. Üben ist allerdings eine Übertreibung, es geht vielmehr darum, dass Alis Muskeln nicht noch mehr verkümmern, seit sie im Krankenhaus war, ist sie nicht mehr allein gelaufen, und trotzdem geben wir die Hoffnung nicht auf, dass sie es schaffen könnte, irgendwann wieder am Stock zu gehen oder mit dem Rollator. Darum nötigen wir sie jedes Mal, wenn wir bei ihr sind, zu dem, was wir Gehenüben nennen. Aber es ist lächerlich, dieser Gang durch den Gang.

Ali hat keine Lust, sie sagt, soll das etwa einen Sinn ergeben, mit mir alten Schachtel noch so ein Training zu veranstalten? Ihr wisst doch, dass ich aufs Sterben warte.

Ali weiß genau, dass ich da keinen Spaß verstehe. Ich sage, los jetzt, und ziehe ihr die Decken weg, es geht ja nur fünf Minuten. Das ist das Schlimmste daran, dass der fensterlose Flur höchstens fünfzehn Meter lang ist und wir fünf Minuten brauchen, um einmal hin- und wieder zurückzukommen. Ich habe das Gefühl, sie fast durch den Flur zu tragen, während sie zwischen dem Geländer und mir hin und her schwankt.

Ali singt, komm, wir wollen wandern, von einer Stadt zur andern, und wenn der Kaiser König kommt, dann kehren wir wieder um. Das hat sie gesungen, wenn sie früher mit mir den Gang auf und ab gelaufen ist und später mit meinen Geschwistern. Damals hat sie uns das Gehen beigebracht, jetzt ist es umgekehrt. Sie singt es noch einmal beim Zurückwanken, die Pflegerinnen lachen. Es ist nichts Lustiges daran, finde ich.

Zum Schluss der Tortur sind wir beide gleichermaßen entkräftet. Ali fällt ins Bett, und ich hole mir einen Kaffee. Sinnlos, sagt sie, lächerlich dieses Üben, das mache ich nur, damit Lena nicht mit mir schimpft. Typisch, denke ich, diese Übertreibung mit dem Schimpfen, die allerschwammigste Verwendung des Wortes schimpfen, das Ali auf Dutzende Arten von Äußerungen gleichermaßen anwendet.

Ich sage, in ein paar Monaten kannst du bestimmt wieder selber gehen.

Quatsch, sagt Ali, in ein paar Monaten bin ich Geschichte.

Ich höre nicht hin.

es spielt eine Rolle, was rundherum ist

Kann denn gar nichts einfach so sein, wie es sein soll? Ich schütte meinen Liebeskummer auf Alis Strickdecken, danach quetsche ich mich neben sie aufs Bett. Sie redet, tätschelt meinen Arm, meinen Hals, meinen Rücken, sie tätschelt mein kaputtes Herz und erzählt.

Das kann lang gehen, sagt sie, lang, bis die Liebe dann richtig ist, eine richtige Liebe, da muss man nicht vorschnell sein.

Du hast gut reden.

Dann erzählt sie von Victor, das kommt aber erst später, erst kommt Johann, ich nenne ihn weiterhin so, weil Ali sich nicht an seinen Namen erinnern kann, aber tatsächlich, einer in der Schule, ein Junge aus dem Dorf, ein Schöner, in den sie verliebt ist, jung noch, natürlich, sehr jung, traut sich aber, schickt ihm, so hat man das damals gemacht, sagt sie und lacht, ein Heiligenbildchen, übermittelt von Fränzi, ihrer besten Freundin. Hängt die Hoffnung also tatsächlich an so eine Ikone, und ich frage mich sofort, was für ein katholischer Heiliger sich da als Kuppler einsetzen lässt, aber es will nicht klappen, er will nicht, Johann zerreißt das Bild vor Fränzis Augen, wirft die Schnipsel zu Boden und trampelt auf Alis noch jungem Herz herum. Nein, der darf nicht Johann heißen, das passt nicht, der heißt von jetzt an Pflock.

Warum hast du das noch nie erzählt?

Weil es komplett egal ist, Mädchen. So Zeug, da zerbrechen wir uns doch nicht den Kopf. Solche Typen können uns gestohlen bleiben, darum geht's ja gerade.

Das neue Zimmer erlaubt auch neue Gespräche, das Fenster ist gekippt, ein frischer Wind weht zu uns herein.

In Lausanne habe ich in einer Mansarde gewohnt, die war so kalt, dass du sofort einen Tropfen unter die Nase bekamst, sagt Ali, abscheulich war das. Dafür hatte ich einen Balkon, aber was nützt der dir schon mitten im Winter. Außer Vögel füttern ist da nichts zu wollen. Ich muss zugeben, da war ich doch heidenfroh, hatte ich den alten Mantel aus England noch. Als Decke war der ganz in Ordnung.

Und da kam dann Victor? In Lausanne? Mit dem bist du ausgegangen, oder? Warum ist daraus nichts geworden, frage ich, aus der Geschichte mit dem geheimnisvollen Victor?

Eine andere Frau hat ein Kind von ihm gekriegt.

Hoppla.

Dann musste er die halt heiraten, sagt Ali, selber schuld, kann man sagen.

War's schlimm?

Nö, sagt sie, das wäre wohl nicht gut herausgekommen mit diesem Fabrikantensprössling. Der dachte, er sei was Besseres, und hat den großen Weltmann gespielt. Immer mussten wir die angesagtesten Sachen machen, weißt du? Hat der mir doch tatsächlich das Austernessen beibringen wollen und sich dabei aufgespielt, dass mir direkt der Appetit verging. Abgesehen davon, dass ich Austern grauslich finde. Na ja, egal.

Wo wir ja jetzt dabei sind, sage ich, wie war's denn damals, also so ... mit Sex. Als du jung warst.

Ali lacht auf. Pfft, gar nix los.

Das kann ich fast nicht glauben.

Mit Victor hatte ich mal sicher nichts am Laufen, sagt sie.

Nein, Ali, ich meine eher so generell, wie habt ihr darüber geredet, du, deine Mutter, deine Freundinnen.

Ach herrje, sagt sie, es wurde doch nicht geredet.

Und wer hat euch aufgeklärt oder so was?

Sie schüttelt den Kopf. Niemand, wer hätte das auch tun sollen? Von meiner Mutter gab's kein Sterbenswörtchen, auch meine Schwestern hatten keine Ahnung, du wusstest irgendwie, da ist was im Busch, und hast die Ohren gespitzt, wenn irgendwo was Verdächtiges geredet wurde oder ein Witz oder so, aber was hilft das schon. Wir haben nichts gewusst. Als mich bei meiner ersten Anstellung der Küchenbursche einmal auf die Wange küsste, hatte ich Angst, ich könnte schwanger sein, so wenig wussten wir. Drum hab ich meine Kinder auch gleich aufgeklärt, als die was wissen wollten. Hab ich dir das eigentlich mal erzählt, mit Lena?

Gar nichts hast du erzählt.

Na, weil unsere Nachbarin im Block, die hatte so viele Kinder, Lena war damals vielleicht fünf, als die

Nachbarin ihr neuntes Kind bekam. Lena war eifersüchtig, weil sie nur Emil als älteren Bruder hatte und endlich auch ein Kind wollte. Sie hat immer gesagt, es sei unfair, dass die Familie Fischer jetzt schon wieder ein Baby bekäme und wir leer ausgingen. Wir müssten doch auch mal an die Reihe kommen.

Ich muss lachen bei der Vorstellung, dass man Kinder einfach so zugeteilt bekommt, von einer interstellaren Schicksalsbehörde, et voilà, noch eins.

Also da dachte ich, jetzt ist es so weit, sagt Ali, und habe ein Buch besorgt, für Kinder, das alles genau erklärt. Wie das geht, Sex, schwanger sein und so weiter, dass man Kinder nicht zugestellt bekommt. Nachdem ich mit Lena das ganze Buch durchgeackert hatte, sagte sie, wenn du schon weißt, wie es geht, warum machst du's dann nicht? Ali wartet meinen Lacher ab, lässt sich erschöpft ins Kissen zurückfallen und scheint nächstens einzuschlafen.

Alles okay, frage ich.

Alles okay, sagt sie.

Ich bleibe einfach liegen, es ist das erste Mal seit mindestens zwei Jahren, dass wir nebeneinander im Bett liegen, und ich habe es vermisst, merke ich. Wie viele Male saß ich zuletzt auf einem Stuhl daneben, eine schreckliche Anordnung für zwei Körper, eine Krankenbettsituation. Eine Nur-kurz-zu-Besuch-Position. Unmöglich, sich nah zu sein, die sitzende Person schaut auf die liegende hinab, und die liegende Person ist kein Gegenüber. Es hat mich schon lange gestört, aber ich bin nicht auf die Idee gekommen, mich zu ihr zu legen. Wenn ich ihr nah sein wollte, habe ich mich auf die Bettkante gesetzt, unten bei den Beinen, wo's Platz gab, anstrengende Position, halb verdrehter Rücken und trotzdem weit weg und, noch mehr als vom Stuhl aus, eine Perspektive von oben nach unten. Vielleicht habe ich heute seit Langem wieder einmal die Ali besucht, die sie mir früher war, bei der ich früher eingekehrt bin. Ich habe Rat gesucht und ihre Anwesenheit. Statt wie so oft missionarisch und schulmeisterlich aufzutreten, wie ich mir vielleicht angemaßt habe. Wie wir alle immer angekommen sind, mit guten Tipps zum Thema Altern. Es ist mir peinlich, wenn ich darüber nachdenke, wie wir es ständig besser wissen. Hast du das genommen oder dies eingeschmiert, du musst halt mal jenes ausprobieren, und gleich werden wir noch gehen üben. Es ist doch Alis Körper, Alis Altern. Meike hat das vielleicht als Erste verstanden, hat mich immer wieder zurechtgewiesen, wenn ich Ali bevormunden wollte, ihre Wünsche nicht akzeptierte, weil ich dachte, das Richtige zu wollen. Ich frage mich aber, wieso es allen so normal vorkommt, den alten Leuten zu sagen, was für sie das Beste sei. Wir können es ja gar nicht wissen. Können vielleicht erst später verstehen, viel später. Irgendwie scheint das Altern zwar etwas so überfordernd Furchteinflößendes zu sein, dass wir es aus unseren Bildwelten verbannen, andererseits scheint mir, dass das Altern nicht privat erlebt werden darf. Die Alten gehören wieder allen; plötzlich wollen alle Bescheid wissen und fühlen sich befugt, sich über die Problematik des Alterns zu verbreiten, aus Angst wahrscheinlich, als Abwehrstrategie; schließlich blüht uns irgendwann dasselbe, zumindest den Glücklichen – oder den Unglücklichen, das ist Ansichtssache. Diejenigen, die alt werden, sollen aber ihren Anspruch auf Eigenheit aufgeben, sollen nett, gutmütig und ruhig sein. Sie sollen froh sein, dass sie alt sein dürfen, das muss genügen. Manchmal kommt mir der Verdacht, dass es vielleicht gar nichts Selbstbestimmtes ist, dass das Altern vielmehr durchnormiert ist, die Verhaltensweisen, die Reihenfolge, die Prozesse. Ich frage mich, ob es auch Alterswissenschaften gibt oder, besser, Wissenschaften des Alterns, Aging-Studies. Und wenn ja, warum ich dann noch nie etwas davon gehört habe.

Ali ist eingeschlafen und schnarcht kaum hörbar. Ich streichle ihren Arm und grüble weiter, ich will hier sowieso nicht mehr weg. Es ist warm und schön so, und Ali riecht noch immer nach sich selbst.

was Ali wollen kann

Ein kalter Zug fährt durch das Dachzimmer. Die Fensterrahmen schließen nicht dicht ab, geht unten die Haustür, zieht ein regelrechter Wind in Alis Mansarde. Sie wäscht sich über der Waschschüssel Gesicht und Achseln. Draußen ist es schon finster, unten auf der Straße leuchten die Laternen. Ali pustet in die kalten Hände, reibt sie, muss schnellstmöglich etwas anziehen, Strümpfe, einen Jupe, den blauen vielleicht, und den Feinstrickpullover, den sie sich vor ein paar Monaten geleistet hat und nur zu besonderen Anlässen trägt, auch blau, aber sanfter. Sie sieht sich ein paar Sekunden im Spiegel an, heute gefällt sie sich. Sie pudert das Gesicht, hängt sich Clips an die Ohrläppchen, malt sogar die Lippen rot.

Vor dem Fenster ein Pfiff. Das muss Victor sein, Ali hastet zum Schrank, packt den Mantel, dann hält sie inne. Zählt bis zwanzig, langsam. Zwingt sich, Victor soll ja nicht glauben, dass sie so auf Pfiff gleich springt. Es pfeift noch einmal. Wieder zählt sie bis zwanzig, löscht dann das Licht, er wird es sehen da draußen. Dann schließt sie die Tür, legt den Schlüssel unter die Matte und geht die Holzstiegen hinunter.

Victor ist ein hochgewachsener Schönling, der immer gut angezogen ist, wenn er lächelt, sieht es manchmal so aus, als hätte er zu viele Zähne für seinen schmalen Mund. Er gibt ihr einen Kuss, sie hakt sich bei ihm ein.

Das Bild: zwei, die so nebeneinanderher schlendern in ihren Mänteln, winters durch die kahlen Straßen Lausannes. Das Klackern der Absätze, es ist beißend kalt und sternenklar. Sie schlendern zum See und bleiben am Ufer stehen. Ali blickt aufs Wasser hinaus, sie liebt den See, das Schwappen, die undurchdringliche Dunkelheit, von Lichtsprengseln übersät, die auf der Oberfläche flottieren.

Er haucht sich in die Hände, reibt sie. Kalt, sagt er. Ja, sagt Ali, verdammt kalt. Und viel zu schön für die Augen. Er legt den Arm um ihre Schultern und zieht sie ein bisschen zu sich. Wo willst du überhaupt hin, fragt sie, und er sagt, das wirst du schon sehen. Sie setzen sich in Bewegung, gehen am See entlang, bis Victor anhält, direkt vor dem Beau-Rivage, das hell erleuchtet über der Place du Port steht. Ein Nobelrestaurant wie aus dem Bilderbuch. Ali war schon ein paar Mal hier und hat durchs Fenster die Kronleuchter bewundert. Sie deutet nach oben, schau da! Victor lacht und zieht sie zum Eingang. Komm. Nicht dein Ernst, sagt sie, aber das ist es. Ihr schwindelt fast, wenn sie denkt, dass sie jetzt unter diesen Kronleuchtern essen werden. Sie treten ins Foyer, und ihnen werden die Mäntel abgenommen. Ein Page mit doppelt geknöpfter Uniformjacke führt sie in den Saal. Dort liegt Teppich, was Ali erleichtert, weil ihre

Schuhe auf dem Marmor so sehr klappern, dass es von den Wänden widerhallt. Entspann dich, sagt er. In meinem Kopf sagt er aus unerfindlichen Gründen, alles easy, aber wahrscheinlich passt beruhige dich am besten. Calme toi, sagt er wohl. Das meint er nett, meint, dass sie sich keinen Kopf machen soll, ob sie hier hineinpasst oder nicht. Aber Ali versteht das nicht nett, hört eine Zurechtweisung, wegen der Schuhe wahrscheinlich, der Puls pocht ihr schnell in den Adern, und sie fühlt sich umso unpassender. Du hättest es mir sagen sollen, flüstert sie. Sie hatte sich extra schön gemacht, wollte ein bisschen hervorstechen, aber doch nicht so. So einem Prunk hat sie nichts entgegenzusetzen, sie ist ihm ausgeliefert, ist diejenige, die hier nicht hingehört. Du bist wunderschön, sagt Victor, wirklich.

Als sie sich setzen und Ali merkt, dass entgegen ihrer Erwartung gar niemand ein Aufhebens davon macht, dass sie als Kellnerin im Nobelrestaurant einkehrt, obwohl sie sicher ist, dass alle es ihr ansehen müssten, entspannt sie sich ein bisschen. Victor fachsimpelt mit dem Ober, der, wie sie feststellt, anscheinend nur für diesen einen Tisch zuständig ist. Nie hat Victor über Geld geredet, er hat es auch nicht nötig, sie weiß wohl, dass er Geld hat, aber danach gefragt hat sie ihn nie. Geld interessiert sie nicht, nicht als Zahlen und Summen, Geld ist etwas, das man zum Leben braucht, um die Miete zu zahlen und sich Essen zu kaufen, man kann zu wenig oder genug davon haben. Ali hat genug, Victor hat genug.

Schon kommt der Wein. Er prüft ihn, lässt mit einem Wink erkennen, dass eingeschenkt werden kann. Sie lacht, es ist irgendwie beeindruckend, diese Selbstverständlichkeit, mit der Victor alles macht, als wäre er hier jede Woche.

Kaum hat sie den ersten Schluck Wein getrunken, wird auch schon eine Platte mit unförmigen Gebilden aufgetragen. Ali betrachtet die schön drapierten Dinger mit der nötigen Skepsis. Als der Kellner verschwunden ist, sagt Victor, ich zeige dir, wie's geht, träufelt Zitrone darauf, Salz, Pfeffer; du musst sie dir in den Mund gleiten lassen. Sie nimmt das Ding aus seiner Hand und führt es zum Mund. Die Konsistenz, der Geschmack, das Geräusch, die kalkige Schale, die innen aussieht wie das Ohr einer Mumie, überhaupt alles, sie würgt es hinunter, verzieht das Gesicht. Er lacht. Für dich nur das Beste, sagt er. Hier. Er reicht ihr eine nächste. Sie kneift die Augen zu und isst sie. Nein, es geht nicht. Tut mir leid, sagt sie, als Victor ihr eine dritte hinhält, ich mag es nicht. Das ist eine Delikatesse, sagt er und schlürft genüsslich, du musst dich nur dran gewöhnen. Niemand muss müssen, sagt Ali.

Sie trinkt den Wein aus dem bauchigen Kristallglas, atmet tief ein, schließt ab und zu die Augen und blickt dann wieder zu den Kronleuchtern hoch. Sie genießt diesen strahlenden Saal. Victor hält ihr noch eine Auster hin, sie schüttelt den Kopf. Du bist unmöglich, sagt er. Dann kommt lauter Zeug aus dem Meer, Garnelen und Hummer und solche Sachen, Ali zieht sich der Magen zusammen. Du hättest mich fragen sollen, sagt sie. Victor ist enttäuscht, ich dachte, es wird alles perfekt, sagt er, als Überraschung, aber dann bestell doch etwas anderes, sagt er, was immer du willst. Nein, man soll ja alles einmal probiert haben, sagt Ali und fischt sich ein Schalentier von der Platte.

Als das Dessert kommt, sind die beiden versöhnt. So viele kleine Süßigkeiten, Ali isst, bis alles weg ist, sie kann nicht anders, es wäre pure Verschwendung. Exquisit, sagt sie, grinst. Deliziös, er grinst zurück. Zum Glück hatte ich noch Platz im Bauch, sagt sie. Victor zahlt die Rechnung, Ali will sich gar nicht vorstellen, wie teuer das kommt, sie sieht nicht hin, während er, als wär nichts dabei, die Noten in die Mappe zählt, wahrscheinlich eine Monatsmiete oder mehr, sie schüttelt unwillkürlich den Kopf.

Die kalte Nachtluft umfängt sie wieder, langsam gehen sie den Berg hinauf, halten einander an den Händen. Ali ist beschwingt, könnte sich jetzt die ganze Nacht um die Ohren schlagen. Wollen wir tanzen gehen, fragt sie, im Lézard spielen sie Musik, eine Freundin von mir arbeitet da, wir könnten noch ein Glas trinken.

Victor ist stehen geblieben und schaut sie an, seine Brauen, seine Augen sagen alles. Das Lézard finde ich so richtig ordinär, sagt er, ich weiß nicht, was du dort willst. Tanzen natürlich, sagt Ali. Nie im Leben setze ich einen Fuß dort hinein, und du lässt es auch besser bleiben, sagt er. Ich bringe dich jetzt nach Hause. Danke, ich finde den Weg schon allein, sagt sie. Wieso denn plötzlich so ungestüm, Fräulein, sagt er, es ist doch alles gut, mein Bauernmädchen, Victor will sie necken, aber da hört der Spaß auf. Es war so ein schöner Abend, sagt er, daran könnte man sich doch gewöhnen, an das gute Leben. Gute Nacht, Victor, sagt Ali, danke für die Einladung. Aber … Gute Nacht, bis bald. Sie läuft ihm davon. Er bleibt wie angewurzelt stehen und schaut ihr nach. Versteht gar nichts mehr, er hat sich doch alle Mühe gegeben, hätte ihr jeden Wunsch von den Lippen abgelesen.

Wie soll denn das gehen, ohne Tanzen, dieses gute Leben, denkt sie. Sie geht schnell auf dem Heimweg, zieht den Mantel eng um den Körper. Jetzt geht ihr das Klappern der Schuhe auf die Nerven. Überhaupt, warum gibt er immer den Weltmann? Weil er es ist, denkt sie, vom Scheitel bis zur Sohle, er ist es von Geburt, aber auch sie kennt sich aus, sie möchte ihm auch etwas zeigen können.

es kommt alles zurück

Im Frühling hängt Ali den Mantel auf den Balkon, damit er mal richtig auslüftet. Sie setzt sich aufs Geländer und schaut auf die Straße hinunter. Auf die Hüte und Haarschöpfe, die ausschreitenden Beine, von oben sieht alles so anders aus. Wenn ich ein Vöglein wär, singt sie und bürstet den Mantel aus. Flusen und Haare im Sonnenlicht, der Wind nimmt alles mit, und Ali wird richtig froh bei dem Wetter. Sie kommt ja ganz gut zurecht. Kann für sich selber sorgen, und das ist doch das Wichtigste.

Im Flur des Mietshauses trifft sie den Nachbarn an, er sagt, er habe ihren Mantel auf dem Balkon gesehen, und fragt, ob sie ihn verkaufe, er wolle seiner Frau einen schenken, am liebsten genau den. Er bietet ihr siebzig Franken. Sie sagt, ich hol ihn dann gleich und lacht sich ins Fäustchen, während sie die Stiegen emporsteigt.

Ich weiß nicht, ob die Frau sich gefreut hat, sagt Ali, die Ärmel waren vorne schon ziemlich abgewetzt. Aber mir kam es gelegen, das Ding verkaufen zu können, so hatte ich ein bisschen Startkapital, um nach Genf zu ziehen. Ich lebte nicht grad auf großem Fuß, aber ich kam durch, weißt du. Du hast immer wieder was gefunden, manchmal musstest du nehmen, was es eben gab, aber irgendwas hast du auf jeden Fall gefunden. Ali rappelt sich mühsam auf und strampelt die Decken vom Körper. Alle waren froh, wenn sie was Gutes bekommen haben. Einen Job, einen Mann, am liebsten beides. Hauptsache kein Kind. Ich war froh, hatte ich einen Job, sagt sie, einen Mann hab ich nicht unbedingt gebraucht. Was ist jetzt, hilfst du mir mit dem Aufstehen, oder willst du mich hier versauern lassen?

Ich springe auf und bringe Laufwagen, Stock und den Stuhl, auf dem sie landen will, in die richtige Position.

Einmal habe ich in der Konservenfabrik gearbeitet, da haben wir Pfirsiche geschält und geschnitten, von Hand, kann man sich das heute noch vorstellen? Dosenpfirsiche … von Hand, schälen und schneiden, den lieben langen Tag, da hab ich eine Lust gekriegt auf die Pfirsiche. Ist doch unlogisch, den ganzen Tag diese Früchte schnitzen und klebrige, juckende Hände haben und nie was davon abkriegen, außer dem bisschen Lohn am Monatsersten. Ich wollte auch Pfirsich. Es war natürlich strengstens untersagt, etwas davon zu nehmen. Ich hab mir irgendwann trotzdem einen Schnitz in den Mund gesteckt, Verbot hin oder her, nur einen, sagt Ali, aber der Aufpasser hat mich dabei beluchst und sofort verpfiffen, was zu einer Verwarnung führte. Der gleiche Typ hat mich später noch einmal erwischt, da wurde ich fristlos entlassen. Mir war das ganz recht, wenn ich ehrlich bin.

Wir spielen Karten, essen Kekse, vor dem Fenster knospen die Bäume.

Willst du nicht eine Zigarette rauchen, fragt Ali.

Was hier drinnen?

Ja, wieso nicht.

Das ist verboten, ziemlich sicher.

Ist doch mein Zimmer, oder? Ich will den Rauch riechen, weißt du.

Dann können wir ja rausgehen.

Nein, beim Kartenspielen natürlich.

Ich will nicht.

Früher hättest du's gemacht, sagt Ali und nimmt dieses Früher als Gelegenheit, um mir wieder mal zu erzählen, was für ein komisches Kind ich gewesen sei. Du wolltest dich nie an die Hand nehmen lassen. Du warst überhaupt eine kleine Hexe, sagt sie.

He, das ist unfair.

Wahrscheinlich hattest du Angst vor mir, wolltest immer bei deiner Mama bleiben.

Na und.

Siehst du, du hast dich gar nicht geändert.

Du kannst mir doch nicht mein ganzes Leben lang vorwerfen, dass ich als Kleinkind nicht zu dir in den Urlaub kommen wollte.

Nö, stimmt, jetzt bist du ja lieb, sehr lieb.

Will ich auch hoffen.

Und später bist du ja auch gekommen. Erst wolltest du nicht, dann wolltest du nicht mehr gehen. Und als alle anderen nach Griechenland in den Urlaub flogen, wolltest du lieber bei mir bleiben, wahrscheinlich für den Fall, dass das Flugzeug abstürzt.

Das ist gemein. Auch wenn es stimmt.

Dabei wär's ja angenehmer, wenn alle zusammen abstürzen.

Aber dann wärst du allein gewesen.

Auch wieder wahr, jedenfalls hast du dich geweigert, dich an der Hand halten zu lassen, nicht mal, um über die Straße zu gehen, weil du dachtest, du seist groß genug. Erst als ich behauptet habe, ich fürchte mich, die Straße allein zu überqueren, hast du meine Hand genommen und mich hinübergeleitet. Sie kichert.

Was willst du mir eigentlich damit sagen, ich kann mit der Geschichte nichts anfangen.

Muss ich ständig etwas sagen? Kann ich nicht einfach eine Geschichte erzählen? Es kommt mir halt alles wieder in den Sinn, wenn ich hier im Bett liege, ich erinnere mich gern, Emil und Lena. Und ihr. Wir hatten viel Spaß zusammen. Kinder machen einfach die lustigsten Sachen. Ali lacht plötzlich laut heraus.

Was denn?

Mir ist noch was Tolles mit deiner Mutter eingefallen, sagt sie. Ich habe sie einmal mit einem Kilo frischer Stangenbohnen zu unserer Nachbarin geschickt, weil wir so viele davon hatten. Lena fragte, warum wir sie nicht behielten. Ich sagte ihr, wir hätten doch sowieso zu viele und dass es gut sei, zu teilen, nett zueinander zu sein und so weiter. Ich sagte, alles komme irgendwann zurück im Leben. Das hat sie überzeugt, und sie ist losgelaufen. Die Nachbarin hatte aber anscheinend selber zu viele Bohnen, jedenfalls schickte sie Lena wieder nach Hause, und als ich sie vom Balkon aus den Beutel schwingend antänzeln sah, rief sie herauf, schau, Mama, die Bohnen sind schon zurückgekommen! Ali lacht noch einmal, dann wird sie plötzlich ernst. Willst du eigentlich auch Kinder?

Äh, keine Ahnung.

Bist eh viel zu jung. Kannst ruhig noch ein Jahrzehntchen warten. Die Lust zu erzählen ist ihr wohl vergangen, sie schaut eine ganze Weile in den Japanischen Kirschbaum vor dem Fenster, bevor sie sagt, bald blüht er. Hätten wir vor einem Jahr auch nicht gedacht, dass ich noch mal einen Baum blühen seh.

Ich drücke Alis Hand.

Wollen wir Eis essen gehen, fragt sie.

das Richtige sehen, nicht das Theater

Das sogenannte Gehenüben haben wir mittlerweile aufgegeben, weil Ali recht hatte, dass es eine Mühsal ohne Aussicht auf Erfolg war. Es geht ihr zwar besser als vor einem Jahr, aber der Körper ist noch älter, magerer und gebrechlicher geworden. Die dürren Beine knicken ein, und sie hat nicht mehr genug Kraft in den Armen, um das auszugleichen. Dafür nehmen wir sie neuerdings fast immer im Rollstuhl mit nach draußen, wenigstens bis zu dem stillgelegten Industrieschornstein, auf dem jetzt Störche nisten. Gut, dass es dieses Nest unweit des Heimes gibt, als wir Kinder waren, mussten wir mit ihr bis ins nächste Dorf laufen, um sie zu sehen, und seit ich mich erinnern kann, hat Ali keine Gelegenheit ausgelassen, Störche zu beobachten. Seit es das Nest in der Nähe gibt, stehen wir jede Woche mit den Köpfen im Nacken unten auf der Straße. Erst waren es winzige Flaummöckchen, von denen meist nur Hälse und Schnäbel zu sehen waren, jetzt sehen wir die Jungen manchmal schon im Nest stehen.

Du kommst spät, sagt Ali zur Begrüßung.

Na komm, ich musste zwei Stunden Zug fahren. Wie geht es dir, frage ich.

Die Antwort ist jedes Mal dieselbe, jo – wie immer. Es geht, weil es geht. Warten auf Godot, gell. Man sollte halt einfach nicht so alt werden. Ich mag, wie sie das erste O in Godot betont, warten auf GO-do, sagt sie, und ich frage mich, ob Ali überhaupt je Beckett gelesen hat.

Und dir, fragt sie.

Nicht so viel los, Uni und Arbeiten.

Wie geht es deiner Freundin?

Tan? Der geht's gut.

Heißt sie so?

Tanja heißt sie.

Warum sagst du dann nicht Tanja?

Niemand nennt sie so, alle sagen Tan.

Also, dass du diesen schönen Namen so verhunzen musst. Und du bist auch wirklich zu spät, es gibt ja gleich Mittagessen.

Ich weiß nicht, warum Ali so ärgerlich ist. Ihr esst doch erst um halb eins, sage ich, wir können noch eine Runde drehen vorher.

Mit anziehen und allem, nein … Das geht nicht.

Die Tür wird aufgestoßen, eine Betreuerin erkundigt sich nach dem Wohlbefinden. Ali fragt, wie spät es ist. Kurz vor elf, antwortet die Frau, und Ali lächelt triumphierend.

Siehst du, es reicht sowieso nicht mehr vor dem Mittagessen.

Das geht doch nur fünf Minuten.

Sie schüttelt den Kopf. Vielleicht will ich es einfach nicht, kannst du das nicht verstehen?

Ich kann es wirklich nicht verstehen, überhaupt nicht nachvollziehen, ehrlich gesagt.

Willst du also hier essen?

Nein, danke, sage ich, da hätt ich mich doch vorher anmelden müssen.

Ah bah, sagt Ali, die sollen mal nicht so tun, ob sie jetzt für zwölf oder dreizehn kochen, ist doch egal.

Wir waren dreizehn am Tisch, wir pflegten sonst immer zwölf zu sein, sage ich, weil ich eben im Zug *Die Wildente* gelesen habe. Der alte Werle, wie er das sagt, und danach Hjalmar zu Gregers, dass er ihn nicht hätte einladen sollen.

Was plapperst du da?

Ach egal, ich kann doch einfach hier warten, bis du vom Essen zurück bist, sage ich.

Blöde Idee, Ali drückt auf den Klingelknopf, den sie wie alle Bewohnerinnen am Handgelenk trägt. Nach ein paar Minuten kommt die Betreuerin wieder ins Zimmer.

Meine Enkelin, Ali deutet mit der ganzen Hand auf mich, kann doch ganz sicher mit uns mittagessen, oder?

Die Frau scheint nicht gerade begeistert zu sein, ich mache ein entschuldigendes Gesicht. Sie zuckt mit den Schultern und antwortet, wenn das Essen reicht.

Am Tisch sitzen alle schon zusammen, als ich mit Ali im Esszimmer ankomme. Sie stolziert am Stock und mit geschwellter Brust in den Raum, mit mir am andern Arm, ich habe einen Schweißausbruch von der Anstrengung, Ali im Gleichgewicht zu halten. Mit großer Geste stellt sie mich der Runde vor. Wir setzen uns dazu.

Der Reihe nach werden den Damen Teller mit winzigen Portionen ausgehändigt. Servietten werden umgebunden oder über die Knie gelegt. Auch ich bekomme einen Teller mit ein paar gekochten Karottenscheiben und einem Stückchen Käsequiche. Ali will mir ihre Quiche auf den Teller schieben.

Damit du ein bisschen was in den Magen kriegst, flüstert sie.

Iss es selber, flüstere ich zurück. Wir deuten mit dem Besteck ein kleines Gefecht an, solange uns niemand sieht. Ich bin mindestens so stur wie du.

Das glaubst du selbst nicht, sagt Ali, aber dann gibt sie auf.

Wir essen. Ich vermeide es, allzu oft aufzublicken, da es mir schwerfällt, die alten Frauen nicht anzustarren, die offenen Münder und die Finger, die kleine Häppchen im Mund herumrücken, damit sie in die richtige Position kommen, um zerkaut zu werden. Ali löffelt die Füllung aus ihrer Quiche und versucht, die Frau ihr gegenüber in ein Gespräch über deren Katze zu verwickeln. Die Dame geht nicht darauf ein. Die Betreuerinnen strahlen die ganze Zeit, als wäre eben etwas ganz Wunderbares passiert, und wenden sich abwechselnd den einzelnen Bewohnerinnen zu. Ich möchte sie gerne fragen, warum sie von dem Geköch nichts essen, traue mich aber nicht. Ich schaue zum Fenster raus. Habe vielleicht einfach zu schlechte Laune heute, wäre besser gar nicht hergekommen.

Frau Hänni, sagt die eine Betreuerin, auf welchem Friedhof möchten Sie denn gerne begraben werden? Auf der oberen Matte, auf dem Reformierten, da hat man

Seesicht, sagt die Frau am Tischende sehr, sehr langsam. Ja, das ist natürlich ganz schön, antwortet die Pflegerin, ich kenne einige, die dort sind, meine ich.

Ich stopfe mir den Rest Karotten in den Mund und kriege mit der rechten Hand Alis Arm zu fassen. Ich halte mich fest.

Auf dem Friedhof vergammeln will ich jedenfalls nicht, sagt sie, als wir zurück in ihrem Zimmer sind. Könnt mich dann irgendwo sonst unterbringen, im Wald oder bei euch unter der Linde. Da macht ihr ein Fest und buddelt meine Asche ein. Niemand darf traurig sein.

Sehr witzig, Ali.

Es ist mir ernst.

Müssen wir eigentlich jedes Mal übers Sterben reden?

Anscheinend schon. Ich habe gar nichts anderes, worüber ich sprechen könnte, außerdem ist es ziemlich interessant. Sollen wir Rommé spielen?

Nein, ich kann heute nicht spielen.

Was? Warum bist du dann hergekommen?

Ich geh auch gleich wieder.

Du willst wirklich kein bisschen spielen?

Tut mir leid, sage ich, mir ist wirklich nicht danach.

Schade, aber ich will dir ja nicht auf die Nerven fallen.

Tust du auch nicht, heute ist nur einfach nicht der Tag.

Wenn du gehen willst, ist schon okay, sagt sie, dann musst du jetzt aber laufen, damit du den Zug noch erwischst. Das sagt sie immer, so früh, dass man beinah noch den Zug eine halbe Stunde eher erwischen könnte.

Wir sehen uns bald, ich winke dir noch, wenn du über die Straße gehst. Und nächstes Mal, wenn du kommst, fahren wir wieder zu den Störchen.

Abgemacht.

alles halb so wild

Lena will das verpasste Picknick mit Ali nachholen, jetzt, wo es ihr besser geht, sagt sie. Das ist unsere Chance.

Es scheint dieses Jahr alles zu klappen, wir holen Ali aus dem Heim ab und fahren sie ins Grüne, stellen Tische und Bänke auf, tragen Taschen voll Essen und Getränke herbei und breiten alles auf den Tischen aus. Lena hat als Überraschung Freunde, Geschwister, Schwager und Schwägerinnen von Ali eingeladen, die nach und nach eintrudeln, auch Elsbeth und Onkel Toto kommen. Ali sitzt am Kopfende, es ist trotzdem eine Tafelrunde, sagt sie. Lacht. Isst genüsslich Lachs. Isst von allem, was wir angeschleppt haben, hält ihren Becher hoch, will Wein nachgeschenkt bekommen. Meike und Emil machen Musik, Ali dirigiert mit der einen Hand, mit der andern langt sie nach einer Erdbeere, ein paar der Älteren singen mit und schunkeln mit den Köpfen. Mir fällt eine fast vergessene Erinnerung ein, eine meiner frühesten überhaupt, wie ich mit Onkel Toto getanzt habe. Er erinnert sich auch. So ein ähnliches Fest muss es gewesen sein, mit denselben Leuten, aber über zwanzig Jahre früher, und die Toten fehlen. Damals haben alle getanzt und Toto mit mir, ich durfte mich auf seine Schuhe stellen, und er hielt mich an den Händen und tapste mit mir durch den Saal. Am andern Tischende lachen sie wieder über das Wildschwein, ich spitze die Ohren.

Meike, Lukas, Tobi, die Cousinen und ich liefern uns eine Wasserschlacht am nahen Brunnen, Ali kräht vom Tisch aus Anweisungen und Kommentare zu uns herüber, Achtung und Hoppla. Dann essen wir weiter, süße Deckel, wie Ali sagt, um die Notwendigkeit des Desserts als Abschluss eines Essens zu untermauern. Die ersten Gäste gehen schon wieder. Ich will nicht, dass es aufhört. Wenn jetzt die Zeit stehen bleibt, und wir sind ewig in diesem Fest gefangen, dann bitte sehr, ich werde mich bedanken. Ich rupfe eine Blüte von einem Busch, Ali steckt sie sich ins Haar.

Die Zeit bleibt nicht stehen, Ali muss sich hinlegen, weil ihr Rücken das stundenlange Sitzen nicht mehr kennt. Also packen wir alles zusammen und bringen sie zurück.

Wir verstopfen den Flur des Heims, lautes Gerangel, die Frauen, die hier arbeiten, wissen mittlerweile, dass wir immer zu viele sind. Die einen finden das lustig, die andern sind genervt. Wir drängen uns in Alis Zimmer.

Als sie wieder im Bett liegt, sagt sie, schön, schön, schön. Danke. Früher hat sie abends gesagt, ist die Welt auch noch so nett, am schönsten ist es doch im Bett, aber das habe ich von ihr schon lange nicht mehr gehört. Wahrscheinlich funktioniert es nur, wenn ausreichend andere Tätigkeiten das Im-Bett-Liegen kontrastieren. So und jetzt raus mit euch Querulanten, ich brauche Ruhe.

Wir umarmen Ali nacheinander.

Ist die Welt auch noch so nett, wir gehen jetzt erst mal ein Bier trinken, sagt mein Cousin.

Ich muss Ali endlich fragen, was es mit diesem Wildschwein auf sich hat. Die Geschichte ist zu einer Legende geworden, ohne dass wir sie kennen, uns hat nämlich nie jemand eingeweiht. Es ist aber so, dass meine Mutter und Emil und vor allem Ali jedes Mal in schallendes Gelächter ausbrechen, wenn das Wort Wildsau fällt. Und soweit ich mich erinnern kann, fällt das Wort immer, wenn die drei zusammentreffen. Sie halten sich die Bäuche vor Lachen, und wir andern haben keinen Plan, worum es eigentlich geht. Lange Zeit wollte ich nicht danach fragen, ich fand's irgendwie schön so, es war ein Mysterium, und das einzige Indiz war ein Satz, den Emil einmal fallen ließ, der lautete: Da war die Wildsau schon vorbei. Eigentlich hatte mir das immer gereicht, ich habe mir alles selber ausgemalt, wie sie da auf der Lauer liegen, Ali und Großpapa, wie sie ein Wildschwein schießen sollen, voll ausgerüstet, und dann, nun ja, sie sind doch verliebt und überhaupt, die Sonne scheint durch das gelb-rote Blätterdach und wirft Muster auf ihre Gesichter, so habe ich mir das vorgestellt, und das Wildschwein muss wohl irgendwie entwischt sein, weil sie keine Zeit hatten für die Jagd und keine Hand frei, darum endet der Tag zu vollster Zufriedenheit aller Beteiligten, so in etwa stellte ich mir die Geschichte vor, ziemlich zotig, aber nur wegen der Art, wie die immer lachen. Vielleicht liegen sie ja auch einfach so im Moos, und ein Wildschwein kommt, das schreckt einen dann wahrscheinlich ziemlich auf, daraus kann auch was ganz Lustiges entstehen. Aber jetzt will ich es doch genau wissen. Beim nächsten Besuch frage ich sie einfach so, rundheraus.

Wie ging das eigentlich mit der Wildsau?

Das ist leider streng geheim. Ali zwinkert. Aber dir kann ich es ja erzählen, jetzt ist es lange her.

Du und Großpapa, frage ich, aber ich habe wieder mal übertrieben mit der Fantasie.

Das war viel früher, vor Herman, da war ich mit dem Victor unterwegs, sagt sie, der wollte im Elsass Wildschweine jagen, mit seinen Freunden. Mit so einem großen Auto sind wir losgefahren, zu sechst oder mehr, die andern haben sich wohl gefragt, wieso eine Frau auf die Jagd mitkommt … Ja weiß der Kuckuck, warum, ich hatte halt Lust, einen Ausflug ins Elsass, das gab's auch nicht alle Tage. Die meinten dann, wir sollten Gruppen bilden und uns im Wald verteilen. Du gehst mit dem da mit, haben sie gesagt, das war so ein riesiger Kerl, sie sagten, dann könne ich mich hinter seinem Rücken verstecken, wenn ich Angst bekäme. Ha, ich war wahrscheinlich die Einzige, die schon mal eine richtige Sau gesehen hatte, aber erklär das mal einem Mann … Jede Gruppe bekam eine Signalpfeife, und wer ein Schwein sehen würde, sollte pfeifen. Wir versteckten uns also im Unterholz und lagen auf der Lauer. Der war eigentlich nett, der große Kerl, wir redeten den ganzen Nachmittag, und als die Sau dann kam, ach, das war so ein schönes Tier, sagt Ali, da haben wir einfach nicht gepfiffen, sondern noch ein bisschen weitergeredet und dem Tier hinterhergesehen, von den anderen hat auch niemand gepfiffen, wahrscheinlich ist die Sau nur bei uns vorbeigekommen, und wir hatten Mitleid mit ihr. Als es dunkelte und klar wurde, dass die Jagd aus und kein Schuss gefallen war, da hat der Große doch ein mulmiges Gefühl gekriegt, der hatte Schiss, dass die andern es merken und ihm die Schuld geben würden, dass er sich von mir habe bequatschen lassen. Er wollte auf keinen Fall, dass irgendwer davon erfährt, und ich musste versprechen, es nie, niemals, jemandem zu sagen, und so hielt ich es auch beinahe. Aber so langsam müsste die Schweigepflicht verjährt sein, ich weiß ja nicht, ob von denen noch jemand lebt. Victor und seine Jagdkumpane waren jedenfalls ganz schön frustriert, die hatten nämlich Angst vor dem Spott, wenn sie ohne Schwein zurückkehrten. Du glaubst es nicht, aber die haben kurzerhand zusammengelegt und sich ein ganzes Wildschwein gekauft. Ich musste fest an mich halten, um nicht loszulachen, kannst du dir ja vorstellen.

So einfach die Geschichte? Vielleicht hätte ich lieber meine Zoten behalten.

Aber Moment mal, und darum müsst ihr immer so lachen?

Jep.

wenn alles anders wär

Als ich die Tür aufstoße, sitzt Ali in der Jacke auf dem Bett. Ein Sonnenhut auf dem Kopf. Mir wird heiß, wenn ich sie nur schon sehe, draußen sind weit über zwanzig Grad und im Altersheim Standard fünfundzwanzig. Sie wollte offensichtlich keine Zeit verlieren.

Den Rollstuhl her, sagt sie und grinst. Und ich laufe gleich wieder in den Flur hinaus, wo der gemeinschaftliche Rollstuhl für die seltenen Ausflüge bereitsteht.

Langsam ziehe ich Ali die Bettsocken aus und normale Socken an, ich bin schüchtern, eingeschüchtert von der Körperlichkeit. Diese dünne Haut, die sich über die Knochen spannt, fast durchsichtig, darunter die blauen Adern. Die Zehen sind krumm, von den Jahren gebeugt, als wären sie selber ganze Menschen; zehn Alte, acht sind hager geworden und zwei dick. Diese Ohnmächtigkeit wieder. Ich streife Ali die Schuhe über die Füße, habe die ganze Zeit Angst, ihr wehzutun, denke, es ist wie mit den Babys, wenn man zu wenig Umgang mit ihnen hat, dann kriegt man bei den einfachsten Dingen Angst, dabei hasse ich diesen ständigen Vergleich, dass die Alten wieder wie Kinder werden und so weiter, ich halte das für ausgemachten Blödsinn. Außerdem könnte sich Ali mitteilen, würde ich ihr wehtun. Die Angst bleibt trotzdem. Ich denke, wenn ich es öfter tun würde, wäre es normal, es geht nur um die Gewöhnung. Es könnte normal für mich sein, Alis Füße in den Händen zu halten, wie jetzt, abends die offenen Stellen zu versorgen; wenn ich es wollte, wäre es normal für mich. Ich bleibe auf dem Boden vor dem Bett sitzen. Was ist los, du Vogel, ich will Eis essen gehen, mamma mia! Ich schrecke auf, will den Elan nicht bremsen. Werde selber fast euphorisch. In gemeinsamer Anstrengung hieve ich Ali in den Rollstuhl, ich bin es nicht gewohnt, und es wäre so auch nicht erlaubt, aber das macht die Sache nur besser. Ich schiebe sie in den Flur und zum Ausgang. Unter der Haustür wendet Ali noch den Kopf und ruft Tschüssi. Ich beschleunige den Schritt, es fühlt sich an wie eine Entführung, eine einvernehmliche, eine Rettung eher, eine Rettung des guten Geschmacks. Wir melden uns nicht ab, wir sind einfach weg.

Wir latschen ziellos herum, zwischen den kleinen Hügeln und am Spielplatz vorbei, der in meiner Kindheit ganz anders aussah, weniger farbenfroh, weniger hip, aber er hatte eine der längsten Rutschen, die ich kannte, und die hatte auch noch Wellen ... Jetzt gibt es keine Wellen mehr und keine Spitzdachhäuschen, keine Schwindeldrehe, sondern die standardisierte Rutschbahn-Kletterwand-Schaukel-Kombi, dafür alles schön kinderbunt. Egal, ich bin ja mit Ali, und es macht mir ausnahmsweise gar nichts aus, dass die Zeit nicht stehen geblieben ist. Ich renne, ihren Stuhl schiebend und bremsend, durch die Bahnhofsunterführung, Ali krallt die Finger in den Armlehnen fest, hat aber nichts gegen die Geschwindigkeit, sie lacht, Wind im Gesicht, das ist gut. Dann folgen wir unserem früheren Weg am Kanal entlang, zum Wirbel der verlorenen Dinge, dann über die Brücke, werfen den Möwen und Enten altes Brot hinunter, das Ali in Servietten gewickelt aus dem Esszimmer hat mitgehen lassen. Sie grüßt ständig irgendjemanden, Freundinnen, ehemalige Nachbarinnen, Jass-Kolleginnen, Bekannte, sie halten einen kleinen Schwatz, wie sie es nennt.

Dann setzen wir uns ins Migros-Restaurant. Sie isst ein Mokkaeis aus dem Becher, mir kommen die Ausflüge in den Sinn, die Ferien im Tessin, der Tierpark, der Zoo, die Wanderungen. Ich starre auf Alis Räder, sie erzählt mir die Geschichte von meinem Bruder, als er noch klein war, winzig, im Kindersitz, kauend, den Mund voll Pizza. Und als Fränzi, die zu Besuch war, ihn fragte, ob es ihm schmecke, sagte er, er müsse zuerst schlucken, weil man mit vollem Mund nicht sprechen dürfe. Minuten später, als Fränzi und ich längst vergessen hatten, dass der Kleine noch eine Antwort schuldig war, sagte er schließlich, es geht so. Ali lacht. Ich auch, ich kenne die Geschichte längst, aber darum geht es nicht. Dabei wär Es-geht-so ja viel kürzer gewesen, sagt sie. Ich hab schon verstanden, Ali.

Wenn du mal so alt bist wie ich, sagt sie, fragen plötzlich alle, ob du noch mal zur Welt kommen wollen würdest. Ich antworte jetzt immer, ich würd's schon noch einmal machen, aber nur, wenn alles anders wär. Und dann sagt sie, nur ihr müsstet alle gleich bleiben.

Ali zweifelt nicht

In Genf hat es ihr bestimmt am besten gepasst, wegen des Chics. Ich stelle mir Ali vor, wie sie dort zwischen den Bistrotischen hin und her geht. In Stöckelschuhen den ganzen Tag, einfach, weil sie es kann. Nein, weil sie es mag, natürlich. Stelle mir vor, wie sie serviert, die Sprache schnell lernt, schneller als Englisch damals; dort hat ja auch fast niemand mit ihr gesprochen. So lang ist es noch nicht her, aber es kommt ihr vor, als lägen Welten dazwischen. Dieser Job hier passt viel besser zu Ali, ein bisschen mit den Leuten reden, kurz flirten beim Kaffeeservieren, elegant aussehen mit der weißen Schürze, aus einem ganz normalen Ort einen Ort machen, an den man immer wieder hingeht, ohne zu wissen, warum eigentlich, und vor allem: Witze erzählen und erzählt bekommen.

Am Mittwochmorgen auf dem Weg zur Arbeit schlendert sie vielleicht über den Marché aux Puces an der Plaine de Plainpalais. Sie mag es, wenn etwas los ist. Schaut sich den Krimskrams an und streicht mit den Fingern über viel zu teure Möbel. Stellt sich vor, wie sie damit eine Wohnung ausstattet, wenn sie einmal nicht mehr in möblierten Mansarden wohnen wird. Kauft manchmal verstohlen eine Kleinigkeit, ein Paar Ohrclips oder einen Schmeichelstein, nichts zu Extravagantes, einen Rosenquarz vielleicht, den sie gleich in die Jackentasche gleiten lässt. Denn eigentlich spart sie. Sparen ist gut, man weiß ja nie. Und vielleicht kann sie irgendwann mit dem Geld eine Reise machen. Die Käthe in Amerika besuchen oder ihren Cousin. Als sie auf der Arbeit ankommt, ist der Stein ganz warm. Genauso warm wie ich selbst, denkt sie. Nicht mehr und nicht weniger. Sie hängt die Jacke an den Nagel und bedient die Gäste. Es gefällt ihr, wie sie ihren Namen aussprechen hier, auf Französisch eben. Das klingt ganz anders, weich. Als wäre sie selber eine andere.

Der Küchenjunge scherzt durch die Durchreiche mit ihr. Seine Augen sind riesig. Sie mag ihn. Du bist aber leider noch grün hinter den Ohren, sagt sie. Er wird ein bisschen rot. Der Koch flappst ihm von hinten das Küchentuch über die Schulter. An die Arbeit, stante pede, ich zahl dich doch nicht, um den Frauen schöne Augen zu machen, sagt er, los, los. Der Koch versucht nämlich selber, Ali schöne Augen zu machen, aber der hat gar keine schönen Augen. Sie nimmt das Tablett und schlängelt sich zwischen den Stühlen hindurch, hinaus auf die Terrasse. Sie braucht weder so einen Jungen noch den Koch. Brauchen tut sie sowieso niemanden. Eine Frau ohne Mann ist wie ein Fisch ohne Fahrrad, sagt Ali heute noch ab und zu.

Nach der Schicht wirft sie die Schürze in den Wäschekorb, schlüpft in die Jacke und dann hinaus auf die

Straße. Es ist Winter und schon ganz blau draußen. So schön blau, dass sie sich der kalten Luft zum Trotz im Parc des Bastions auf eine Bank setzt. Der Schmeichelstein ist noch da. Sie hält ihn fest in der Faust.

Ein Mann setzt sich zu ihr auf die Bank. Räuspert sich. Wünscht dann einen guten Abend. Ali erwidert den Gruß. Er räuspert sich wieder, sagt, er wolle sie nicht überrumpeln, er befinde sich aber in einer Notlage und brauche dringend Geld. Sie blickt ihn an. Er sagt, ich kann es leider nicht erklären, es ist kompliziert, aber ich brauche das Geld unbedingt und sozusagen unverzüglich. Selbstverständlich werde er alles zurückzahlen, sobald er es verdient hätte, Ali solle ihm nur ihre Adresse geben. Sie blickt ihn noch immer an. Er sieht sympathisch aus, nicht wie einer, der bescheißt, er ist ernst, er hat eine Ernstigkeitsfalte auf der Stirn. Wie viel bräuchten Sie denn, fragt sie. Dreihundert, sagt der Mann. Ali schluckt. Sie hat selber nicht viel mehr. Das ist vielmehr alles, was sie bisher gespart hat. Dreihundert, sagt sie. Dreihundert, sagt er. Ich zahle es wirklich zurück, aber wie soll ich so auf die Schnelle … Ich bin völlig verzweifelt. Ali nickt. Sie ist jetzt auch ernst. Sie steht auf. Dann müssen wir uns aber beeilen, wenn wir noch zu den Schalteröffnungszeiten ankommen wollen. Sie laufen los. Verschwitzt steht Ali mit ihrem Sparbüchlein vor dem marmornen Tresen. Tout, fragt der Bankier mit hochgezogenen Brauen. Tout, sagt sie. Er notiert ins Büchlein, lässt sie unterschreiben, stempelt. Er zählt langsam die Scheine auf den glänzenden Stein, legt ein paar Münzen dazu, schiebt dann alles unterm Glas hindurch. Dreihundertelf Franken und fünfundachtzig Rappen.

Ali zählt sich die elf fünfundachtzig in die Tasche, schaut den Mann an. Seine Augen sind tief, er sieht nervös aus. Hastig packt er ihr Geld in das Kuvert, das der Bankier ihnen ausgehändigt hat. Die Adresse, sagt er. Ali schreibt sie ihm auf den Umschlag. Nebeneinander treten sie vor das große Portal. Ich kann Ihnen gar nicht sagen, wie … Danke, sagt er, schüttelt ihre Hand, dreht sich um und geht. Sie steht vor der Bank. Und wie heißen Sie, ruft Ali ihm hinterher, aber der Mann ist längst die Straße hinuntergelaufen.

Ali braucht eine Verschnaufpause. In ihrer Tasche elf Franken fünfundachtzig und ein Schmeichelstein. Jetzt fängt alles von vorne an, denkt sie. Der hat es gebraucht, sagt sie zu sich selbst, bezweifelt nicht, dass das irgendwie seine Richtigkeit hat. Mit den elf Franken muss sie jetzt gut haushalten, um bis zum Monatsersten durchzukommen. Aber das ist vielleicht ihre Art des Haushaltens, am Geld nicht kleben bleiben, für etwas sparen und dann das Wichtigste damit anstellen. Ich hätt es ja sowieso irgendwann ausgegeben, sagt sie sich zum Schluss. Der Abend ist unverändert blau und schön, novemberlich, sie läuft nach Hause, schließt auf und steigt die vielen Treppen zu ihrer Mansarde hoch. Es liegt kein Blumenstrauß vor der Tür, dabei, könnte man sagen, hätte sie ihn verdient.

Ali heizt den Ofen ein und isst das restliche Brot mit dem Käse, den sie auf dem Fensterbrett unter einem Eimer aufbewahrt.

wo man sitzen bleibt

Ali sitzt mit ein paar der Mitbewohnerinnen auf der Gartenterrasse des Heims. Es ist zwar im Freien, wirkt aber nicht so, die Überdachung ist annähernd lichtdicht und der Sitzplatz mit Platten ausgelegt, daran anschließend gibt es Rasengrün. Doch alles in allem ist es besser als nichts. Ich freue mich, dass sie draußen ist. Tobi und ich sind gemeinsam gekommen, wir waren im Urlaub und haben Ali länger nicht gesehen. Sie sieht gut aus.

Lasst uns reingehen, sagt sie, als eine Art Begrüßung.

Nix da, sage ich, jetzt sitzen wir mal ein bisschen an der frischen Luft. Hallo.

Ali kann sich ohne Hilfe nicht fortbewegen, macht aber auch keine Anstalten, ihren Willen in die Tat umzusetzen. Wir holen noch zwei Stühle und setzen uns dazu. Eine neue Bewohnerin ist eingezogen, sie ist klein, wirkt leicht dement und auf den ersten und zweiten Blick sehr einnehmend. Sie lacht andauernd und freut sich und verwickelt uns in die absurdesten Konversationen. Sie spielt ein Spiel, bei dem man eine hölzerne Maus, an der eine Schnur befestigt ist, durch ein hölzernes Stück löchrigen Käse ziehen muss, sodass die Schnur am Ende einmal durch alle Löcher geführt wurde. Sie knubbelt eine Weile daran herum, höchst konzentriert, dann springt sie freudig vom Stuhl auf, ruft, ich hab's geschafft, und zeigt das Spiel allen reihum. Wir lachen auch.

Das ist ein Babyspiel, sagt Ali genervt.

Aber ich hab's geschafft, wirklich geschafft, ruft die andere.

Ich habe gesagt, sagt Ali, dass das ein Babyspiel ist, jedes Baby schafft das. Kein Grund also, sich zu freuen.

Wollen Sie auch mal, sagt die Frau und hält ihr den Holzkäse hin.

Wenn Sie lachen, sagt Ali, kriege ich gleich Angst, dass Sie mich verschlucken, so groß ist Ihr Mund.

Die Frau lacht auch darüber. Ich bin nicht sicher, ob die andern merken, wie aggressiv Ali ist, die Stimmung in der Runde scheint ungetrübt heiter. Dennoch habe ich das Gefühl, eingreifen zu müssen. Wie sie mit der Frau umgeht, kann ich gar nicht mit meinem Bild von Ali in Verbindung bringen, und ich habe keine Lust, dem noch weiter zuzusehen.

Lasst uns hineingehen, sagt Tobi.

Wir hieven Ali aus dem Stuhl und führen sie auf ihr Zimmer. Ich komme mir blöd vor dabei, wie eine Polizistin. Ali schnabbelt noch ein bisschen weiter, wie die Neue sie nerve mit ihrer Show, aufgesetzt und übertrieben sei das und so weiter. Ich verstehe nicht, was ihr Problem ist. Vielleicht will sie ihren Besuch nicht teilen, oder sie sieht in der neuen Mitbewohnerin eine Konkurrentin, der die Sympathien zufliegen, dann wäre sie in ihrer Rolle als Queen der Altersstation bedroht. Oder, denke ich kurz, sie hat es nicht ertragen, dass ich allen von den Eukalyptuswäldern in Spanien erzählt habe, weil in Spanien rumlatschen, das ist eine Sache zwischen Ali und mir.

Seid ihr nach Santiago gewandert, fragt sie, kaum sind wir im Zimmer.

Nein, das wollten wir auch gar nicht, wir sind bloß nach Bilbao gefahren.

Schön blöd.

Es ist eigentlich nicht einmal Spanien, sagt Tobi.

Ich frage mich, ob das ein Besänftigungsversuch oder eine politische Berichtigung ist.

Habt ihr Fotos gemacht, fragt sie, aber wir haben keine.

Wir haben keine Kamera mitgenommen.

Dann hab ich ja gar nichts davon.

Die Stimmung bessert sich erst, als Tobi Karten ausgibt, wir spielen. Weder Tobi noch ich fragen, was Ali an der dementen Mitbewohnerin so in Rage bringt.

Sie sagt, das nächste Mal kannst du mich ja auf den Rücken nehmen, dann komm ich mit und wir wandern bis Santiago.

Bestimmt, sage ich. Dabei waren wir ja gar nicht wandern, nur ein paar Stunden in dem Wald.

Das hast du vom Großpapa, sagt Ali, dass du ständig wandern gehst. Euer Großvater wollte auch die ganze Zeit wandern, aber auf den Wanderungen wollte er dann immer Abkürzungen nehmen, weil er dachte, er wisse, wo's langgeht. Manchmal sind wir stundenlang durchs Feld gelatscht, allesamt, bis wir wieder mal einen Weg gefunden haben, ihr könnt es euch ja denken, zum Glück gibt's hier keine Bären mehr, sonst hätt ich nicht mitgespielt. Eigentlich auch schade, dass es keine Bären mehr gibt, na egal, neulich sind ja anscheinend welche eingewandert von Slowenien her, hab ich in der Tagesschau gesehen, jedenfalls wollte er einmal unbedingt eine Abkürzung nehmen, aber nach einer Stunde, während deren der Weg immer unkenntlicher wurde, landeten wir an einem Fluss. Ich musste ihn natürlich necken deswegen, aber er fand's nur mittelmäßig lustig, wollte nicht noch mal zurück. Dann hüpfen wir halt von Stein zu Stein, sagten wir. Er wollte vorangehen, um zu prüfen, ob der Weg sicher ist. Hat also heldenhaft begonnen, den Fluss zu überqueren, aber in der Mitte kippte ein Stein, und er fiel prompt ins Wasser. Ali lacht, wir schmunzeln. Die Geschichte kommt mir irgendwie bekannt vor. Damals durften wir aber nicht zu sehr lachen, wegen ihm. Aber eigentlich war's ja genau, was er wollte, schauen, dass wir trockenen Fußes hinüberkommen, was wir andern dann auch geschafft haben. Blöd war nur, dass in seinem Rucksack das ganze Brot war, aber in der Not essen wir die Wurst auch ohne Brot.

Ich höre, wie Ali langsam ein- und ausatmet, am liebsten, sagt sie, wäre der Großvater in die Bretagne gefahren, an den äußersten Zipfel, wo die Wellen so hoch sind, am Atlantik, menschhoch, haushoch vielleicht. Nicht um zu schwimmen, nur zuschauen wollte er, aber dann hat er doch jedes Mal, wenn wir hätten in die Ferien fahren können, lieber wandern gehen wollen, das hat er so gern gemacht. Er hat immer gesagt, in die Bretagne fahren wir, wenn wir nicht mehr wandern können, dann werden wir den ganzen Tag auf einer Bank sitzen, das Kinn auf dem Spazierstock abstützen und aufs Meer schauen. Und dann, sagt Ali, sind wir doch nie hingefahren, weil er schon zu schwach war, und ich bin später auch nie hingefahren. Und jetzt kann ich noch nicht mal mehr das Kinn auf den Spazierstock stützen.

auf dass man sich findet

Seit ich sie zum ersten Mal gehört habe, und das war erstaunlicherweise ziemlich spät, als ich schon längst erwachsen war, lasse ich mir die Geschichte vom Lindenhof immer und immer wieder erzählen. Weil das meine Lieblingsgeschichte ist von allen, die ich kenne. Girl meets boy, sozusagen klassisch. Die Geschichte, wie Ali meinen Großpapa kennenlernt, wenn sie dabei ist, sage ich nie mein Großpapa, es kommt mir falsch vor, jemanden so zu nennen, der von meiner Existenz ja noch nicht einmal eine Ahnung haben konnte, ich sage nur er oder ihn, jetzt sage ich Großpapa, wie auch Ali ihn nennt, dein Großpapa, als würde sie sagen, deine Sicherheit.

Wir kommen immer wieder auf Umwegen darauf zurück, aber diese Geschichte bleibt trotzdem stets dieselbe. Ali ist vielleicht vierunddreißig, wohnt in Zürich, arbeitet irgendwo, wo genau, ist noch nicht herausgekommen. Eine Freundin von ihr hat sich zum Tanz verabredet, ihr Partner bringt einen Freund mit, und sie soll auch eine Freundin mitbringen, damit sie dann zu viert sind, also geht Ali mit. Ein Blind Date, ich lache auf, aber sie lässt sich nicht aus dem Konzept bringen. Das war zu den eidgenössischen Musikfestwochen, da war eine Woche lang Tanz auf dem Lindenhof. Ob ich den Lindenhof in Zürich kenne. Klar. Ich sage nicht, dass ich oft dort stehe und hinüberschaue, auf das Niederdorf, dann unter den Linden umherstakse, zwischen den in Zweierreihen marschierenden Kindergartenkindern mit ihren Leuchtstreifen hindurch, über das Schachfeld, dann auf der andern Seite des Platzes auf der Mauer sitze und mir den Abend vorstelle, die Lämpchen, die Sommerluft, die Tanzmusik, die Festbänke, die Bläue, die vom eindämmernden Himmel tropft, Ali und ihre Freundin, wie sie den steilen Weg heraufkommen, die Arme untergehakt, sie gehen nicht zu schnell, um oben nicht außer Atem zu sein. Die Musik schallt über den Lindenhof, und die zwei Frauen tauchen in der Menschenmenge unter, halten einander fest an den Händen, um sich nicht schon zu verlieren. Sie finden den Tisch, Ali wird vorgestellt, schüttelt Hände, verteilt Wangenküsschen und muss sofort einsehen, dass der Abend gelaufen ist. Mit dem kann ich doch nicht tanzen, der reicht mir ja knapp bis zum Nabel, flüstert sie ihrer Freundin ins Ohr. Das ist gemein, sage ich, und das Flüstern ist auch nicht besonders diskret. Jedenfalls ist der Freund des Freundes auffällig klein, viel kleiner als Ali, und so stehen sie nebeneinander, nur kurz, sehr kurz, beim Hallosagen, zu dem er sich erhebt und seine Kleinheit preisgibt, die er sowieso nicht hätte verbergen können, Ali setzt sich schnell hin, reibt sich die Beine, will vielleicht doch nicht so unhöflich sein. Sie sagt, sie mag nicht tanzen. Die zwei Männer holen Getränke, Ali wird indes von der Freundin gescholten. Der Abend zieht sich hin, sie sitzt mit dem Fremden am Tisch, verständlich, dass der jetzt auch keine große Lust mehr auf einen Abend mit ihr hat. Sie erzählt ein bisschen bemüht, von der Arbeit vielleicht. Schweigt dann, hört auf die Musik, Ali klopft den Takt mit den Füßen, die tanzen wollen, aber nicht können. Selber schuld, sage ich, du hättest doch sicher mit dem tanzen können, nur weil er nicht so groß war. Aber Ali sagt, sie hätte sich geschämt. Ihre Freundin und der andere Kerl amüsieren sich auf der Tanzfläche, überhaupt scheinen sich alle bestens zu amüsieren, außer Ali und der Kurze, der ihr, in seinem Stolz verletzt, wortkarg gegenübersitzt. Am nächsten Tisch redet eine Gruppe Männer und Frauen durcheinander, ausgelassen, sie trinken Wein aus einer bauchigen Korbflasche, lachen. Ali weiß auch nichts mehr zu sagen, schaut ein bisschen zu den andern hinüber, würde jetzt lieber nach Hause. Der Kleine steht auf, um noch ein Getränk zu holen, sie hält ihn nicht auf, sie kann ohnehin nicht ohne ihre Freundin nach Hause gehen. Sie spielt auf imaginären Klaviertasten ein paar Takte mit der Kapelle mit, das Bild widerstrebt mir, diese Geste ist zutiefst unpassend für Ali, nein, denke ich, wenn sie etwas macht, dann summen, singeln und summen, imaginäres Klavier passt nicht. Ali summt also ein paar Takte mit, immerhin gibt es etwas zu sehen, sie schaut in die Lämpchen, Girlanden und Lampions hoch. Schade um den verpassten Tanz, denkt sie, und es tut ihr leid für ihn, es ist ja gar nicht so gemeint, sie ist nur ein bisschen eitel. Dann steht am nächsten Tisch einer auf, ein Hagerer, kommt auf Ali zu, sagt, Sie scheinen sich nicht besonders zu amüsieren, sagt, komm doch zu uns herüber, wir sitzen da, die ganze Familie. Ali ist ein bisschen überrumpelt, mit wem man gekommen ist, mit dem geht man auch wieder heim, sagt sie, aber das klingt zu schroff, und sie kommt sich dumm vor, sie würde ja so gerne. Ich kann nicht, leider, heute nicht, sagt sie, und in dem Moment platzt der kleine Mann wieder in die Situation und stellt die Gläser auf den Tisch. Ali muss ein bisschen lächeln, verschmitzt, dem Fremden ins Gesicht, und er versteht wohl, morgen, sagt er, morgen bin ich wieder hier, und ich fordere Sie zum Tanz auf. Dieses Wechseln vom Sie zum Du zum Sie, so polite, Ali schießt das Wort aus dem alten England in den Kopf, polite. Ja, sagt sie, angenommen, morgen gern. Er geht zurück zu seinem Tisch, sie kann gar nicht mehr in diese Richtung schauen, wird rot, während sie in ihr Glas starrt. Sie kommen dann doch noch ganz gut ins Reden, bis die andern fertig getanzt haben.

Am nächsten Tag steht Ali vor dem Kleiderschrank, zieht sich an, zieht sich um, noch einmal, nimmt zum Schluss ein grünes Sommerkleid, das ist gut, die Länge stimmt. Früher hat sie die Röcke noch auf den Bund aufrollen müssen, draußen auf der Straße, damit die Mutter nichts merkte, die immer darauf bestand, dass der Rock eines anständigen Mädchens über die Knie geht, auch im Sitzen. Schlimm, dass genau ich in die dunkelste Provinz hineingeboren werden musste, denkt Ali. Und wie gut, dass sie das Weite gesucht hat. Sie bindet sich ein Tuch um den Hals, die Ohrclipper, die sie in

England gekauft hat, schwarze glänzende Knöpfe, daran je eine feine Kette und eine winzige Laterne mit einer kleinen roten Kugel darin, Ali liebt es, wenn ihr die Ohrringe gegen die Wangen schlagen, gegen den Hals.

Die Tramfenster sind offen, es zieht ein warmer Wind durch den Wagen, sie ist nervös. Als sie auf dem Lindenhof ankommt, merkt Ali, dass sie keinerlei Erinnerung an den Mann vom Vortag hat, den Namenlosen, sein Gesicht ist wie ausgelöscht, Gesichter kann sie sich nicht so schnell einprägen, leichte Form der Prosopagnosie, eine Familienkrankheit, wie wir letztens herausgefunden haben. All die groß gewachsenen Männer, die hier rumstehen, es ist zum Verzweifeln. Welcher von denen ist er, der sie den ganzen Tag über nervös gemacht hat, wie kann so etwas überhaupt passieren, Tollpatsch. Sie dreht sich im Kreis, bemüht, niemanden direkt anzusehen, um ihre Ahnungslosigkeit nicht zur Schau zu stellen, gibt sich suchend, sieht aber gar niemanden an, dann steht von einer der hinteren Bänke einer auf, kommt in ihre Richtung. Eine Chance, denkt Ali, hoffentlich ist er es. Wieder das wilde Herzklopfen, dieses Mal ist es ernst. Er ist es, er muss es sein. Sie lacht erleichtert. Herman, sagt er, heißt er.

Oft habe ich mir die Frage gestellt, ob mein Großpapa derselbe Mann war, der Ali tags zuvor angesprochen hatte, ob es nicht ein anderer war, der zufälligerweise aufstand und auf sie zukam. Aber selbst wenn er ein anderer war, schien Herman der Richtige zu sein.

Dann tanzen sie, und das muss jetzt sein wie im Märchen, wegen der Geschichte, den ganzen Abend lang, bis zum letzten Lied, bis die Glocken des Grossmünsters schlagen. Verabreden sich für den nächsten Tag, Ali und Herman.

Und dann, frage ich.

Dann, Ali lacht, nun ja, dann kommt die Geschichte mit dem halben Poulet. Die erzähl ich dir aber ein andermal.

des Lebens froh werden

Ali ruft mich an, das ist schon lange nicht mehr vorgekommen. Sie sagt, dass sie jetzt auf meine Briefe leider nicht mehr antworten könne.

Kann gar nicht mehr schreiben, mir zittert die Hand, sagt sie. Drum ist jetzt dieses Telefonat auch wie ein Brief, also die Antwort auf deinen Brief, aber vor allem: Willst du nicht zu unserem Herbstfest kommen?

Ich weiß nicht, ob ich das tatsächlich will. Von den Festen im Altersheim habe ich schon gehört, zwölf Bewohnerinnen, die je zwei Menschen einladen dürfen, gemeinsames Essen und so weiter, ich habe Fotos vom letzten Weihnachtsfest gesehen.

Wann ist es denn?

Kommenden Samstag, ich erwarte dich um elf Uhr.

Also gut, sage ich und: Ich freue mich darauf.

Dann ist die Sache ja geregelt, sagt sie, ich herze dich.

Wir legen auf, eigentlich schön, dass Ali mich als eine der zwei Menschen einlädt.

Samstags stehe ich Punkt elf in ihrem Zimmer, sie winkt mich heran. Ich setze mich neben das Bett.

Na, wie läuft's, alles gut?

Im Flur wird geschäftig Zeug hin und her getragen, im Wohnzimmer werden noch die Tische gedeckt.

Ich dachte, das ist ein Grillfest, macht man so was nicht draußen, frage ich.

Ach, wir alten Knochen zittern doch bei jedem Lüftchen, sagt sie. Die stellen draußen einen Grill auf und bringen das Zeug dann rein, wenn es kräftig durchgebraten ist. Aber ich ess ja sowieso kein Fleisch mehr, ich halt mich an den Pastasalat.

Viertel nach kommt Tobi. Ich dachte, du hättest Lena und mich eingeladen, sagt er, nachdem er uns begrüßt hat.

Dachte ich auch, sage ich, also mich, meine ich.

Hab ich auch, sagt Ali.

Um halb kommt Lukas. Bedeutungsvolle Blicke, uns schwant etwas. Um Viertel vor zwölf kommen Meike und Lena. Wir schütteln den Kopf, jetzt sind wir schon fünf.

Ich hab denen gesagt, es kommen zwei, drei Leute von mir, sagt Ali. Zwei, drei musst du halt plus- oder malrechnen, das macht mindestens fünf, oder? Es hat doch sowieso von allem zu viel.

Das Wohnzimmer ist überfüllt, wir besetzen einen ganzen Tisch, holen noch zusätzliche Stühle, entschuldigen uns. Wir haben wirklich nichts geahnt, sagt Lena zu der Heimleiterin, die tadelnde Blicke austeilt.

Ali strahlt. Fest ist Fest, sagt sie, und jetzt her mit dem Pastasalat.

Ich muss lachen. Es ist auf seine Weise schön, wir sind Eingeschworene.

Schade, dass Emil und die andern so weit weg wohnen, sagt Ali, sonst hätt ich sie auch noch hergelockt. Sie zwinkert uns zu.

Nach dem Essen baut sich ein Musiker in der Ecke auf, mit Akkordeon und Keyboard, Alleinunterhalter. Das kann ja heiter werden, raunt Lukas zu mir rüber, da setzt schon das Keyboard ein. Der Mann singt, Schlager, Evergreens, Lieder, deren Texte längst hätten verboten oder revidiert werden müssen, nach jedem Stück höflicher Applaus, Anekdote aus dem Alleinunterhalterleben, nächstes Stück.

Nicht allzu lang, da ruft die lustige Neue, mit der Ali sich inzwischen angefreundet hat, aus dem Publikum, he, wir wollen auch singen!

Genau, ruft Frau Plozky.

Ein paar Bewohnerinnen nicken, allgemeine Zustimmung. Eine Pflegerin bringt Hefte mit Noten und Texten. Die Alten wünschen sich was. Der Alleinunterhalter stimmt an, Es ist ein Ros entsprungen und Lebe wohl, vergiss mein nicht, die Bewohnerinnen singen mit brüchigen Stimmen. Immer mehr wünschen und singen, Wenn ich ein Vöglein wär und auch zwei Flügel hätt. Da merke ich endlich, wie schön das gerade ist, und falle lauthals mit ein, Winter ade! Scheiden tut weh. Gerne vergess ich dein, kannst immer ferne sein. Winter ade!

Nach dem Fest führen Meike und ich Ali im Rollstuhl aus. Sie ist dick in Decken eingemummelt und hält ihren Stock in der Rechten umklammert, obwohl sie ihn bestimmt nicht brauchen wird. Ali kann nicht einmal mehr mit dem Rollator gehen, geschweige denn mit dem Stock, es gehört aber zur Inszenierung, dass sie nur mit ihrem alten Stock aus dem Haus geht beziehungsweise rollt.

Die Störche sind in den Süden geflogen, sagt sie, schon lang.

Wir setzen uns auf eine Bank, den Stuhl parken wir davor.

Fragt mal den da, sagt sie, ob er eine Oma kaufen will.

Meike kichert. Nein, machen wir bestimmt nicht.

Kommt schon, los, los.

Meike lässt sich überreden, steht auf, als der Mann an uns vorübergeht.

Wollen Sie vielleicht eine Oma kaufen?

Ausladende Geste zu Alis Kopf über dem Deckenberg. Er macht ein erschrecktes Gesicht.

Wie bitte?

Ob Sie eine Oma kaufen wollen, wiederholt Meike.

Genau, kräht Ali, die Jungen brauchen Geld, wissen Sie, 's ist nicht mehr wie seinerzeit, wir greifen jetzt zu drastischen Mitteln.

Äh, er grinst ein bisschen, hab selber eine.

Na dann, sagt Ali, dann sind Sie ja bedient, schönen Tag noch.

Ihr spinnt, sage ich.

Ali kichert. Hätt ja sein können … Bringst du jetzt eigentlich endlich die Kolumne, fragt sie.

Ach, ich weiß nicht, wo die ist, sage ich. Ich habe keine Lust, die zu suchen und dann wieder lesen zu müssen, das sage ich aber nicht.

Ich dachte, das ist alles auf euren Computerdingern drauf.

Ja, wäre es auch, aber ich habe längst einen anderen Computer, und bis ich die gefunden habe, das dauert ewig …

Ach was, du willst sie bloß nicht finden, aber ich will mich auch wieder mal ein bisschen erinnern, wie ich damals die Straßen unsicher gemacht habe, sie lacht.

Ich hatte es von Anfang an im Gefühl, damals, dass ich diese Kolumne über Ali nicht hätte schreiben sollen.

Okay, ich such sie, bevor ich das nächste Mal komme, sage ich.

Aber nicht, dass du dann plötzlich nicht mehr auftauchst, nur wegen dem, gell.

Jaja, ist ja gut.

Das ist mein Lieblingstext, sagt Ali, aber ich finde ihn nicht mehr. Alle anderen Kolumnen habe ich zu Hause in diesem Ringbuchordner, aber die eine, die muss mir geklaut worden sein – will heißen, ich habe sie wohl verhühnert, als ich sie jemandem gezeigt habe.

Was, du hast das andern Leuten gezeigt?

Natürlich, allen. Ich stehe nicht jeden Tag in der Zeitung, du. Außerdem erinnere ich mich gern daran, das war eine tolle Zeit, damals, oder etwa nicht?

Ich war etwa sechzehn, und Ali hatte gerade begonnen, immer einen von Großvaters Spazierstöcken mitzunehmen, wenn sie das Haus verließ, und war ob der zurückgewonnenen Sicherheit unterwegs zu neuer Höchstform aufgelaufen. Der Stock war ihr weniger Gehhilfe als vielmehr scherzhafte Drohgebärde, und sie spielte voll auf die Karte der alten Schrulle. Ich hatte meinen Spaß dabei. Ich schrieb, es sei der Versuch Alis, die Welt zu einem besseren Ort zu machen, nämlich über radikale Erziehung unbekannter Mitmenschen im öffentlichen Raum. Plötzlich war sie nicht mehr die diskrete alte Frau, die man auf der Promenade jeden Tag sehen konnte. Sondern eine Oma im Auftrag des Guten. Mit Gewalt oder zumindest deren Androhung. Ali sagte, wenn jetzt alle schon von Weitem sehen, dass ich knitteralt bin, dann kann ich das auch ausnutzen. Zack, Narrenfreiheit, sagte sie. Sie ließ sich zu Wortgefechten mit jugendlichen Hip-Hoppern im Zug hinreißen; sie zwinkerte mir zu, bluffte rum, bodigte die Jugendlichen argumentativ und beendete schließlich das Gespräch, indem sie den erstaunten Jungen grinsend den Knauf ihres schwarzen Gehstockes vor die Nase hielt und sagte, passt auf, ihr Schlingel!

Der Stock war für alles gut, Ali hielt damit in letzter Sekunde die Bustür auf oder angelte sich im Laden etwas aus dem Regal, wenn es sich zu weit oben befand. Auf dem Fußgängerstreifen schwang sie ihn drohend, wenn ein Auto zu spät bremste, und einmal, als ein Kleintransporter auf dem Trottoir vor Alis Block ihr unverschämterweise den Weg versperrte, hieb sie mit so viel Wucht auf die Ladefläche, dass es nur so schepperte. Leider mussten wir feststellen, dass da noch einer im Wagen saß, langsam öffnete er die Tür und stieg aus, doch als er Ali neben mir sah, stieg er einfach wieder ein.

Ali entdeckte die Dreistigkeit älterer Damen für sich. Ich fand das amüsant, wenn ich es mir jetzt überlege, wahrscheinlich auch deshalb, weil sie mit dem Stock jedes Anzeichen von Schwäche überspielen konnte.

wir können uns nicht helfen

Ali und ich sitzen am Tisch und spielen Karten. Sie ist müde heute, blass. Das Aufstehen aus dem Bett war ungewöhnlich umständlich. Jetzt sitzt sie krumm auf ihrem Stuhl und macht mir Sorgen.

Vor dem Fenster stehen Leute, gestikulieren und zeigen immer wieder nach oben, auf etwas, das ich von hier drinnen nicht sehen kann. Ali scheint sie nicht zu bemerken, oder sie ist an so was gewöhnt. Wir spielen weiter. Ich muss ein Gähnen unterdrücken, mir fällt nichts ein, was ich erzählen könnte, und sie schweigt auch, es ist unangenehm. Die Vorstellung, dass wir uns nichts zu sagen haben könnten, beklemmt mich, dass es in letzter Zeit ab und zu vorkommt, dass wir kaum oder nur sehr zäh ins Gespräch kommen. Draußen schlagen Autotüren zu. Vor dem Fenster tragen sie eine Leiter hin und her, verschwinden dann wieder aus meinem Sichtfeld. Die Japanische Zierkirsche erzittert. Jetzt ahne ich es, das ist mir letztens auch passiert, da fällt auch schon ein Ast vor Alis Fenster herab. Ich hasse das, man hat ein Fenster, gewöhnt sich an das Bild und liebt es, liebt die

Bäume und Äste, und dann, aus unerfindlichen Gründen oder irgendeiner vorgeschobenen Sicherheit, wird alles zersägt.

Jetzt hat auch Ali es registriert, ich sehe es ihr an, sie blickt finster drein, zieht die Augenbrauen zusammen. Sie schaut mich an, als könnte ich etwas dafür, ihre Lider sind leicht geädert und wimpernlos. Die Hautfalten ziehen Kreise um die Augen, trotzdem sieht die Haut fein aus, weich. Was man vom Augapfel sehen kann, schimmert wie immer. Ich kann mir so in etwa vorstellen, was jetzt passiert.

Gib mir den Stock, sagt sie und fuchtelt mit den Fingern in die Richtung.

Ähm, ich weiß nicht, sage ich.

Los, mach schon!

Ich gebe ihr den Stock, sie klopft damit gegen das Glas. Drei, vier, fünf Mal. Die Leute vor dem Fenster schauen erstaunt in unsere Richtung, es ist ihnen nicht anzusehen, ob sie uns hinter der Scheibe ausmachen können.

Mach das Fenster auf!

Die werden eh nicht aufhören, sage ich.

Das werden wir ja sehen, jetzt mach auf, bitte.

Ich öffne das Fenster, die Baumpfleger machen sich gerade an einem Ast zu schaffen, der so dick ist wie mein Oberschenkel.

Ali wird gleich einen Streit vom Zaun brechen, wie ich es letztens getan habe, als sie vor meinem Fenster einen ganzen Baum zerstückelten. Ich riss genauso das Fenster auf und warf den Leuten einiges an den Kopf, auch wenn das wenig half.

Ali ist ganz höflich. Entschuldigen Sie, junger Herr, sagt sie.

Der Mann schaut zu uns hin.

Sie können sich ja vorstellen, dass das nicht ganz in meinem Interesse ist, was Sie da machen, sagt sie.

Es steht leider nicht in meiner Macht, sagt der Typ auf dem Baum.

Ich möchte Sie bitten, jetzt damit aufzuhören. Ich habe nicht mehr viele Freuden im Leben, so to speak, und dieser Baum ist eine davon. Wie Sie unschwer erkennen können, bin ich eine alte Frau.

Er könne darauf keine Rücksicht nehmen, sagt der Mann und säbelt weiter.

Nun hören Sie schon auf! Wollen Sie mir etwa den ganzen Baum absägen?

Neinnein.

Was denn dann?

Ein paar Äste, dann sind wir wieder weg.

Der Baum bleibt stehen?

Natürlich, es geht nur um den Fassadenschutz.

Schließ bitte das Fenster, sagt Ali zu mir.

Ich tue wie geheißen. Sie bedankt sich und sagt, ich solle lieber schnell den Vorhang zuziehen. Dabei wedelt sie energisch mit der Hand. Im Nachhinein verwirrt es mich, weil das gar nicht zu ihr passt. Höflich schon, höflich war sie immer und hat eine gewisse Höflichkeit auch von anderen eingefordert, aber hartnäckig war sie eben auch. Ich hätte gedacht, sie würde nicht lockerlassen, bis alles so geschieht, wie sie es will, bis ihr niemand mehr etwas abschlagen kann. Vielleicht ist sie wirklich langsam alt. Als hätte Ali meine Gedanken gelesen, sagt sie, weißt du, woran ich meinen Zerfall tatsächlich erkannt habe? Dieser Satz erschreckt mich.

Nein, sage ich, was, woran?

Also ich, die ich doch so eine Glotzerin war, immer, ich habe kein bisschen Lust mehr fernzusehen, das ist furchtbar, oder?

Ich kann es nicht verneinen, ich finde es auch schrecklich. Ali schaute früher leidenschaftlich gerne Filme, Dokumentationen und Krimis. Manchmal auch Diskussionsrunden, Jass-Sendungen immer. Wenn ich Talkshows oder für bare Münze genommene Sendungen über Skandalgerichte schauen wollte, sagte Ali, das ist ein ausgemachter Schmarren, und verließ das Wohnzimmer oder versuchte, mich zum Spielen zu überreden. Und wenn im Fernsehen Skirennen lief, war sowieso nichts zu wollen. Ali verhandelte nicht darüber, sie holte eine kleine Flasche Bier aus dem Keller und platzierte sich in die Ecke der Couch. Dann schenkte sie sich ein winziges Glas halb mit Bier und halb mit Schaum voll und vertrat lautstark ihre ski-alpinen Ansichten. Inklusive kleiner Schmähreden auf den Moderator, an dem sie nicht so sehr seine fachliche Unfähigkeit bemängelte, sondern dass er unsympathisch sei, sie ihn ganz prinzipiell nicht ausstehen könne. Die Ski-Übertragungen markierten die seltenen Tage, an denen ich bei ihr lieber aufs Fernsehen verzichtet hätte, obwohl ich es doch ausnutzen musste, da wir zu Hause keinen Apparat hatten. Ich blieb dennoch meistens dabei, legte mich auf die freien zwei Plätze der Couch, den Kopf auf Alis Bein, und hörte zu, wie sie den Moderator einen eingebildeten Gockel und unfähigen Schludrian schimpfte, der obendrein keine Ahnung vom richtigen Kurven habe und so weiter. Es ließen sich sogar die Skirennen aushalten, solange Ali dem Moderator die Leviten las und mir dabei ab und zu den Kopf tätschelte.

Ich kann mich auch noch gut an jenes Weihnachtsfest erinnern, als sie von Lena und Paul einen VHS-Videorekorder geschenkt bekam. Ali war alles andere als erfreut darüber, traute sich die Handhabung nicht zu, hatte keine Lust darauf, mehrere Fernbedienungen kontrollieren zu müssen, und behauptete auch, keinen Sinn im Speichern von Filmen zu erkennen. Es kommt doch jeden Tag was Neues, sagte sie. Nichtsdestotrotz legte sie sich innerhalb kürzester Zeit eine ansehnliche Sammlung aufgezeichneter Filme an. Schnitt Artikel aus der Programmzeitung aus und steckte sie in die Kassettenhüllen, die sie nach einem undurchsichtigen System ordnete, das sich mehrheitlich an Alis Lieblingsschauspielerinnen orientierte. Als die Videothek immer mehr Raum brauchte, fuhren wir Kisten von Büchern zu uns nach Hause und stellten sie auf den Dachboden. Ali befüllte das Bücherregal mit Filmen. Wenn abends nichts Gutes im Fernsehen kam und wir auf Spiele keine Lust mehr hatten, durfte ich einen aussuchen. Sie beriet mich dabei fachfrauisch, wenn auch keineswegs neutral. Für ihre Lieblingsfilme machte sie ungeniert Werbung, immer unter strenger Berücksichtigung der Jugendschutzempfehlungen. Es machte ihr anscheinend nichts aus, sich einen Film wieder und wieder anzuschauen. Im Gegenteil. Mit der Zeit kannte sie ihre liebsten Szenen so gut, dass sie schon einige Sekunden, bevor etwas Lustiges passierte, loslachte. *Dirty Dancing* hätte sie wahrscheinlich synchron mitsprechen können, bei *Sabrina* kündigte sie an, dass der Typ sich gleich auf seine Champagnergläser setzte. Und bei *Gilbert Grape* weinten wir regelmäßig gemeinsam.

Soll ich nächstes Mal einen Film mit DiCaprio mitbringen, frage ich, oder mit diesem anderen, deinem Schwarm, Robert? Aber Ali will nicht.

Es bringt nichts, sagt sie, ich kann mich einfach nicht mehr konzentrieren, oder ich versteh nicht, was sie sagen, ich schau aufs Bild, und es sagt mir nichts. Ich sehe nur noch die Scheibe zwischen dem Film und mir.

Bei deinem Fernseher gibt's doch längst keine Scheibe mehr.

Du weißt genau, was ich meine, sagt sie.

die Zeit ist biegsam, aber nicht unendlich

Es ist schon wieder Dezember geworden, und ich habe Ali diesen Herbst viel zu selten besucht. Ich rufe sie an, um mich anzumelden, aber sie sagt, dass es genau morgen nicht geht.

Wieso, gehst du zum Arzt?

Nein, ich gehe nicht mehr zum Arzt. Es ist Weihnachtsfest.

Wie bitte?

Internes Weihnachtsfest wohlverstanden.

Aber Ali, Weihnachten ist erst in zwei Wochen.

Na und? Bei uns nicht. Die Frauen wollen am Fünfundzwanzigsten ihre eigenen Weihnachten feiern, ist doch klar, mit ihren Familien, die haben dann frei. Du kannst ja am Samstag kommen.

Kann ich aber nicht.

Dann Sonntag.

Ich finde es einfach unmöglich, dass das so gemacht wird. Mitte Dezember ein Weihnachtsfest, habt ihr etwa im November Advent gefeiert und einen Kalender gekriegt?

Calma, calma, sagt sie.

Implizit heißt das doch, dass es für die Alten sowieso nicht drauf ankommt, wenn die meisten es noch nicht einmal merken. Aber was ist mit denen, die es merken? Und selbst wenn nicht, ich finde es irgendwie respektlos.

Das Fest ist doch entscheidend, nicht das Datum, sagt Ali. Außerdem haben wir jetzt weiße Weihnachten, ist doch schön, das gab's schon lange nicht mehr, und vielleicht hält das nicht bis in zwei Wochen, weißt du.

Ist ja schon gut.

Wir legen auf. Der Schnee wird ewig halten, denke ich. Was da vor dem Esszimmerfenster der Alterswohnung die Sträucher und das Gras niederdrückt, ist eine Ladung Kunstschnee, den die Altersheimleitung jeden Winter als kleines Extra spendiert. In der ganzen Schweiz liegt kein Schnee, nur vor den Altersheimfenstern wird Winterlandschaft gespielt. Das ist verrückt. Ich habe auch schon von inszenierten Zugfahrten gehört, wo Heimbewohnerinnen in historische Bahnkulissen gesetzt werden und sich ein, zwei Stunden lang die Strecke von Zürich nach Bern und wieder zurück auf einem Großbildschirm anschauen können, als kleiner Ausflug ganz praktisch. Ich bin hin- und hergerissen, wenn es sie freut, ist es doch egal, ob sich ihre Körper tatsächlich nach Bern und zurück bewegen, aber dennoch sträubt sich etwas in mir vehement dagegen; es ist einfach nicht dasselbe, dieses Vorgespielte, Zurechtgebogene. Und ich habe Ali nichts von dem Kunstschnee gesagt, ich mache mit bei dem Spiel. Aber soll ich ihr etwa sagen, die Welt vor deinem Fenster ist, genau wie die im Fernseher, eine erfundene Geschichte? Ich hätte es ihr sagen sollen, dass das alles ein ausgemachter Schwindel ist, wahrscheinlich weiß Ali das längst, und nur ich will alles wahrhaftig haben.

Ich muss lernen, damit klarzukommen, dass es einfach eine andere Situation ist, und dieses Unbehagen darüber loswerden, dass die Pflege zweckdienlich organisiert und alles pragmatisch gelöst wird. Vielleicht gibt es zurzeit keinen geeigneteren Ort für Ali, für jemanden mit so vielen körperlichen Gebrechen, aber das bedeutet ja nicht, dass es einen solchen Ort nicht geben könnte. Es betrübt mich, dass die Pflegerinnen ihr tägliches nächstes Umfeld sind, dabei hat Ali unter ihnen Freundinnen gefunden, etwas Besseres kann ja gar nicht passieren im Heim.

Als ich bei ihr ankomme, bin ich wieder mal schlecht gelaunt.

Was ist denn los, fragt sie.

Ich weiß es selbst nicht so genau. Vielleicht noch immer wegen dieses deplatzierten Schnees vor der Tür.

Unser Weihnachten war ziemlich okay, sagt sie, es wird schon langweiliger, je älter man wird, aber wir hatten doch auch ein bisschen Spaß. Der Baum ist schön, kannst ihn noch anschauen gehen im Wohnzimmer.

Danke.

Dir sagt das halt nichts, aber ich mag es, wenn's glitzert und wie grün sind deine Blätter. Wir haben es übrigens mehrmals gesungen, *O Tannenbaum*, auf meinen Wunsch, die meisten hatten es sowieso schon wieder vergessen, bis dahin.

Sie zwinkert mir zu. Ich muss jetzt doch lachen. Ein

bisschen von dem Gefühl wie als Kind, wenn man heult oder schmollt, und es ist total ernst, aber trotzdem bringt einen jemand zum Lachen, ein eigentümliches Gefühl, weil es eine Seite von Sich-selbst-nicht-ganz-ernst-nehmen-können mit drin hat und von Inkonsequenz.

Hier, das hab ich geschenkt gekriegt. Ali packt Schokolade aus und viel wollenes Zeug, einen Schal, neue Bettsocken. Mir ist ständig dermaßen kalt, ich bräuchte sogar einen Nasenwärmer.

Das muss erst noch erfunden werden, aber wenn du was hörst, sag Bescheid.

Du kannst es doch erfinden, sagt sie, damit wirst du reich.

Kommst du eigentlich an Weihnachten zu uns?

Wie kommst du jetzt darauf? Das ist ja eine ganz bescheuerte Idee.

Ich dachte, wir könnten ein Bett ins Wohnzimmer stellen, dann feierst du mit uns allen Weihnachten, und wenn du schlafen willst, schläfst du einfach ein.

Lieb von dir, aber das ist unmöglich.

Wieso?

Es ist einfach zu umständlich. Ich stehe mit einem Fuß schon im Grab, den kann ich da nicht wieder rausziehen.

Na, was für ein Bild, denke ich und kann darüber nur den Kopf schütteln. Ali zieht die Decken hoch.

Mir ist wieder was eingefallen, sagt sie. Oder hab ich dir das schon erzählt, wie wir in Rom waren?

Ne, wann war das?

Da waren Emil und deine Mama schon Jugendliche,

das erste Mal, dass wir wirklich wegfuhren statt Tschumpeln. Mich hat's gefreut, wieder einmal in eine richtige Stadt zu fahren. Und was wir Tauben gefüttert haben, Lena und ich. Wir hatten ein gutes System, jeweils am Morgen teilte Herman jedem von uns die gleiche Anzahl Lire zu, die wir alle dann nach eigenem Gutdünken ausgeben konnten. So konnten sich alle frei bewegen. Herman zweigte für sich selber gleich viel ab, steckte aber doch immer das gesamte Feriengeld ein, weil er es nicht im Hotel lassen wollte. In meiner Hosentasche ist es am sichersten, hat er gesagt, und wir haben natürlich nicht widersprochen, du weißt ja, wie er war …

Nein, weiß ich nicht.

Stur manchmal, eigensinnig. Wir haben jedenfalls nicht widersprochen, na ja doch, aber er hat es nicht hören wollen, sagen wir so. Wir sind rumgelaufen und haben uns alles angeschaut. Die ganzen Kirchen. Vor der einen, frag mich nicht welche, warteten zwei Zigeunermädchen …

Roma, sage ich.

Ja, hab ich doch schon gesagt, Rom.

Nein, ich meine, heutzutage sagt man Roma …

Aber nur auf Italienisch, sagt Ali.

Ich gebe vorerst auf.

Jedenfalls standen die da vor der Kirche und bettelten. Also das heißt, sie hielten so die Hand hin. Ali höhlt die Hand und zeigt es vor. Dein Großpapa zückte die Brieftasche und gab ihnen ein bisschen Geld, vielleicht so im Wert von ein, zwei Franken. Sie verneigten sich, küssten mir die Hände und umarmten deinen Großpapa ganz stürmisch. Dann besichtigten wir die Kirche, also ich vor allem die leuchtenden Fenster, du weißt ja, und er hat was auf die Malerei gehalten. Als wir rauskamen, waren die Mädchen noch auf dem Vorplatz, Herman wollte ihnen noch ein bisschen mehr geben, weil es uns ja nicht so drauf ankomme und sie so sympathische Mädchen … Aber als er auf sie zuging und aus der hinteren Hosentasche sein Portemonnaie zog, winkten sie ab, sagten, Grazie, grazie mille, und verbeugten sich noch einmal, er wollte insistieren, aber sie schüttelten ganz energisch den Kopf und gingen weg. Also steckte Herman das Portemonnaie wieder ein und kam zu uns zurück. Die Bescheidenheit der Kinder lobend, natürlich.

Erst als wir dann später im Restaurant bezahlen wollten, merkte er, dass er nur noch ein paar lausige Münzen in der Börse hatte. Sein Gesicht hättest du sehen sollen, wir haben ihn schön ausgelacht, wie die Mädchen ihm unbemerkt das ganze Geld aus der Tasche hatten ziehen können. Er wurde richtig wütend, obwohl Emil, Lena und ich mit unseren sicher behüteten Tagesgeldern sogar sein Abendessen bezahlten. Die waren echt geschickt. Ich muss jetzt noch darüber lachen, sagt sie. Tatsächlich lacht Ali über Geschichten, die sie selber erzählt, immer so, als würde sie sie zum ersten Mal hören.

der Wald steht schwarz und schweiget

Heiligabend, unser Weihnachtsfest. Alle Geschwister sind gekommen, es ist ein Gewusel, wie es mittlerweile kaum mehr vorkommt bei uns; wir haben uns in alle Richtungen zerstreut, sehen uns immer zu selten. Lukas und Tobi waren heute bei Ali, haben lauter Blödelfotos mit ihr gemacht. Digital Natives ihr, ich geifere, bin eifersüchtig. Den ganzen Nachmittag haben sie zusammen rumgealbert. Ali und ich tun das schon lange nicht mehr. Wir sind ernst geworden und vorsichtig, wir ziehen uns kaum mehr auf. Stattdessen immer wieder das Ausloten, wer welche Rolle einnimmt in unserer Beziehung, wer was erzählt und wofür zuständig ist. All die vielen Besuche, ernst und oft verstörend. Manchmal tauschen wir Geschichten und Informationen, manchmal fällt uns gar nichts ein. Diese beklemmende Stimmung, wenn wir so verhalten beieinandersitzen, denn Ali kann sonst mit jeder Person ins Gespräch kommen und weiß immer etwas zu sagen. Sie hat sich stets auf das Phatische der Sprache verstanden, dass es manchmal nicht so sehr drauf ankommt, was man sagt, sondern darauf, dass man überhaupt miteinander spricht, irgendetwas, manchmal gelingt uns nicht einmal das.

Auf dem Smartphone lässt Lukas die Grimassengesichter vor meinen Augen durchfliegen, die lustigen Posen und angedeuteten Szenen. Ali im Bett liegend, mit dem Stock drohend. Ali den Unterkiefer vorgeschoben und die Augenbrauen fast bis zur Nasenwurzel heruntergezogen. Alle drei auf dem Bett. Alle lachen. Ich fühle mich elend, weit weg mit meiner Eifersucht, eine blödsinnige Eifersucht, es ist ja schön für alle, und es bedeutet, dass es Ali gut geht, verhältnismäßig oder zumindest den Umständen entsprechend. Nein, es geht ihr überhaupt nicht gut, sagt Lukas, ich würde schauen, dass du morgen noch ein paar Fotos mit ihr machen kannst. Ich knalle die Tür zu und gehe in mein früheres Zimmer. Diese Endgültigkeit, diese Drohung, das kann ich nicht aushalten. Dann denke ich, er hat recht, Lukas hat einen Umgang, der verträglich ist. Dann denke ich wieder, er liegt komplett falsch. Tatsächlich einzugestehen, dass Ali sterben wird, bleibt für mich unmöglich, auch wenn ich weiß, dass ich es damit nicht ändern kann.

Wir essen italienische Polenta und Wildschwein in Rotweinsauce. Noch nie habe ich Wildschwein gegessen, jetzt ist es ein einziger Verweis. Ich denke an Ali, an das gekaufte Schwein, als gerettete Ehre quasi. Der Nachmittag mit dem Großen im Elsässer Wald. Ich stelle es mir schön vor. Mit einem Fremden so einfach den Nachmittag durchquasseln, vielleicht hat sie ihn auch wegen des Frauenstimmrechts bequatscht, nicht ahnend, dass es noch einmal eineinhalb Jahrzehnte dauern sollte, bis sie zum ersten Mal würde abstimmen dürfen.

Am 25. fahre ich zu ihr. Ich freue mich. Denke an die Weihnachtsfeiern bei ihr, unter einem eher kleinen, aber dafür relativ hoch platzierten Baum, der abwechselnd ausschließlich rot oder aber mit allerlei glitzernden Geschmacklosigkeiten behangen war. Natürlich immer mit viel Schokolade und einer geschnitzten Weihnachtskrippe darunter. *O Tannenbaum* und *Stille Nacht*. Wobei der Tannenbaum Alis Lieblingslied war, das nicht ausgelassen werden durfte, wegen der Zeile Wie grün sind deine Blätter. Wir reden über das Essen, unser gestriges Wildschweinragout. Die Geschichte mit dem Wildschwein, jetzt ganz bereitwillig erzählt, ohne dass ich nachfragen müsste.

Es scheint alles normal zu sein und kann ein gemütlicher Nachmittag werden. Ich weiß gar nicht, was Lukas hat, Ali sieht gut aus, zufrieden, sie hat vielleicht nicht mehr die Konstitution für Höhenflüge, aber im Kopf ist sie wie eh und je. Wie man eben sein kann, wenn man immer im Bett liegt. In sein eigenes Zimmer eingeschlossen.

Wollen wir uns nicht an den Tisch setzen, frage ich.

Ali winkt ab. Ich kann mich gar nicht bewegen, sagt sie.

Wieso?

Ach, sie zuckt mit den Schultern.

Sag mir sofort, was los ist, Ali.

Zu viel Wasser eingelagert, sagt sie und schlägt zur Veranschaulichung die Wolldecken zurück. Darunter ist sie aufgeschwemmt, hat plötzlich einen dicken Bauch. Seit Tagen ist Ali nicht mehr auf die Toilette gegangen und hat es niemandem erzählt.

Aber das vergiftet dich doch! Warum hast du Lena nichts gesagt?

Sie zuckt wieder mit den Schultern, ist zu stolz, immer zu stolz.

Lena hätte ja gleich den Arzt gerufen, sagt sie.

Natürlich hätte sie das, warum hat denn von hier noch niemand den Arzt geholt?

Weil ich gesagt habe, ich will nicht.

Aufwallende Panik. Ich rufe Lena an.

Wenn du unbedingt willst, sagt Ali, aber der Arzt kann auch nichts mehr tun, so ist es mit dem Sterben, niemand kann es anhalten. Weißt du, woran ich die letzten Tage immer wieder habe denken müssen?

Woran?

Nachdem dein Großpapa pensioniert wurde, wollte er unbedingt eine ganz spezielle Wanderung machen, über den Ritterpass oder so. Er hat seinen Rucksack gepackt, mit seiner eigenen Gründlichkeit, alles eingepackt, was man für so eine Wanderung braucht, zweitägig und auf alles vorbereitet. Bis oben hin voll stand der Rucksack am Vorabend im Flur bereit. Und am nächsten Tag … Kennst du die Geschichte nicht schon? Ich verneine. Also, am nächsten Tag hat es geregnet … Interessiert sie dich aber?

Ja, sage ich, natürlich.

Dein Großpapa sagte, ich warte, bis es zu regnen aufhört. Also hat er den ganzen Tag gewartet, ist in der Wohnung herumgelaufen, hat aus dem Fenster geschaut, das Wetter immer und immer wieder geprüft. Hat auch einen zweiten Tag gewartet, ich bin arbeiten gegangen und einkaufen, habe gekocht et cetera. Der Wanderer stand in seinen roten Socken am Fenster und starrte hinaus. Eine Woche lang hat er fertig angezogen gewartet, dann hörte der Regen auf. Aber der Großpapa ist doch nicht los, er hat sich nicht von der Stelle gerührt und einfach weiter hinausgeschaut, und der Rucksack stand im Flur. Wann passiert das schon, eine Woche Regen am Stück? Der Rucksack hat noch fast einen Monat da gestanden, er hat ihn nicht mehr angefasst. Man darf einfach nicht zu sehr planen, was passieren soll, weil sowieso etwas Eigenes passiert.

Soll das jetzt mein Sinnspruch sein?

Quatsch, ich dachte, du willst Geschichten von mir hören!

Will ich auch.

Na also.

Weißt du, was ich auch gern hören würde?

Was denn?

Wie es nachher weitergegangen ist, nach der Nacht auf dem Lindenhof.

Sie lächelt. Wie soll es schon weitergehen, du triffst dich immer wieder, verliebst dich, und da hast du's.

Gib dir mal ein bisschen Mühe, Ali, du hast gesagt, eine Geschichte mit einem Poulet.

Einem HALBEN Poulet, sagt sie, na schön: An dem Abend, als ich ihn fast nicht erkannt hätte, trennten wir uns nach dem Fest, verabredeten uns aber für den nächsten Abend wieder. Dieses Mal hab ich natürlich gut aufgepasst und mir jeden Zug eingeprägt beim Verabschieden, damit ich nicht noch einmal so dastehe wie der Esel am Berg, aber von da an hätt ich ihn sowieso erkannt, das war mehr so zur Vergewisserung. Und weil er mir außerdem gefiel. Am Morgen ging ich arbeiten, wie immer. Habe alles Odette erzählt, meiner Freundin, die wurde aber eifersüchtig. Sie wäre auch gern tanzen gegangen, aber sie hatte niemanden, um hinzugehen. Ich sagte, dann kommst du einfach mit mir mit. Odette meinte, dass das nicht ginge, aber ich sehe kein Problem darin, noch heute nicht. Na sie hat sich dann auch überreden lassen und mich am Abend pünktlich abgeholt, wir sind zum Lindenhof gelaufen und dort den Hang hoch. Oben saß Herman auf einem Mäuerchen und war gar nicht erfreut, dass ich in Begleitung auftauchte. So war das aber nicht abgemacht, sagte er, und ich hab gesagt, er solle nicht so tun. Er sagte, er habe extra ein halbes Poulet gekauft, aber ein halbes Poulet zu dritt, das reiche ja nirgends hin. Odette entschuldigte sich und wollte gleich wieder gehen, aber sie war doch meine Freundin. Man kann ein halbes Poulet genauso gut zu dritt essen, sagte ich. So haben wir es dann gemacht, und es hat auch für drei gereicht. Unter Freunden teilt man doch, oder?

Ja, sage ich, und was dann?

Haben wir getanzt, was denn sonst, man geht ja nicht tanzen, um sich den Bauch vollzuschlagen. Um Mitternacht sind Odette und ich wieder heim.

Ja, aber dann? Wie ging's dann weiter?

Und dann und dann, das weißt du doch, wie's weitergeht.

Und wenn ich's nicht weiß?

Stellst du dir einfach etwas Schönes vor, sagt Ali und gähnt.

Du gähnst viel zu demonstrativ, sage ich.

Ich bin müde jetzt, sagt sie und schließt die Augen. Außerdem muss ich mich ausruhen, bevor der Arzt kommt, den ihr mir so stinkfrech auf den Hals hetzt.

Ach komm schon, Ali, was willst du denn sonst?

Sie gibt keine Antwort, und ich weiß nicht, ob sie eingenickt ist.

Hier liegt Ali blass vor mir auf dem Bett und dämmert weg. Ein kleiner Sonnenuntergang. Während wir an den Geschichten und Erinnerungen rumschrauben können, sie ausschmücken, abändern und beschönigen, kann ich mit der Situation jetzt hier gar nichts anfangen. Sie ist fiktionales Ödland. Das, was sich aufdrängt. Ich habe keinen Einfluss darauf, ich kann mir Ali nicht jung beziehungsweise jünger machen, kann ihr nicht die Haare färben und das Fleisch zurückholen, kann ihren Beinen die Kraft zu gehen nicht wiedergeben. Ich kann für jetzt nichts erfinden. Es wird ja jede Sekunde offenbar, wie es ist, dagegen ist kein Kraut gewachsen. Unkraut verdirbt nicht, hat Ali immer gesagt, und jetzt stellt sich heraus, dass es doch verdirbt oder dass sie, entgegen der Behauptung, gar kein Unkraut ist.

Das Schlimmste ist, wie sich die Zukunft in die Vergangenheit verkehrt. Nur das Vergangene können wir noch passieren lassen, für die Zukunft reicht die Kraft nicht aus. Sie ist offensichtlich unwahr geworden, keine von uns kann mehr daran glauben, nicht einmal an die einfachsten Pläne und die anspruchslosesten Geschichten, nicht mal an den kleinsten Ausflug bis zu dem Schornstein mit den Störchen, einfach nichts. Das ist das Unerträgliche, das Wortwörtliche. Das ist das Jetzt. Die Störche sind in den Süden geflogen.

Ali erwacht. Liebes, ich glaub, ich muss jetzt ein bisschen schlafen, ich bin so müd.

Ich gebe ihr einen Kuss, ich komme morgen wieder, sage ich und drücke ihre Hand.

Am Stephanstag ruft der Hausarzt an, er habe Ali schweren Herzens dem Palliativmediziner überantwortet. Es kann leider nichts mehr für Ihre Mutter getan werden, sagt er zu Lena, die verstummt, kaum dass sie den Satz für uns wiederholt hat. Die Gedanken stocken. Meike umarmt Lena, während wir betreten im Raum herumstehen, als hätte uns jemand hier vergessen. Ich muss telefonieren, sagt Lena schließlich, ihre Stimme kratzt. Sie ruft Emil an, schildert die Lage. Du musst selber einschätzen, ob du früher kommen willst, sagt sie. Natürlich kommt er, macht sich sofort auf den Weg. Lena telefoniert mit Pflegerinnen, Geschwistern und Freundinnen von Ali, und hinter den vernünftigen Sätzen, die sie spricht, versteckt sich eine trockene Angst.

Lukas, Meike, Tobi und ich fahren vor, wenn alle heute vorbeikommen wollen, dann bleibt nicht viel Zeit. Wer Ali noch sehen will, am besten so schnell wie möglich, hat der Arzt gesagt. Das steht im Raum, dieses unsägliche Noch. Dieses gerade noch, bevor es dann. Dieses Noch andauernd, wie Es ist noch etwas übrig, aber nur ein Rest, der besagt, beeil dich lieber, denn es gibt bald keinen Verlass mehr. Das Verlassen kommt. Das Verlassen dauert an. Wir alle lernen noch, verlassen zu werden.

Ali liegt aufgedunsen im Bett, ihr Kopf strahlt am oberen Ende aus der Decke, im Gesicht sieht sie gut aus. Gelöst. Ich schaue sie an. Ihre feinen weißen Haare, ihre

Nase, die Augen, den Mund. Ich nehme ihre Hand in meine und bin überrascht, wie kalt sie sich anfühlt.

Na und, sagt Ali und lacht. Du warst 'ne freche Nudel, weißt du noch, einmal, als wir unterwegs waren, hattest du ganz durchgefrorene Hände, ich hab mich erschreckt, als ich dich halten wollte, und sagte, herrje, hast du aber kalte Hände, und du sagtest, na und. Das vergess ich nie, sagt sie. Und tut so, als würde sie nicht merken, dass sich das Nie verändert hat, dieses Nie ist plötzlich kurz geworden. Ein Nie, das endlich ist. Ein Nie, das nicht viel mehr heißt als, bis ich sterbe, und dieses Sterben ist mit den Händen greifbar. Ich sehe es nicht Ali an, sondern den andern. Jeder Blickwechsel ist unmissverständlich. In jedem Blick lauert die Zeit und will daraus hervorspringen und sich zeigen, wie hager, wie klein und kurz sie geworden ist, wie sie uns dennoch davonrennt. Es ist jetzt.

Nimm dir Schokolade aus der obersten Schublade, sagt Ali.

Mir ist nicht danach, danke.

Nimm schon, es hat viel zu viel davon.

Ich will nicht. Ich weiß nicht, was ich erzählen könnte. In meinem Kopf dreht und windet sich nur ein Satz, nämlich, dass es das letzte Mal sein könnte, dass wir uns sehen, dass ich besser etwas sagen sollte. Aber egal, was ich sage, Ali kann mich heute nicht verstehen, ich rede zu leise. Schon länger hört sie nicht mehr gut, aber immer haben wir uns irgendwie verstanden. Heute murmle ich nur dummes Zeug, wieder über das Weihnachtsessen, Ali fragt mehrmals nach jedem Satz, ich wiederhole es, beim dritten Mal rufend, das macht noch offensichtlicher, wie lächerlich diese Nebensachen sind. Es ist, als könnte ich nicht mehr richtig artikulieren, ich rede überdeutlich, die Worte klingen nicht mehr nach mir. Ich habe das Gefühl, die ganze Abteilung hört, wie ich Wildschwein und Polenta durchs Zimmer schreie. Ali versteht trotzdem nichts.

Sie erzählt die Geschichte vom IC-Neigezug. Damals. Wir haben einen Ausflug gemacht, wir zwei, in den Tierpark nach Arth-Goldau, und auf dem Heimweg kam so ein neuer, moderner Zug, ein Neigezug eben, und wir saßen kaum drin, da wurde uns beiden schon speiübel, und da habe ich den Schaffner gefragt, was man da machen kann. Er hat gesagt, an der nächsten Station raus und auf den Zug eine halbe Stunde später warten, was wir dann auch gemacht haben.

Da haben wir Granny Smith gegessen, füge ich hinzu, du hast ihn halbiert mit dem winzigen Taschenmesser, das an deinem Schlüsselbund hing, und es gab eine Scheunenwand, die bedeckt war von einer Kletterpflanze mit knallroten Blättern, wo war das, welcher Bahnhof?

Ah ja, dieses Messer, sagt Ali, dann haben wir einfach den nächsten Zug genommen, der hat nicht so geschaukelt. Weißt du noch?

Ich sage ja. Jaja, ich weiß noch genau. Emil kommt auch noch, heute, sage ich dann.

Ali ist entrüstet, wieso das denn? Er kommt doch an Silvester.

Äh, also er kommt jetzt schon früher, sage ich.

Na so was.

Weil du stirbst, brülle ich in meinem Kopf, weil es

jeden Moment vorbei sein kann. Ich beiße mir auf die Lippen. Wie kann es sein, dass Ali selber so endgültig sterben will, und alle wissen es, wie kann sie es dann komisch finden, wenn wir so schnell wie möglich kommen? Er hätte doch einfach zu Silvester kommen können, so eilig wär es jetzt doch nicht gewesen. Ich sage nichts, betrachte meine Schuhe auf dem hellen Linoleumboden. Sie erzählt noch einmal die Geschichte mit dem IC-Neigezug. Als wäre es das erste Mal überhaupt. Ich höre zu. Ich sage nicht, das hast du doch eben erzählt. Ich sage, ja, ich erinnere mich noch genau. Vielleicht will mir Ali noch eine Geschichte von uns beiden erzählen, kann ja sein. Das mit dem Apfel und der Scheunenwand lasse ich dieses Mal weg, lasse sie erzählen.

Nach einer kurzen Pause erzählt sie es noch ein drittes Mal, es ist zum Verrücktwerden. Ich frage mich, warum Ali plötzlich so auf diesen Intercity-Neigezug fixiert ist, wie es sein kann, dass ihr die Wiederholung nicht auffällt. Ich lasse mir auch nichts anmerken. Höre bis zum Schluss und sage auch noch ein drittes Mal genau dasselbe, dass ich mich erinnern kann. Spätestens jetzt werde ich mich für immer daran erinnern können.

Plötzlich packt Ali mich erstaunlich energisch am Arm. Wenn es so weit ist, sagt sie, wenn ich dann tot bin, dann sollt ihr nicht traurig sein, sondern lustig. Lustig sein und tanzen. Versprichst du mir das jetzt? Ich wackle mit dem Kopf, bin mit Schlucken beschäftigt. Und dann noch eines: nicht ducken, aber das weißt du ja, oder? Du darfst dich nie ducken, Liebe. Vor niemandem, das wirst du schon nicht, du weißt es doch, wer sich wehrt …

Ich nicke, jetzt also doch noch so ein Spruch, dass alles so unglaublich aufgeladen sein muss. Ich weiß nicht, was machen, würde mich am liebsten für immer in Alis Bett legen und nicht mehr aufstehen. Das Bett würde durch die Welt fahren, und ich erzählte ihr, was wir sehen, und sie erzählte mir, wie es früher war.

Lukas und Meike kommen ins Zimmer. Ich lege mich nicht zu Ali, ich wische mir über die Augen. Die Situation ist so explizit, dass alles erstarrt. Ich umarme und küsse Ali. Dann noch einmal. Dann laufe ich los, durch das Dorf, den angrenzenden Wald. Die Luft gefriert mir im Hals. Das war unser Abschied, der Gedanke geht mir nicht aus dem Kopf, was das für ein verkehrter Abschied war, wie unfähig ich bin, wie verloren. Dass ich einfach hätte Danke sagen können, fällt mir zu spät ein.

was alle wissen, ist wahr

Am Abend sitzen wir bei den Eltern in der Küche, auch noch Freunde von uns. Wir kneten Hackfleisch und essen Köfte mit Kartoffeln. Dann trinken wir Bier, wir rauchen in der Küche, Lena sagt zu allem nichts, sitzt still auf ihrem Stuhl. Dass Emil heute Morgen überstürzt angereist ist und wir alle zusammen so am Tisch sitzen, das ist unmissverständlich.

Wir machen Sprüche, erzählen aus unseren Erinnerungen, Geschichten aus der Kindheit, von Emil und Lena, Geschichten über Ali, lustiges Zeug, was Ali wem erzählt hat. Vom IC-Neigezug sage ich nichts, auch wenn ich die ganze Zeit daran denke. Wir trinken Bier, bis keins mehr übrig ist, dann trinken wir Obstbrand, bis wir kein Gefühl mehr haben, dann torkeln wir nach und nach in unsere Betten.

Ich kann nicht schlafen, weil das Bett sich dreht. Ich bilde mir ein zu hören, wie in allen Zimmern die Augen ins Dunkel starren.

Am Morgen stehen wir auf, bang, dass es geschehen sein könnte, aber Ali lebt. Emil fährt nach dem Frühstück hin. Ich möchte auch noch einmal zu ihr, sage ich, aber das geht nicht. Es sind zu viele aufs Mal, und Ali ist erschöpft vom ständigen Besuch. Also gehe ich in den Wald. Vor Wochen habe ich ein Ticket für den Nachtzug nach Zadar gebucht, das mich nun ratlos macht. Heute Abend losfahren, um Freunde auf einer abgelegenen Insel zu besuchen, wie soll das gehen? Was, wenn Ali stirbt?

Schließlich steige ich doch ein. Ich stopfe meinen Rucksack unter die Liege und lege mich hin, bevor andere Passagiere dazukommen. Im Zug eine Mischung aus Erleichterung und Schuldgefühl. Endlich eine Entscheidung. Endlich nicht mehr das Warten, die Blicke meiner Geschwister, die Blicke von Lena, von Emil. Je mehr Menschen wir in einem Raum sind, desto stiller. Desto unerträglicher. Meike am Klavier. Erinnerungen in jeder Ecke.

Meike hat gesagt, ich solle fahren, Lena hat gesagt, ich solle fahren, Ali hat gesagt, ich solle fahren. Also fahre ich. Tobi hat gesagt, fahr nur, wenn sie tot ist, ehrlich. Danach hat er zu Boden geblickt. Lukas ist gestern schon in den Urlaub gefahren.

Ich habe die Entscheidung bis spät in den Nachmittag hinausgeschoben, bin im Wald herumgeirrt, der Schnee hat geknirscht, alles war sehr nebelhaft. Dann habe ich Ali angerufen. Emil hob ab, es, äh, ich glaube, das ist jetzt gerade unpassend, hat er gesagt, sanft, soll ich gleich zurückrufen? Sie hat im Hintergrund gewürgt und dann gesagt, gib schon her.

Ja? Ihre Stimme im Hörer.

Hallo, Ali, meine Stimme erstickt.

Ach du, bist du immer noch hier?

Ich weiß nicht, ob ich fahren soll, ist doch scheiße.

Nun fahr schon endlich, es ist dein Urlaub, die Welt ist groß, was willst du hier zu Hause sitzen?

Ich … bei dir sein, sage ich.

Los du, wir haben uns ja verabschiedet, es ist gut so.

Danke für alles, Ali. Ich beginne zu weinen.

Danke dir, sagt sie.

Ich danke dir. Jetzt im Nachtzug kommen wieder die Tränen. Vor dem Fenster der nachtschwarze See, auf der anderen Seite die Lichter, dort liegt jetzt gerade Ali und stirbt. Ich hätte nicht einsteigen sollen.

Der Zug steht an der Grenze, auf den Schienen gegenüber manövriert eine Draisine einen Waggon. Tresine. Ein Wort, das ich von Ali gelernt habe, überhaupt kann ich mich nicht erinnern, das Wort sonst einmal benutzt zu haben. Nur durch ihr Küchenfenster konnte man morgens manchmal die Draisinen vorbeifahren sehen, dann sagte sie, jetzt schau, eine Tresine. Mehr nicht. Das ist auch keine Geschichte, das ist etwas, was man gar nicht erklären kann. Alles ist von Ali besetzt, die Worte, Dinge, Gedanken. Kann ich überhaupt etwas erinnern, das nichts mit ihr zu tun hat? Mit einem Selbstverständnis, das Ali eben selbstverständlich mit einschließt.

Ali hat fast direkt am Bahndamm gewohnt und am Vorbeifahren der Züge erkannt, wie spät es war. Höchste Zeit zu schlafen jetzt, sagte sie manchmal, das war schon der Elfuhrzug. Und an wie vielen Fenstern fahre ich jetzt vorbei, hinter denen Menschen sagen, das ist der Elfuhrzug nach Zadar, Zeit, ins Bett zu gehen. Wie viele Fenster, hinter denen Menschen wohnen und den Zügen zuhören. Wie viele Menschen, die andere Menschen lieben und kennen und erziehen, wie viele Geschichten und Fotos und Gefühle und Sätze, wie viele Frauen, die sich aus ländlichen Gebieten bis in die Städte vorgekämpft haben, wie viel Arbeit, Mühe und Not. Ich denke nur an eine. Ich kenne nur Ali.

In Zadar bleibe ich am Kiosk hängen. Soll ich eine Postkarte kaufen? Wir haben Ali von überall her Postkarten geschickt. Das war so eine Tradition. Außerdem hat es Spaß gemacht. Und es war die einzige Art, wie sie doch überall auf der Welt mit dabei sein konnte – von zu Hause aus, natürlich. Abgesehen davon, dass sie sich zielgerichtet Dokus ansah, um nachzuempfinden, was wir gerade erlebten. Wenn wir wieder bei ihr am Wohnzimmertisch saßen, mit einem Stapel Fotos, hat sie erzählt, was ihr von den Dokus in Erinnerung geblieben war, und zu jedem Detail nachgefragt, ob es wirklich so sei, da und dort. Wir haben auf den Fotos nach Beweisen gesucht, nach Blumen und Steinen. Ali fragte, warum sieht man dich nie? Und ich habe gelacht und gesagt, auf den Fotos, die du machst, sieht man dich ja auch nie.

Ich bin unschlüssig. Was, wenn die Karte zu spät ankommt? Mich schaudert bei der Vorstellung, ich würde eine Postkarte an die tote Ali schicken. Grüße aus dem Urlaub an eine tote Ali richten. Nein. Das ist alles unmöglich, Ali darf gar nicht sterben. Ich gehe schnell weiter.

Auf der Insel dann Steine, Olivenbäume, Wolken,

Hügel, unten das Meer, das aussieht wie ein See. Wir sitzen am Feuer und warten auf das neue Jahr.

Ich wünschte, ich könnte einmal noch einen Urlaub mit Ali verbringen. Als zwei erwachsene Frauen, sozusagen. Hier zum Beispiel ein bisschen durch die Olivenhaine schlendern und noch einmal alles durchgehen. Ihr Leben, mein Leben, was ich am besten tun sollte, so in etwa.

Es regnet, und wir machen Feuer im Kamin. Ich rufe jeden Tag zu Hause an. Nichts.

Alles wie immer, sagt Lena.

Alles wie immer, sagt Meike.

Alles wie immer, sagt Tobi.

Ich hänge am Draht, dann lege ich auf, dann weine ich. Ich bin feige und hätte dortbleiben sollen, sage ich, mit den anderen ausharren. In einer SMS von Lena steht, *du solltest es nicht so schwernehmen, sie hatte ein gutes Leben.* Ich werde wütend.

Tijana fragt, ob Ali der erste Mensch sei, den ich verlieren würde. Du hast sie nicht alle, antworte ich, wenn man einen Menschen verliert, ist es immer das erste Mal.

Wir pulen schweigend die Steine aus den Oliven vom Vorjahr. Ivo klimpert auf der Gitarre, irgendwann sagt er, man ist ja nicht einfach weg, wenn man tot ist. Man ist ja immer da. Ich würde ihm gern glauben. Aber ich glaube, er hat keine Ahnung.

Nach einer Woche steige ich wieder auf das Schiff, und es kommt in einen Sturm. Danach stehe ich am Hafen und rufe Lena an. Musst du mich so früh aus dem Bett klingeln? Falls irgendetwas passiert, rufe ich dich an, sagt sie. Ali lässt dich grüßen. Ich lege auf und kaufe eine Postkarte. Kirchenfenster und Übersicht über die Stadt, ein Drittel Meer. Wenn Ali mich grüßen kann, dann kann ich auch sie.

die Sekunde zwischen Tod und Luftholen

Ich komme endlich heim, es ist Vormittag, und ich will so schnell wie möglich zu Ali fahren. Lena sagt, sie möchte mich erst sehen, mit mir reden. Sie denkt, ich könne es nicht aushalten, und ich kann es auch nicht aushalten. Im Kopf schon nicht. Lena sagt, Ali hat kein Gebiss mehr im Mund, man kann sie kaum verstehen, und sie kriegt Morphium, deshalb ist sie verwirrt.

Mit schweißnassen Händen drücke ich die Klinke an der Tür zu ihrem Zimmer herunter und schließe die Augen. Ali schläft. Ihr Mund ist eingefallen, sie sieht noch einmal um Jahre gealtert aus, aber ich erschrecke nicht. Es ist ein schönes Gesicht, ein friedliches. Es dauert nur Sekundenbruchteile, bis ich dieses Gesicht genauso liebe wie all die anderen Gesichter, die ich von ihr kenne.

Später erwacht sie, schaut mich an und sagt, eine Tablette bitte. Ich sage, hallo, Ali, ich bin zurück. Sie sagt, ich brauche eine große Tablette. Es tut weh. Ich rufe eine Pflegerin, sie bringt eine Tablette. Ali kann sie nicht schlucken, weil ihr Mund zu trocken ist, also lösen wir das Medikament in ein wenig Wasser auf, aber durch den Strohhalm kommt doch fast nichts bis in ihren Mund, und es schmeckt so schlecht, dass sie schnell aufgibt.

Ali spricht nur noch Schriftdeutsch, als wäre ihr Dialekt, ihre Muttersprache, schon weg. Oder als wollte sie sichergehen, dass wir sie verstehen können. Erkennst du mich nicht, Ali, ich bin es. Sie schaut durch mich hindurch und sagt, nein. Sie sagt, könnten Sie mir jetzt die Tablette geben, ich brauche eine Tablette, eine große, gegen die Schmerzen. Ich sage, du hast doch eben eine gekriegt. Ali verlangt ununterbrochen nach einer Tablette, kann sich nicht erinnern, was eben war. Ich frage nach, ob sie nicht noch eine bekommen kann, aber die Pflegerinnen sagen, sie dürften leider nicht mehr geben, weil Ali alle vier Stunden Morphium gespritzt werde und das in Kombination schnell eine letale Dosis ergeben könnte. Was für eine absurde Situation. In zwei Stunden kriegt sie wieder Morphium, sagen sie. Gleich bekommst du Morphium, lüge ich. Aber es beruhigt sie nicht. Es bringt nichts, sagt sie, es tut so weh, ich brauche eine Tablette. Eine große Tablette bitte. Ich versuche, sie zu beruhigen, halte ihre Hand. Ich brauche es jetzt sofort, eine Spritze noch und dann endgültig fertig.

Ich beginne zu begreifen, dass es wirklich zu Ende geht. Zehn Tage lang habe ich nur an ihren Tod gedacht, und doch hat sich nichts davon wirklich angefühlt. Das Sterben ist unvorstellbar geblieben. Jetzt ist offensichtlich, dass es kein Zurück mehr gibt.

Nachdem Ali endlich die Spritze bekommen hat, schläft sie ein. Der Nachmittag vergeht schleichend, am frühen Abend wird alles blau, ein tiefblaues Winterabendlicht, von dem ich wünschte, sie könnte es sehen. Ich bleibe am Bett sitzen. Es wird immer dunkler im Zimmer, bis ich schließlich die Nachttischlampe anknipse.

In dieser Nacht stirbt mir Ali tausend Mal. Mehr als zweihundert Mal pro Stunde. Ich rechne jetzt mit allem. Ich denke, jetzt ist es aus. Dann holt sie doch noch einmal Luft. Im letzten Moment pfeifend in die Lungen gesogen, während ich mit der Hand über die kalte Haut streiche, die sich über ihren Wangenknochen spannt. Ich lese ihr die Postkarte vor, die ich vorsichtshalber selbst mitgebracht habe, aus Angst, sie würde doch zu spät ankommen. Ich lese sie zwei Mal vor, obwohl ich nicht weiß, ob Ali mich hört. Ich halte ihre Hand. Ich lese mit lauter Stimme das Gedicht von Gottfried Keller, das immer gerahmt an ihrer Wand hing und auch mit ins Altersheim gekommen ist: Ein Fischlein steht am kühlen Grund, durchsichtig fließen die Wogen, und senkrecht ob ihm hat sein Rund ein schwebender Falk gezogen. Der ist so lerchenklein zu seh'n zuhöchst im Himmelsdome; er sieht das Fischlein ruhig steh'n, glänzend im tiefen Strome! Und dieses auch hinwieder sieht ins Blaue durch seine Welle; ich glaube gar, das Sehnen zieht eins an des andern Stelle! Das Altersheim bleibt nächtlich still. Zum ersten Mal fällt mir die himmelschreiende Traurigkeit dieses Gedichts auf, das ich schon unzählige Male gelesen haben muss. Ich glaube, Ali hat es nie als traurig empfunden.

Ich singe *Auf des Munots altem Turme*, kenne aber nur den Refrain, summe die Strophen, meine Stimme bricht in den hohen Tönen. Danach singe ich das Lied von

Bonhoeffer, das Ali mir früher zum Einschlafen vorgesungen hat. Kann auch davon nur Bruchstücke mehr schlecht als recht zusammenfügen. Ich denke, vielleicht wäre ein Gebet angebracht, aber ich weiß nicht, an was ich es richten könnte. Halte also weiterhin nur Alis Hand und zähle die Sekunden des Stillstands zwischen ihren seltenen Atemzügen. Fünfzehn, zwanzig Sekunden liegen zwischen einem Schnauf und dem nächsten, immer genau so lange, dass ich mir plötzlich sicher bin, dass es vorbei ist. Ich denke, jetzt ist es aus, und da atmet sie noch einmal. Seit Stunden geht das so, es ist immer nicht vorbei, und langsam wünsche ich es für sie. Ein grauenhaftes Gefühl.

Ich bin müde und weiß nicht, ob Ali merkt, dass ich da bin. Ich halte ihre Hand. Versuche, irgendwie auf dem Stuhl sitzen zu bleiben, auf dem ich schon seit zwölf Stunden sitze, bis zum Morgen sind es noch mindestens sechs. Ich lege mich auf den Boden, um kurz die Augen zu schließen, Ali röchelt, ich habe Angst, sie könnte ersticken, und setze mich sofort wieder ans Bett. Unter meinem Stuhl liegt rötliche Erde aus Kroatien, die aus dem Profil meiner Sohlen bröckelt. Ich scharre sie herum. Alis Hand ist kalt, ich ziehe ihr mit meiner Linken die Decken bis unters Kinn, lege das große Tuch besser hin, zupfe die ganze Zeit an irgendwas herum und erzähle, wenn ich sprechen kann, von Kroatien, ich weiß nicht, ob ich es mir oder Ali erzähle. Die Olivenbäume, der Regen. Ich erzähle auch wieder, jetzt umgekehrt, die Geschichte vom IC-Neigezug. Beginne fast jeden Satz mit Weißt-du-noch. Denke dabei an Eichendorffs Lied in allen Dingen, habe noch immer die Hoffnung, dass es etwas gibt, was Ali noch einmal wecken könnte, ein Wort, ein Geruch, eine Melodie oder eine Geschichte, aber sie erwacht nicht. Schläft seit nachmittags um zwei. Ich habe Angst in dieser geräuschlosen, dunklen Altersstation mit unserem Parterrefenster auf die Straße hinaus, ich habe Angst, mit dem Tod im selben Zimmer zu sitzen. Ich habe Durst und muss zur Toilette, aber Alis dünne Finger halten die meinen jedes Mal fester, wenn ich versuche, mich loszumachen. Manchmal bewege ich die Hand, nur, damit sie mich spürbarer hält. Es ist das Tröstlichste, was ich jetzt habe. Ich lege den Kopf zu ihr aufs Bett und höre zu.

Frühmorgens bringt mir die Nachtschwester einen Kaffee und legt, bevor sie rausgeht, kurz die Hand auf meine Schulter. Irgendwann wird es vor dem Fenster wieder blau und dann hell, und ich bleibe einfach sitzen. Höre auf, die Stunden zu zählen.

Ali schwebt. Sie ist nicht mehr da und noch nicht fort. Ich warte auf nichts mehr. Gegen zehn kommt Lena, umarmt mich und sagt, ich solle endlich schlafen gehen. Ich fahre nach Hause.

Am Abend darauf ist Ali tot.

was soll danach noch kommen

In mir gibt es keine Worte mehr. Als hätte mit Ali auch die Sprache mich verlassen. Ich suche nach Worten, nach irgendeinem Ausdruck, aber es versinken ganze Tage in einer benommenen Leere. Weiß, dumpf, ich weiß nicht, ob das ein Gefühl ist. Ich glaube, dieses Gefühl kann es nicht geben. Es ist Betäubung, taubes Licht in luftleerem Raum.

Nebenan hört Tanja das letzte Album von David Bowie, der jetzt auch tot ist. Ich liege auf meinem Bett und starre, während die düstere Musik durch die Wand kriecht, das ganze Album stinkt nach Tod und trifft mich auf so unangenehme Weise, dass ich mich übergeben möchte. Ich halte mir die Ohren zu, aber es hilft nichts. Immer wieder hört sie *Blackstar*. Ich platze in ihr Zimmer, ohne anzuklopfen, du musst damit aufhören, sage ich. Sie schaut mich verwirrt an. Schalt es ab! Ich knalle die Tür zu und flüchte wieder in mein Bett. Ist ja gut, ruft sie mir hinterher. Die Musik verstummt.

Ständig klingelt das Telefon, meine Geschwister rufen an, ich hebe selten ab. Meike fragt direkt, die andern nur unauffällig, wie es geht. Ich schweige in den Hörer, versuche, irgendwie bei mir zu bleiben. Wenn meine Stimme mitmacht, sage ich, ich kann gar nicht reden oder Ich kann jetzt nicht oder ’tschuldigung. Sie rufen dann später wieder an. Es geht jedes Mal so. Ich rufe niemanden an. Ich wüsste nicht, wie anfangen.

Was mir unsere Kultur anbietet, wenn es um den Tod geht, sind Hunderte von Büchern, in denen junge Geliebte verfrüht und überraschend aus dem Leben scheiden, sind reihenweise Filme, die dramatische Tode, schreckliche Fügungen und schlimme Schicksalsschläge zeigen. Unfälle. Aber wo sind die Bilder vom langsamen Aufhören der Existenz? Wo finde ich eine Anleitung, wie das rasselnde letzte Röcheln eines Körpers ohne Bewusstsein vergessen werden kann? Wie der Tod zu begreifen ist, wenn er in seiner natürlichsten Form auftritt, das Sterben eines uralten Körpers. Wo sind die Berichte über die in ihrer Trivialität beleidigenden letzten Probleme oder amtlichen Hürden? Wo die Altersheimzimmer, in denen eine Großmutter ihre letzte Nacht, ihren letzten Tag verbringt?

Dass Ali einen vierzehntägigen Sterbekampf durchgemacht hat, beschäftigt mich. Vielleicht hatte sie doch Angst vor dem Tod? Vielleicht war das häufige Erwähnen vielmehr ihre Strategie, sich daran zu gewöhnen, als Ausdruck ihrer Abgeklärtheit? Vielleicht waren das ihre wiederholten Gesprächsangebote, um sich gemeinsam darauf vorzubereiten, doch anstatt diese Angebote anzunehmen, habe ich mich wie ein aufgeschrecktes Murmeltier versteckt, wann immer sie über den Tod sprach. Meike sagt, wir hätten sie nicht gehen lassen, darum sei

Ali so lange gestorben, so als hätte sie ganz viele Hände von sich abschütteln müssen, aber ich weiß nicht, ob ich daran glauben soll.

Was von so einem Altersheimleben übrig bleibt, ist nicht mehr viel. Es passt in wenige Tüten und Kisten, Wollsocken und Schmeichelsteine. Das schwarz-weiße Tuch, das Gedicht vom Fischlein und dem Falk, zwei fast identische Fotos vom Großvater. Alis Notwendigstes, das von uns niemand mehr brauchen kann. Lena räumt das Zimmer allein, wie sie oft das Notwendige allein macht. Ich will nie mehr einen Fuß in dieses winzige Altersheim setzen. Trotzdem habe ich das Gefühl, dass ich Lena helfen müsste, ein Gefühl von Die-Sache-zu-Ende-bringen, es ist unangenehm. Ein Schuldgefühl, weil ich zu wenig mache und mich immer zu wichtig nehme. Ich beziehe alles nur auf mich, insbesondere Ali betreffend. Eine wahnwitzige Selbstüberschätzung. Ich stelle mir vor, wie die rote Erde noch immer in dem leeren Zimmer auf dem Linoleum liegt.

Lena ruft an und fragt, ob ich noch etwas von den Sachen haben will oder ob sie es wegwerfen soll. Natürlich nicht wegwerfen, wir können jetzt nicht wissen, was noch wichtig wird. Vielleicht sehnen wir uns plötzlich nach jenem Rosenquarz oder nach dem Lighthouse-Bären. So erkläre ich es mir selber, aber zu Lena sage ich nur, behalten. Dann legen wir auf. Ich kann nicht mit ihr reden, das geht mir zu nah. Ich rede mit den Brüdern nicht und auch nicht mit der Schwester. Und wenn doch, zitieren wir Anekdoten. Mein Kopf ist voll mit Ali. Ansonsten ist er leer.

Alis Küche in der Blockwohnung, immer riecht es

gut, es ist eine mit Kindheitserinnerungen bis oben hin angefüllte Küche, voller Morgenminuten und Frühstücksgespräche. Unzählige Stunden habe ich hier auf dem blauen Stuhl gesessen und Ali beim Kochen zugeschaut, wie einer Zauberin über dem Suppentopf, in dem allerdings meist ein Potpourri moderner Errungenschaften brodelt, da Ali Kochen nicht sonderlich mag und nicht einsieht, warum sie es sich also schwerer machen sollte als nötig.

Bestürzt merke ich, dass ich mir das Präsens abgewöhnen muss. Um Ali beim Kochen zuzuschauen, gab es nur eine Möglichkeit, die Küche war eng, im Grunde bloß ein schmaler Gang. Zwischen der aus zwei halben und vier breiten Einheiten aufgereihten Küchenzeile inklusive Kühlschrank und dem Tisch, der gemeinsam mit dem frei stehenden Tiefkühler eine Allianz bildete, konnte ein Mensch sich hin und her bewegen, das Drehen um die eigene Achse war möglich, aber, je nach Konstitution, nicht komfortabel. Sich aneinander vorbeizuzwängen, war ausgesprochen mühsam, weshalb es auch gewissermaßen verboten war. Wagte sich jemand in die Küche und Ali beim Kochen zu nahe zu treten, dann sagte sie, flüch, flüch, was eines der wenigen Überbleibsel jenes Rheintaler Dialekts war, den sie sich zugunsten eines neutraler klingenden Schweizerdeutschs mühsam abtrainiert hatte. Auf den blauen Stuhl durften wir uns setzen, der an der Tischstirnseite parallel zum Gang stand. So konnte sie ungestört fuhrwerken.

Ich sitze wieder bei Ali in der Küche, ich will das Präsens zurück, das ich kenne, in dem ich mich zu Hause fühlen kann, ich schaue ihr beim Kochen zu, wie immer.

Wie klar definiert die Bewegungen sind. Die Hände beim Kartoffelschälen, beim Waschen des Salats, beim Abmessen von Essig und Öl für ihre legendäre Salatsauce, ein Löffel mehr Öl als Essig. Ali zwinkert. Es ist richtig schön heute, durch das gekippte Fenster zieht ein Geruch von Abend, von geschnittenem Gras und dem Moos am Kanal gleich vor dem Fenster. Es ist ein Tag, an dem ich über alles mit ihr reden kann, über die Welt und Gott. Über meine Freundinnen und Freunde, über mein Leben, über die ganzen Beschränkungen, die man sich auferlegt. Ali kann gut zuhören, kann gut Antwort geben. Und sie erzählt auch von sich. Von den Zweifeln, vom Reden und Schweigen, vom Aushalten, vom Alles-anders-machen-Wollen. Und wir essen direkt in der Küche, als wollten wir nicht aus dem Gespräch aufstehen, und nach einer kurzen Pause sagt Ali, ich weiß nicht, weil es komisch ist, aber jetzt bin ich so alt geworden, weit über achtzig, und habe immer an Gott geglaubt, war wieder und wieder in der Kirche, und jetzt, jetzt glaube ich gar nicht mehr an ihn. Ich glaube, nach dem Tod ist es einfach fertig. Aus. Was soll danach noch kommen?

Ich weiß auch nicht, mir hat das noch nie eingeleuchtet.

Es ist nicht schlimm, sagt sie, nur fertig, je näher es kommt, desto sicherer bin ich, dass nichts kommt. Dass wir *ihn* erfunden haben, nicht umgekehrt. Es überrascht mich, dass sie das sagt, ich habe selber nie etwas mit der Religion am Hut gehabt, habe aber immer gedacht, Ali gebe sie so etwas wie Halt.

Ich bin froh darüber, sagt Ali, man gewöhnt sich so

dran, an diesen Gott, denkt, das bringt was oder dass man da was schuldig ist, aber zu den Menschen sollte man gut sein, zu den Lebenden, die etwas davon merken.

Trotzdem soll die Abdankungsfeierlichkeit in der katholischen Kirche stattfinden, mit Morgenmesse. Lena bittet mich, einen Lebenslauf für die Feier in der Kirche zu schreiben.

Wieso eigentlich in der Kirche, frage ich, ist doch total unsinnig, wenn Ali nicht mal auf einen Friedhof will.

Bitte mach's einfach.

Ich verstehe das nicht, Ali hätte bestimmt nicht ständig die ganzen Pfarrer und Vikare verscheucht, wenn sie jetzt eine kirchliche Beerdigung haben wollte.

Also erstens hat sie die nur verscheucht, weil sie die menschlich nicht mochte, hätte Ali sie gemocht, hätt sie auch nichts gegen Pfarrer und Vikare gehabt, es ging ihr dabei immer nur um die einzelnen Personen, und zweitens geht es doch gar nicht um eine Beerdigung, sagt Lena, das ist eine Abschiedszeremonie für die Angehörigen.

Na und, sage ich und denke an die Geschichte mit den kalten Händen, schweife ab, denke, dass wirklich alles von ihr besetzt ist, jedes Wort, als würde sie drin wohnen.

Das macht man halt so, es ist Usus, sagt Lena.

Tolle Begründung.

Ali wollte ganz ausdrücklich, dass sich alle Freundinnen in der Kirche verabschieden können, soll ich jetzt alle anrufen und ihnen sagen, es gibt nichts, wir begraben Ali ganz privat, ohne euch?

Lena hat wahrscheinlich recht, und ich kann es trotzdem nicht zugeben. Ich schreibe den Lebenslauf nur, weil du es sagst, sage ich und bereue es, noch während ich es ausspreche. Sie sieht fertig aus und hat rote Augen, sie war es, die die Trauerkarten verschickt und mit dem Priester gesprochen hat, nun studiert sie Speisekarten der Restaurants, die am Freitag Traueressen für geschlossene Gesellschaften anbieten, sie tut alles, was nach einem Tod organisiert, gerechnet und bezahlt werden muss. Vor allem hat sie ihre Mutter verloren.

Ich weiß nicht, was ich schreiben soll, was soll denn das heißen, Lebenslauf, neunzig Jahre umreißen, von denen ich nur gut zwanzig miterlebt habe? Emil hilft mir. Oder ich helfe Emil. Zusammen reihen wir Sätze aneinander. Langsam und vorsichtig. Geburtstag, Kindheit, Jugend, London, Westschweiz, Zürich. Und was dann, denke ich, Heirat, Kinder, Arbeit, Pflege ihrer Liebsten, Tode, Enkelkinder, Tod. Mich schaudert.

Ich will das nicht machen, sage ich und schmeiße den Stift hin. Diese Daten, ein ganzes Menschenleben dargestellt in ein paar Zahlen und geografischen Angaben, alles hat Platz auf einem A4-Blatt und ist in drei Minuten vorgelesen, was sagt das schon aus.

Wir kennen sie doch, sagt Emil, wir müssen es uns nicht so schwer machen, schreib: Sie hat den schönsten Maler aus dem Kreis vier kennengelernt, sagt Emil und lacht ein bisschen, das hat sie immer gesagt.

Das können wir nicht schreiben, sagt Lena.

Doch natürlich schreiben wir das, sagt Emil, die haben außerdem nur geheiratet, weil sie sonst nicht hätten zusammenwohnen dürfen, kannst du dir das vorstellen? Ende der Fünfziger durfte man in Zürich nicht einmal zusammen eine Wohnung mieten, wenn man nicht verheiratet war.

Das überrascht mich schon, aber irgendwie wundert mich auch gar nichts mehr. Wann hat sie genau geheiratet, frage ich.

Na am zehnten, sagt Emil.

Verarsch mich nicht.

Es stimmt, sagt Lena, letzten Sonntag war ihr Hochzeitstag.

Aber, da ist sie doch gestorben.

Siehst du mal, wie stur sie war, sagt Emil.

Schlauer Fuchs, Ali, wirklich.

nichts würde passen

Es ist Mitte Januar und ein kalter Tag, frühes Eindunkeln, während ich durchs Dorf zu meinem Elternhaus gehe. Die letzten Habseligkeiten aus dem Altersheim liegen in der Garage, ich wühle mich hastig durch die Kleidersäcke. Fünf verschiedene und doch unverkennbar stiltreu gestreifte Pullover, Nachthemden, die zum Schluss hinten aufgeschnitten wurden, zerstört, Leggings, ein undefinierbares grau gestricktes Kleidungsstück, das die Betreuerinnen Ali zum ersten Weihnachten im Heim geschenkt haben und das sie immer scherzhaft Seelenwärmer nannte, zwei wattierte Ausgehjacken, die schon lange nicht mehr zum Einsatz gekommen und doch so typisch Ali sind, als würde sie noch drinstecken. Trainingshosen, ein Nachthemd, das sie bereits besaß, als ich noch als Zwerg zu ihr in die Ferien fuhr. Zum Glück haben sie das nicht aufgeschnitten, ich packe es ein, zusammen mit dem großen gemusterten Tuch. Ich staple ein paar Sachen aufeinander, die ich nicht kenne, die mir aber brauchbar erscheinen, und packe sie in meinen Rucksack, ein unangenehmer Hauch von Pragmatismus weht durch die Garage, so als würde ich damit zu weit gehen. Als hätte sich Ali je um so was gekümmert. Sie würde jetzt sagen, was man brauchen kann, soll man nehmen, solange man es kriegen kann, und Punkt. Sie ist nicht so pathetisch wie ich.

Gegen acht trudeln alle bei Lena ein, Lukas, Meike und Tobi. Morgen findet das statt, was aus unerfindlichen Gründen Abdankung genannt wird, als sei es etwas, das erledigt werden muss, es sollte doch eher Bedankung oder Gedenken heißen. Wir sprechen nicht darüber und gehen früh ins Bett.

Die Hektik am Morgen, alle wollen noch schnell duschen, es ist eine merkwürdige Stimmung, ich glaube, niemand hat schon richtig begriffen, was es heißt, was mit diesem Tag manifestiert werden soll.

Vor der Kirche schüttelt man unsere Hände, es sind viele Leute da, Nichten von Ali, Cousinen von Lena, Familienangehörige, entfernte Verwandte, Elsbeth, Onkel Toto, die zwei letzten verbliebenen Brüder von Herman, deren Namen ich immer verwechsle. Alle reden über Ali, über ihre letzten Besuche und Briefe, dass sie in einer Woche zu ihr hätten fahren wollen, sich bereits angemeldet hätten. Ich vermisse Ali. Niemand sagt, es ist eine Unverschämtheit. Emil, Cousinen und Cousin kommen vom Bahnhof her. Wir umarmen einander. Mein Cousin sagt, es ist eine Unverschämtheit. In der Umarmung mit der Cousine schluchzen wir beide los. Das Weinen gehört bei mir längst zum normalen Tag, ist vom Nichtweinen gar nicht mehr abzugrenzen. Manchmal ist das Nichtweinen meine Hauptbeschäftigung, und manchmal passiert das Weinen nebenher. Ich kann nicht anders, das ist das Heimweh nach Ali. Und die Wut.

In der Kirche zieht mich Tobi die Treppe hinauf auf die Empore, um nicht so nah dran zu sein. Ich weiß nicht, wie er so ruhig bleiben kann. Ich setze mich neben ihn und lehne mich an ihn an. Mein erwachsener kleiner Bruder. Die Kirche ist renoviert, Petrus, oder wer es war, wurde wegmodernisiert. Die Wände sind schlicht weiß, und die Kirche ist voll ausgeleuchtet, von der Decke hängen Spots an Metallstangen. Wir sind die Einzigen hier oben, und es ist merkwürdig, auf die anderen hinunterzuschauen. Der Priester kommt mit dem Messdiener herein. Nur ein paar alte Frauen in den hintersten Reihen stehen auf, während die ganze Verwandtschaft nichts davon mitbekommt und darum vorne einfach sitzen bleibt. Mit den Riten der katholischen Messe ist niemand von uns vertraut genug, um zu wissen, wann aufgestanden werden sollte und wann nicht, ich schaue den alten Frauen in den hinteren Reihen zu, wie sie sich immer wieder mühsam erheben, und bleibe trotzdem sitzen. Alle bleiben sitzen, uns geht es hier nicht ums Aufstehen und Absitzen. Ich schaue auf Rücken, Taschentücher, die rumgereicht werden, Arme, die sich um Schultern legen. Wir singen das Bonhoeffer-Lied. Es klingt so kläglich, dass ich aufgebe.

Der Priester wirkt wütend, während er spricht, wahrscheinlich, weil niemand richtig mitgemacht hat. Er sagt, ich bin der Weinstock, ihr seid die Reben. Wer in mir bleibt und in wem ich bleibe, der bringt reiche Frucht; denn getrennt von mir könnt ihr nichts vollbringen. Wer nicht in mir bleibt, wird wie die Rebe weggeworfen, und er verdorrt. Man sammelt die Reben, wirft sie ins Feuer, und sie verbrennen.

Das ist geschmacklos. Das ist noch nicht mal gut formuliert, und überhaupt, was hat der für eine Idee? Jetzt will ich aufstehen und protestieren. Hinter mir dröhnt die Orgel. Ich bleibe sitzen. Es geht ja eben nicht ums Aufstehen. Es geht genau genommen heute nicht um mich.

das Alleinsein spüren

Nach dem Tod die Leere. Vielleicht nicht so sehr als Leere, sondern als Gleichgültigkeit gegen alles. Gegenüber allem. Die Ordnung der Welt wurde erschüttert, ich kannte die Welt nur als eine mit Ali als fester Größe. Ohne sie gerät alles aus dem Gleichgewicht. Es ist befremdlich, mich in einer Welt zu bewegen, in der alle rundherum nichts ahnen, nichts bemerken. Die Leute fahren zur Arbeit oder gehen abends aus und trinken sich lustig, manche gehen joggen, als wäre nichts dabei, und das soll mir nicht fremd vorkommen?

Ich melde mich auf der Arbeit ab und schwänze die Semesterprüfungen. Ich gehe nicht mehr raus. Wüsste nicht, wohin. Ich nehme immer wieder die wenigen Fotos von Ali in die Hand. Lächle ihr viel zu buntes T-Shirt an, das sie so oft trug, schaue sie an, wie sie mit in die Hüften gestützten Armen hinterm Haus steht und zum unsichtbaren See hinunterschaut, der weiter unten im Tal liegt.

Wie viel Zeit ich mit ihr verbracht habe, ohne achtzugeben, ohne zu versuchen, mir alles möglichst genau einzuprägen, ohne aufzuschreiben, was wir geredet haben, ohne Fotos zu machen. Wenn ich mir das vorstelle, werde ich so wütend, dass ich mir in die Fingerknöchel beißen möchte.

Dass Ali starb, hat mich jäh und unvermittelt getroffen. Ungeachtet der vielen kleinen Abschiede, die ich von ihr nehmen musste. Ungeachtet dessen, dass das Sterben mit dem Einzug ins Altersheim begann und dass ich es wusste. Wissen ist nicht Kennen, das Kennenlernen ist überraschend. Vielleicht war sie die Einzige, die es im letzten Moment nicht doch noch überrascht hat. Die nicht in eine Schockstarre verfiel wie wir.

Ich kann nicht behaupten, Ali hätte es nicht gesagt, sie hat es immer wieder gesagt, explizit und bis weit über meine Schmerzgrenze hinaus, aber es ist eben doch nicht bis zu mir durchgedrungen. Den Tod nur schon zu denken, ist unmöglich, es macht zu viel Angst, weil es wahr werden könnte. Irgendwann wird der Tod wahr, er erwischt uns immer auf dem falschen Fuß, und wir sind niemals vorbereitet. Genau deshalb gibt es doch all die Ratgeber, die auf unzähligen Seiten nur eine einzige Sache verständlich zu machen suchen, nämlich dass die Menschen, die wir lieben, sterblich sind. Dass wir selbst sterblich sind. Darüber können noch Hunderte von Büchern geschrieben werden, weil wir das zu verstehen vielleicht nie imstande sein werden, weil einfach alles, was wir sind, wollen und kennen, dagegenspricht. Der Tod ist präzis, er lässt keine Grauzonen, Unschärfen und Zwischenbereiche zu.

Tobi ruft an und schlägt vor, dass wir uns treffen. Ich

kann nicht, sage ich. Wieso? Ich will niemanden sehen. Du kannst dich nicht für immer verstecken, sagt er, du denkst, du bist allein, aber du bist nicht allein. Weil ich nicht reagiere, sagt er es noch einmal. Ich verabschiede mich und lege auf, um wieder allein zu sein.

Der Verlust von Alis Stimme wird mir erst einige Wochen nach ihrem Tod bewusst, ich vermisse sie und kann nicht glauben, dass ich diese Stimme nicht mehr hören werde, nie mehr ihr Lachen. Nie mehr anrufen, nie mehr diese Art von Trost. Alis Stimme hat sich bis zum Schluss nicht verändert, selbst als alles andere an ihr anders wurde, selbst in den letzten Minuten, als sie nicht mehr ganz bei sich war und nur noch Standarddeutsch sprach, selbst da ist ihre Stimme immer die gleiche geblieben. Jetzt ist sie weg, endgültig. Und ich bereue bitterlich, dass es keine Aufnahme gibt von Alis Stimme, die ich unter Zehntausenden hätte erkennen können. Wie verheerend, dass es keine Worte gibt, die menschliche Stimme zu beschreiben, die Brechungen, das Flittern, die Temperatur, unmöglich.

Überhaupt in Worte zu fassen, was Ali uns allen bedeutet hat, scheint aussichtslos zu sein. Ich wühle mich durch meine Notizen und beginne, an ihnen zu zweifeln. Ich hatte immer das Gefühl, es ginge um Ali, aber jetzt wirkt es plötzlich so, als gingen sie nur um mich, als wäre es eine bloße Behauptung, dass es um Ali geht. Während ich mich immer wieder um mich selber zu drehen scheine, egozentrisch um ich ich mich mich. Dass ich nicht aushalten kann, dass die Zeit vergeht, dass nicht alles, was ich liebe, immer gleich bleibt. Dass ich nicht bestimmen kann, was passiert und was nicht. Dass sich Menschen um mich herum verändern, ständig älter und irgendwann alt werden und dass nichts, aber auch gar nichts dagegen getan werden kann.

manche finden immer einen Weg

Dann muss ich mir halt selber erzählen, wie es weitergeht. Ali und Herman, ich glaube, sie machen so weiter wie bisher, Musikfestwoche heißt ja schließlich, dass es eine Woche lang andauert, also treffen sie sich oben auf dem Hügel unter den Linden, unter den Lämpchen, kommen sich näher, tanzen. Alis Fauxpas, zum zweiten Treffen mit Odette aufzutauchen, ist schon fast vergessen, und viel später wird dann klar, dass das einfach ihre Art ist, dass es viel eher eine Qualität als ein Laster ist, nämlich für die Leute zu sorgen und unkompliziert zu sein. Aber das dann später. Jetzt allabendlich das Tanzen, Reden und Sichkennenlernen.

Wie haben sie es wohl mit den Verabredungen gemacht? Telefone hatten sie bestimmt noch keine, das ist teuer und nichts für Dachzimmer und Junggesellenbuden. Also Adressen ausgetauscht? Oder bei jedem Treffen das nächste vereinbart, Ort und Zeit, vielleicht auch Karten geschickt? Ja, das gefällt mir, kleine Postkarten aus blauem Papier, so kann Ali abends, wenn sie von der Arbeit heimkommt, erwartungsvoll in den Briefkasten spähen, manchmal ist er enttäuschend leer. Dann wieder eine Karte mit Blumen drauf oder einem Gedicht, seine enge, steil aufragende Handschrift, die sie schon kennt, sie liest die Karte, während sie die Treppe hochgeht, und muss plötzlich lachen. Lacht den ganzen Weg hinauf, ich weiß nicht, warum, es ist ihr Geheimnis, wie so vieles. Vielleicht lacht sie auch einfach, weil alles so fabelhaft ist.

Ich will ihnen tagelang Zeit geben, Sonne und Altweibersommer, mir vorstellen, wie sie am See sitzen, sich von der Sonne wärmen lassen, reden. Über alles. Wie sie groß geworden sind, was sie erlebt haben, über Gott, die geteilte Welt, Bücher, die sie lesen, und vor allem, wo sie sich hinträumen, wie das Leben sein sollte. Abends gehen sie in ein Restaurant, besser eine Pizzeria, wo vielleicht ein Freund von Herman arbeitet, sodass sie den besten Tisch haben und Kerzenschein und ein überdimensionales Dessert oder besser noch einen Akkordeonspieler, der unverhofft auftaucht und nur für sie *La foule* spielt.

Kitsch eben, dafür bin ich anfällig. Aber wenn ich versuche, realistisch zu bleiben, haben sie wohl nicht viel Zeit, dann arbeiten sie beide sechs Tage die Woche und können es sich doch kaum leisten, ins Restaurant zu gehen.

Herman könnte Ali nach der Arbeit abholen. Könnte mit angewinkeltem Bein an der Wand lehnen, in der Abendbläue neben dem Angestelltenausgang des Warenhauses stehen und eine Zigarette rauchen. An seinen Fingern noch Farbe vom Weißeln. Ali lacht überrascht, als sie ihn sieht, verabschiedet sich von Odette, und dann küssen sie sich zum ersten Mal. Nur kurz, aber wahr. Sie laufen durch die Dämmerung, Ali erzählt ihm, dass am Nachmittag eine Frau an die Fleischtheke gekommen sei, mitten am Nachmittag, die ganze Theke leer. Wir stehen zu dritt dahinter, die Frau schaut uns alle an und kommt dann zu mir und sagt, gooten Tag, klar britischer Akzent, ich hocherfreut: What can I do for you? Sie war total entgeistert, blooming. I was sure you wouldn't speak English … Ali lacht, weil sie wohl dachte, so eine alte Schachtel wie ich könne sicher kein Englisch. Du bist doch keine alte Schachtel, sagt Herman. Ich bin fünfunddreißig, sagt Ali. Die will Deutsch lernen, aber da musste ich sie leider enttäuschen, ich hab selber Lust, wieder einmal ein bisschen zu üben. Wir haben dann auf Englisch geplaudert. That's how it goes. Herman mag es, wenn Ali englisch redet, auch wenn er nichts versteht.

Sie könnten ja jetzt ausnahmsweise doch essen gehen, ich übernehme die Rechnung.

ein Körper von Erinnerung

Im Zug sitzend, beschleicht mich das unangenehme Gefühl, Ali vernachlässigt, sie zu lange nicht besucht zu haben. Dann fällt mir ein, dass sie tot ist. Ich muss dieses Altersheim nie mehr betreten, was mich unglaublich erleichtert, so sehr, dass ich mich fast ein bisschen schäme.

Es ist zwei Monate her, dass Ali gestorben ist, und sie wird wahrscheinlich für immer tot bleiben. Ich kann mich daran nicht gewöhnen, beim Gedanken, Ali könnte nicht mehr da sein, schrecke ich zusammen, bevor mir dann wieder bewusst wird, dass es zu spät ist. Dass ich sie tatsächlich nie mehr werde sehen können. Dass ich alleine Zug fahren muss.

Als Kind mit Ali im Zug überall hinfahren. Zum Spaß. In den Tierpark oder zum Karneval in Luzern oder einfach irgendwohin, um eine alte Dampflok, einen Flughafen oder eine Standseilbahn zu sehen. Manchmal frage ich mich, ob es ihr dabei um das Ausflugsziel ging oder nicht viel mehr ums Zugfahren und Unterwegssein. Ständig fuhren wir irgendwohin. Unterwegs spielten wir Wörterraten oder Ich sehe was, was du nicht siehst und manchmal Tschau Sepp, oder wir hielten Ausschau nach Rehen auf den Feldern. Dann aßen wir großes Picknick im Zug. Ali legte eine Papierserviette auf das Tischchen und breitete Essen darauf aus. Sie war immer bestens vorbereitet, in ihrem Rucksack trug sie verschiedene Getränke in wohldosierten Mengen, Sandwiches, Äpfel, Nektarinen, Studentenfutter und Süßigkeiten mit. Sie kannte, so schien mir damals, alle Bahnhöfe und Routen, wusste immer, wo umsteigen und ob es taktisch geschickt war, vorne oder hinten einzusteigen. Wenn es Komplikationen gab, wenn wir einen Zug verpassten oder einer ausfiel, dann wurde eben der Plan geändert. Wir saßen auf einer Bank und plünderten die unerschöpflichen Vorräte aus dem kleinen Wanderrucksack oder kauften uns irgendwo noch ein Eis obendrauf. Zu Unvorhergesehenem gehörte quasi planmäßig auch das Eisessen.

Selbst als ich mich dafür zu alt fand, ging ich noch jeden Sommer mit Ali in den Zoo, das hatten wir schließlich immer so gemacht. Seit wir Kinder ein bisschen größer waren, setzte sie sich bei Ausflügen öfter auf eine Bank, während wir uns austobten. Wir machten uns Sorgen, dass Ali sich langweilen könnte, denn während wir auf Hüpfburgen rumsprangen, die Rodelbahn hoch- und runterflitzten oder durch den Zoo wilderten, saß sie allein auf dieser Bank. Das kam uns unerträglich öd vor. Wir versuchten, sie zu überreden, wie früher mit uns gemeinsam den Berg hinunterzurodeln, aber das lag Ali gar nicht im Sinn. Mir geht's gut hier, sagte sie, haut ihr nur auf den Putz. Also ließen wir sie sitzen, sahen nur von Zeit zu Zeit abwechselnd nach, ob es ihr nicht doch zu langweilig wurde. Ich schaue den Leuten zu, sagte Ali dann, und es machte den Eindruck, dass sie damit zufrieden war.

Unterwegs schoss sie Fotos von uns, wir leider nie von ihr, es kam uns nicht in den Sinn. Wir hätten die Bilder ja nicht für Ali aufbewahren oder anlegen können. Es ist an den Älteren, für und über die Jüngeren Archive anzulegen, Dinge und Erinnerungen zu horten, Geschichten aufzunehmen und aufzuheben, die sie den Jüngeren dann später überreichen. Wer hebt aber die Geschichten der Älteren auf, dokumentiert ihr Leben und legt Alben von ihnen an?

Vielleicht werden angesichts des Todes alle Aufzeichnungen der Lächerlichkeit preisgegeben. So geht es mir auch mit den Worten, und trotzdem halte ich daran fest, schreibe alles auf, woran ich mich erinnere, und schaue mir immer wieder Fotos an, aber sie können Ali nicht speichern. Das Abbild gleicht ihr nicht einmal.

Auf Lenas Wohnzimmertisch liegen zwei Stapel Kuverts. Ich sitze schon eine Weile davor, weiß nicht, ob ich sie lesen soll, die Kondolenzbriefe. Lena geht hinter mir durch den Raum. In vielen war Geld drin, sagt sie, das macht man so, traditionell, das muss dir also nicht seltsam vorkommen. Es kommt mir dennoch seltsam vor. Befremdlich wie alles, was mit Alis Tod zusammenhängt. Als ich allein bin, ziehe ich einen Umschlag aus dem Stapel. Ich lese die Worte, die Erinnerungen an Ali, die Nettigkeit. Ich kenne die Person nicht. Ich lege die Karte zurück und nehme die nächste. Es ist die Rede von Alis Herzlichkeit. In mir beginnt es zu brodeln. Ich erkenne die ersten Namen, Nachbarinnen aus dem Block, Freundinnen, Nichten. *Eine Lebensgeschichte ist vorbei. Wir reichen euch still die Hand.* Meine Sicht verschwimmt. Das mit der Hand ist schön. Ich lese immer mehr, immer schneller, die Handschriften, die Sprüche, die vorgedruckten Karten, es ist tröstlich und tragisch. Es ist tragisch. *Der Pfad des Lebens ist begrenzt, die Erinnerung dagegen unendlich,* Zeichen dessen, dass wir immer noch nicht begriffen haben, dass auch wir und mit uns unsere Erinnerungen endlich sind. Und: Ich vermisse Alis Erinnerungen. Es stört mich, dass der Fokus aller Sprüche so direkt auf der Erinnerung liegt, dass niemand merkt, dass die Erinnerung nicht dasselbe ist. Dass Erinnern einfach nicht reicht. Dass wir Erinnerungen nicht besuchen können, nicht anfassen, nichts fragen, nicht neben ihnen liegen, dass Erinnerungen uns nicht antworten und dass sie sich nicht freuen können, dass es uns gibt, dass Erinnerungen gar nichts ersetzen können und die ganze Zeit wehtun. Ich wünschte, das könnte jemand zugeben. Dass die Brutalität darin liegt, dass wir noch sind und uns erinnern können, oder wie Mascha Kaléko schrieb: *Mit dem Tod der andern muss man leben.*

Seit Ali nicht mehr ist, fühle ich mich plötzlich zu alten Frauen hingezogen. In der Tram setze ich mich neben sie, ziehe vorsichtig die Luft ein, um zu testen, ob sie nicht vielleicht nach Ali riechen, und obwohl es nie so ist, wünsche ich mir, sie würden mir den Arm tätscheln, wünsche, sie könnten mir ein kleiner Ersatz sein. In vielen entdecke ich Ali, ihre Züge, ihre Mimik, ihre Nase, ihren Gang. Ich weiß, dass dieser Gang nicht eigentlich ihrer ist, sondern von unbeweglichen Gliedern und Schmerzen herrührt, und doch, ich sehe an jeder Ecke eine Ali. Eine Ali für jemand anderes vielleicht, was schön ist und traurig zugleich, denn eine andere wird irgendwann ihre Ali verlieren.

Ich will sie zurück. Je mehr ich darüber nachdenke, desto mehr bin ich überzeugt, dass es keine Instanz geben darf, die befugt ist, mir Ali wegzunehmen. Uns Ali wegzunehmen. Sie gehört in unsere Welt, und es ist nicht zu akzeptieren, dass sie nicht mehr sein soll. Unsere Welt gehört uns mit ihr. Nie wurden wir gefragt, ob wir eine Zukunft ohne sie auch nur in Betracht ziehen könnten, und selbst wenn wir gefragt worden wären, hätte die Antwort immer, und zwar mit felsenfester Überzeugung, Nein gelautet. Mit Alis Tod will ich nicht leben müssen.

Als wir klein waren, kam sie jeden Mittwoch zu Besuch. Mittwochnachmittags war schulfrei. Beim Mittagessen fragten wir, wann kommt sie endlich, und Lena sagte, um eins oder halb zwei. Eins war gut und halb zwei zu spät, fanden wir. Sie klingelte nie, sie öffnete einfach die Haustür, und wenn wir es, noch immer in der Küche sitzend, hörten, rannten wir los, wobei es darum ging, zuerst bei Ali zu sein. Vielleicht klingelte sie auch und öffnete dann die Tür, ich weiß es nicht mehr, aber dass wir in den Flur rannten, selbst wenn wir noch mitten im Essen waren, weiß ich genau. Ali umarmte uns nacheinander und kam in die Küche. Setzte sich immer auf denselben Stuhl am Kopfende des Tischs, den wir mittwochs frei hielten, und Lena fragte, ob sie mittagessen wolle. Aber Ali lehnte ab beziehungsweise fragte, was habt ihr denn Gutes, und lehnte dann ab.

Außer es gab Spaghetti oder grüne Bohnen und manchmal auch bei anderem Gemüse aus Lenas Garten. Dann aß sie aus einem Dessertteller eine kleine Portion mit, während wir die letzte Woche besprachen und was wir am Nachmittag machen wollten. Wenn sie fertig gegessen hatte, türmte sie Süßigkeiten und Knabbersachen auf den Küchentisch, die sie aus ihrem Sportrucksack zutage förderte. Für später, sagte sie dann, das habern wir, wenn alles erledigt ist.

Oft kam sie, um Lena im Garten zu helfen, pflückte Stangenbohnen oder Himbeeren, rüstete stundenlang Gemüse und Früchte, machte sie ein oder kochte Marmelade daraus. Eine gestreifte Schürze spannte sich über ihren Bauch, und sie stand mit einer langen Kelle am Herd und rührte im Marmeladentopf, als gelte es, ein Königreich zu verteidigen. Wenn nichts Dringenderes anstand, bügelte sie unsere Wäsche, während wir Kinder uns um sie scharten wie ein Schwarm von Krähen. Sie baute das Bügeleisen vor der Couch auf und begann, die zwei oder drei großen Wäschekörbe abzuarbeiten. Ich saß am Tisch und erledigte, so schnell es ging, meine Hausaufgaben, las ihr die Aufgaben vor, Einmaleins und so weiter, rechnete, ließ alles von ihr absegnen, bevor ich es mit Bleistift ins Heft kritzelte. Manchmal übten wir Diktate, und sie korrigierte die Sätze mit ernster Miene. Ali gab meinen Diktaten die gebührende Wichtigkeit. Wenn ich keine Fehler machte, zeigte sie sich stolz, und das machte mich stolz, mehr als einfach stolz, im Diktat keinen Fehler gemacht zu haben. Doch am liebsten mochte ich es, mit den andern auf der Couch zu sitzen, wenn sie bügelte. Den Geruch von heißem Stoff. Das

Brett stand zwischen ihr und uns, über unseren Köpfen das schnaubende Bügeleisen, dahinter Alis Gesicht, schräg von unten, darüber ihre rotbraunen Fransen. Sie bügelte alles, zügig, aber gründlich. Uns sagte sie ständig, passt auf, flüch!, weil sie Angst hatte, wir könnten uns im Kabel verheddern und das Eisen vom Brett auf uns herunterreißen, und wir sagten, es passiert schon nichts. Sie sagte dann später wieder, passt aber gut auf, ihr stoßt mir noch das Brett um, wenn ihr so rumrangelt. Wir stießen aber nie das Brett um. Ali bügelte und erzählte uns Geschichten.

Zwischen dem Briefpapier, das ich aus ihrer Wohnung mitgenommen habe, finde ich ein altes Foto. Ein Passbild in Brauntönen, ich kenne die Locken von anderen Fotos, dachte früher immer, dass es Alis echte Locken wären, jetzt sehe ich die Dauerwellen und muss grinsen beim Gedanken, dass Ali eitel war, auf ihre Art modisch, alles im Rahmen der Möglichkeiten.

Ich hänge das Bild über meinem Schreibtisch an die Wand. Vielleicht ist die Ali auf dem Foto kaum älter als ich. Aber sie war in London, hat hart gearbeitet und sich ihre Freiheiten erkämpfen müssen, das Tanzen, hat sich ein Leben in der Welschschweiz aufgebaut, einem Dahergelaufenen ihr ganzes Vermögen gegeben. Ali war mutig und selbständig. Ich komme mir lasch vor dagegen, kindisch und feige.

Das kann man auch nicht vergleichen, denke ich dann. Ist doch völlig einerlei, würde sie dazu sagen, Hauptsache, euch allen geht es gut. Sie lächelt von der Wand herab. Aber in meinem Zimmer bleibt es still. Ali antwortet nicht, wenn ich mit ihr spreche.

mein Name ist Ali, ich weiß von nichts

Auf einmal steht Ostern ins Haus, ich habe mir nichts dabei gedacht, doch jetzt, wo überall Schokoladeneier rumliegen, erschlägt es mich fast. Wie soll ein Ostern ohne Ali überhaupt stattfinden? Ostern war das Alifest, mehr noch als Weihnachten, und länger. Wir waren bei ihr oder sie bei uns, auch Emils Familie ist angereist. Und dann haben wir den Grill angeworfen, nein, das stimmt eigentlich nicht, wir haben ein großes Feuer gemacht, Cowboy-Style, aber erst am Abend, und darüber haben wir Würste gebraten und Schlangenbrot, und die, die alt genug waren, haben Bier getrunken, und die anderen mischten Apfelsaft mit Sprudelwasser und taten so, als wäre es Bier.

Am besten aber waren die Spaziergänge. Nicht, dass wir als Kinder gern spazieren gegangen wären, aber an Ostern war das etwas ganz anderes, denn Ali hatte ein Gespür, darauf konnte man sich verlassen. Sie witterte immer irgendeine Fährte, wo unlängst der Osterhase langgehüpft sein musste, mit einem Loch in der Kräze. Wenn wir an Ostern mit ihr spazieren gingen, fanden wir Eier und Schleckereien am Wegrand zwischen Gräsern und hinter Baumstrünken, das war irgendwie abenteuerlich, denn bei der Suche daheim war ja klar, dass jemand die Süßigkeiten für uns versteckt hatte, wir merkten sogar, ob es Paul, Lena oder Onkel Emil gewesen war, aber unterwegs, das war wie Piratsein. Wir hatten sie zuerst gefunden, also gehörten sie uns, wir wussten nicht, wie sie dorthin hatten kommen können, daher glaubten wir Ali ziemlich lang diese Geschichte mit dem Loch in der Kräze. Wir waren verwirrt, denn wir hörten immer wieder, dass es den Osterhasen gar nicht gebe, aber es sprach doch alles dafür. Wir weideten ganze Wiesen ab, durchforsteten Wälder, und mit erstaunlicher Zuverlässigkeit fanden wir alle immer wieder etwas. Als wir uns irgendwann dann doch langsam einig waren, dass der Osterhase eine Märchenfigur sein musste, gestand uns Ali, dass wir wahrscheinlich immer irgendwelche Schnitzeljagden aufgespürt hätten, die für andere ausgelegt worden waren, dass sie halt einen Riecher dafür habe. Das war zwar ein bisschen gemein, fanden wir, aber zugleich auch noch abenteuerlicher.

Es dauerte Jahre, bis wir schließlich merkten, dass Ali selbst die Schokoeier ins Gebüsch warf, wir waren zu sehr mit Suchen beschäftigt, als dass wir sie je dabei erwischt hätten. Außerdem war es uns nie verdächtig, sondern immer magisch vorgekommen.

Tatsächlich treffen wir uns diese Ostern gar nicht. Alle haben zu viel um die Ohren. Zu weit weg, zu viel Zugfahren. Ich kaufe mir Schokolade im Laden, aber es macht keinen Spaß. Ich kann sie ja nicht selber ins Gebüsch schmeißen.

Wenn ich ehrlich bin, haben wir schon Jahre vor Alis Tod mit diesen Spaziergängen aufgehört, aber wir haben sie trotzdem erst mit ihr wirklich verloren.

Ich koche Spaghetti, um wenigstens irgendetwas beizubehalten, esse sie in der Küche am roten Tisch, den ich von ihr habe, erinnere mich, wie Ali, nachdem ihr der italienische Laserzahnarzt Schrauben, Brücken und Kronen verpasst hatte, die Spaghetti nicht mehr al dente kochte wie früher, sondern, wie sie stets betonte, alla prothesa. Jedes Mal, wenn ich Spaghetti ins sprudelnde Wasser rutschen lasse, denke ich an dieses alla prothesa. Es gehört zu Spaghetti wie die Tomatensauce. Das sind meine eigenen, hat Ali dann auch oft gesagt und sich mit dem Zeigefinger an die Schneidezähne getippt, die hab ich selbst bezahlt.

was wir sehen wollen

Ali öffnet den Briefkasten, vorfreudig, sie hat schon seit Tagen keine Karte von Herman gekriegt, und es ist Freitagabend, sie möchte ausgehen. Es liegt ein Brief darin, sie rupft den Umschlag aus dem Kasten. Aber sie sieht sofort, dass das nicht seine Handschrift ist, diese Handschrift hat sie noch nie gesehen. Sie steckt das Kuvert in die Tasche, kein Aufreißen und Zeilenverschlingen beim Treppensteigen, kein Grund zu lachen. Ob er sie vergessen hat? Ali glaubt nicht daran, es würde nicht zu ihm passen. Ob etwas passiert ist? Es muss ihm etwas passiert sein, über alles andere hätte er sie in Kenntnis gesetzt, sie sind doch jetzt ein Paar.

Je höher sie steigt, desto schwerer werden die Sorgen, bis sie fast über die Füße stolpert, die ausgestreckt auf dem Treppenabsatz liegen. Da sitzt er, Herman, umfängt mit den Armen ihre Beine. Na endlich, sagt er. Ali atmet auf. Sie öffnet die Tür, das Zimmer ist bescheiden, aber sauber. Hier wohne ich also, sagt sie. Willst du Abendessen, fragt Herman. Sie ist erstaunt, wäre es nicht an ihr, das zu fragen? Er zieht eine Flasche Wein aus dem

Rucksack, ein frisches Baguette, Käse, Butter und eine ganze Salami. Ali grinst und sucht ihr Taschenmesser, um den Wein zu öffnen. Sie ist stolz auf dieses Klappmesser, ein richtiger Kerl hat ein Messer im Sack, heißt es, und sie hat immer eins dabei. Während er den Korken aus der Flasche zieht, fällt ihr der Brief wieder ein. Sie reißt den Umschlag auf und muss nicht schlecht staunen. Daraus flattern Banknoten hervor, ungläubig starren beide auf das Geld.

Was ist denn das, fragt Herman. Ali hebt eine Karte vom Boden auf und liest vor: *In tiefster Dankbarkeit dafür, dass Sie mich damals gerettet haben.* Keine Unterschrift. Sie ist fassungslos. Die dreihundert Franken sind zurück, aber wie hat er sie ausfindig gemacht? Herman fragt, wer ist das? Ehrlich gesagt, keine Ahnung, sagt Ali und lacht schallend los. Sie erzählt ihm von Genf, wie sie einem Fremden am Bankschalter ihr gesamtes Erspartes lieh und dabei vergaß, ihn nach seinem Namen zu fragen. Du bist doch verrückt, sagt er. Sie zuckt mit den Schultern. Wollen wir ausgehen? Herman reibt sich das Kinn. Wollen wir in die Berge fahren? Ali schaut nach der Zeit, es ist halb sieben. Sie steckt ihr Messer ein. Los, sagt sie. Der Wein wird wieder verkorkt und mit dem Essen zurück in den Rucksack gepackt. Sie nimmt die Jacke vom Haken und schnürt sich die Schuhe.

Sie laufen zum Hauptbahnhof und springen in den Abendzug nach Chur. Im Abteil machen sie großes Picknick, trinken Wein aus der Flasche. Sie lachen sich an, rauchen gemeinsam eine Zigarette. Als sie ankommen, ist es schon fast dunkel und kühl, aber der Mond scheint. Herman sagt, ich kenne ein Hotel, keine zwei Stunden von hier. Sie wandern los. Betrachten die furchigen Berghänge und halten einander an der Hand. Fast wären sie am Gasthof vorbeigelaufen, da alles dunkel ist, in keinem der Fenster brennt Licht. Sie klopfen so lange an die Tür, bis einer aufmacht, mürrisch, aus dem Schlaf gerissen.

Wissen Sie eigentlich, wie spät es ist? Ali schaut auf die Uhr, zehn Uhr fünfunddreißig. Es tut uns leid, sagt Herman, aber wir brauchen wirklich ein Zimmer. Der Mann lässt sie eintreten. Sind Sie verheiratet, fragt er. Nein. Dann gibt es auch kein Doppelzimmer, wir haben einen Ruf zu verlieren. Also bitte, sagt Ali. Tut mir leid. Der Mann legt zwei Schlüssel auf den Tresen. Ali sucht im Rucksack nach ihrer Geldkatze. Herman nestelt an seinem Schlüssel herum. Willst du mich heiraten, Al, fragt er dann und hält ihr den Schlüsselring hin. Ali schaut verdutzt, sagt Ja. Sehr gut, sagt er. Reicht das? Könnten Sie jetzt bitte die Schlüssel eintauschen? Der Mann kennt sich nicht mehr aus. Schüttelt den Kopf. Nimmt aber einen weiteren Schlüssel von der Wand und legt ihn auf den Tresen. Danke, sagt Herman. Ich will den Schlüsselring zurück, sagt der Mann. Ali händigt ihn aus. Oben im Zimmer kichern sie wegen des Schlüsselrings. Trinken noch ein bisschen Wein. Hast du das eigentlich ernst gemeint, fragt Ali. Ich meine alles ernst, sagt er.

Ali hat schließlich gesagt, ich solle mir etwas Schönes ausdenken.

Es kommt mir vor, als würde ich die ganze Zeit nur von Geld reden, ständig taucht dieses Geld auf, hier, dort. Dabei hat Ali überhaupt nie von Geld geredet, außer wenn sie es uns schenkte, dann hat sie gesagt, wir sollten es ausgeben, solange wir noch leben, oder Das letzte Hemd hat leider keine Taschen oder scherzhaft Die Erben zahlen es ja. Aber sonst schien es für sie nicht der Rede wert. Ganz selten deutete sie an, dass sie sich etwas nicht haben leisten können. Sie sagte zum Beispiel, die Kinder wären auch gern mal ans Meer gefahren wie die andern, aber du weißt ja … Dann rieb sie die Kuppen von Daumen und Zeigefinger aneinander, ihr Zeichen für Geld, also eben fehlendes Geld.

Als Kind habe ich alles Geld, das ich fand, für Ali zur Seite gelegt. Es waren immer nur einige Rappen, heruntergefallenes Kleingeld, ich gab es ihr, wenn sie mittwochs zu uns kam. Sie bedankte sich und sagte, das ist gut, da kann ich heut Abend wieder Milch und Brot kaufen. Ich habe das immer geglaubt, obwohl Milch und Brot natürlich das Zwanzigfache kosteten. Und obwohl Ali das mit der Milch und dem Brot sagte, dachte ich doch immer, dass sie reich war. Ich ging einfach davon aus. Auch wenn vorn in einem der Hefte, in die wir unsere Kopffüßler und später Delfine und Wale im Sonnenuntergang malten, noch die Haushaltsrechnungen von früher standen, wie viel Herman verdiente, wie viel Ali, die einzelnen Beträge für Wohnung und Strom, Brot und Milch, sogar läppische 15 Rappen für Emils neue Schnürsenkel, alles war aufgeschrieben, war von dem Wenigen abgezogen, das oben als Monatstotal stand. Für mich war Ali reich, denn wir gingen doch zusammen einkaufen, sie und ich, und im Gegensatz zu Lena kaufte sie immer auch Eistee und Schokolade und überflüssiges Knabberzeug in rauen Mengen, und wenn wir etwas wirklich haben wollten, bekamen wir es auch. Dass Ali in Fabriken, an Fließbändern, und oft auch in der Nacht arbeitete, habe ich nie mit dem in Verbindung gebracht, was euphemistisch bescheidene Verhältnisse genannt werden könnte. Ali war zu großzügig, um arm zu sein, ständig steckte sie uns etwas zu, und wenn wir ins Klassenlager fuhren, schickte sie uns Fresspakete, die vollgepackt waren mit Schokolade, Chips und Keksen, Bonbons lose darübergestreut. Dazwischen steckte ein kleines Kuvert mit herzlichen Grüßen und ein paar Worten zum Ali'schen Tagesgeschehen. Und natürlich, auf der Poststelle kopiert, ein Zettel mit einem Spruch oder einem Gedicht, das ihr gerade gefiel. Wie hätte ich bei alldem denken können, dass sie nicht reich war?

Ich dichte ihr Geld zu, damit sie es ein bisschen leichter hat, immerhin meine imaginäre Ali, damit sie sich etwas leistet und auch mal verschwenderisch sein kann, ihre Liebsten einladen. Weil sie immer großzügig war, hat sie es verdient. Weil wir all das für selbstverständlich halten, was wir haben, dass wir an die Uni gehen können und tanzen, wenn wir wollen.

Mir ist auch nie aufgefallen, dass wir keine Restaurants oder Cafés besuchten. Wir gingen mit Ali ins Selbstbedienungsrestaurant im Laden. Ich gehe da noch immer hin, um meine Ruhe zu haben, am Nebentisch wettern ein paar, dann reden sie über künstliche Kniegelenke, ich schlürfe Tee und starre vor mich hin. Frage mich, warum auf dem Wandbild, das optisch den Raum weiterführt, so viele Mäntel, Jacken und Taschen, sogar angefangene Getränke zu sehen sind, aber keine einzige Person. Wohin sind sie alle verschwunden?

Über meiner Stuhllehne hängt der Mantel, den Ali mir vor ein paar Jahren vermacht hat. *Reine Schurwolle* steht auf dem Etikett, das ich mir zum ersten Mal anschaue, und auf der Rückseite auf Deutsch *In England gemacht.* Typisch, denke ich und muss grinsen. Doch es bleibt dabei: Alis Mantel hängt am Stuhl, und ich weiß nicht, wohin sie verschwunden ist.

Als ich nach Hause komme, sitzt sie auf meinem Fensterbrett, der Kirschbaum davor hat zu blühen begonnen. Ich sehe erst sie, dann die Blüten. Deshalb ist sie gekommen. Ich reiße das Fenster auf.

Komm rein, Ali.

Sie schüttelt den Kopf.

Komm schon, ich koch Spaghetti für dich.

Sie will nicht. Ich bin tot, sagt sie.

Bist du gekommen, um zu sehen, wie es mir so geht?

Sie schüttelt wieder den Kopf. Nein, ich bin gar nicht gekommen, das bildest du dir ein.

Das sitzt. Mein Magen zieht sich zusammen.

ein Sturm, der alles aus der Erde reißt

Wir vergraben Alis Asche im Frühling unter einem Baum oben auf der Krete, von wo aus man den See sieht. Der Boden ist von Wurzeln durchsetzt, wir graben reihum. Der Spaten kracht und kratzt, wenn er auf einen Stein trifft. Lena sagt, dort drüben blinkt die Sturmwarnung, aber niemand hört zu, sie sagt es noch einmal. Alle heben ein paar Schaufeln aus, bis das Loch tief genug ist. Tobi setzt die Urne in das Loch hinein. Es beginnt zu regnen. Die Tropfen färben den roh gebrannten Ton rostrot und werden sofort aufgesogen, es bildet sich ein Muster aus Punkten, das sich pausenlos verändert, gleichzeitig verschwindet und neu entsteht. Wir werfen Blumen, Briefe, Gedichte und unsere Herzen hinein.

Dann kommt der Sturm. Er kommt tosend bei uns an, ohne Vorwarnung, von einer Sekunde auf die nächste, starker Wind und Regen. Wir schaufeln hektisch das Grab zu. Das Warnlicht ist hinter einer Wolke verschwunden, es schüttet wie aus Kübeln. Als wir die großen Steine, die wir am Fluss gesammelt haben, zu einem Haufen aufschichten, sind wir bereits nass bis auf die

Haut. Wir krächzen gegen den Lärm an. Lukas hält mich an der Hand, wir stolpern den Abhang hinunter zum Haus. Nur Meike steht noch oben neben dem Steinhaufen, ihre Silhouette zeichnet sich schwach vor dem grauen Hintergrund ab.

Hätte es keinen Sturm gegeben, ich hätte einen erfinden müssen.

niemand träumt mit

Nicht an sie zu denken, ist unmöglich. Ich versuche, mich abzulenken, aber wohin ich auch gehe, stoße ich auf dieselbe nachdrückliche Wiederholung. Sie fehlt. Ein bestimmter Bahnhof, ein gewisses Wort, ein Geruch oder eines von Hunderten von Produkten aus dem Großverteiler, mehr braucht es nicht. Um auf ihre Abwesenheit zu verweisen, reicht ein Eisbergsalat.

Ich verreise für ein paar Wochen, um anderes zu sehen, aber sie fehlt sogar da, wo sie nie war. Nicht, dass mir niemand eine gute Reise wünschen, einen Glücksbringer in die Hand drücken oder sagen würde, ich solle auf mich aufpassen. Aber niemand träumt mit. Niemand wartet auf die nach Hause gebrachten Geschichten. Niemand bestellt mich zum Spaghettiessen, sobald die Fotos entwickelt sind, niemand fragt bei jedem Bild nach. Egal, wohin ich gefahren bin, ich wusste immer, dass Ali zu Hause war. Alles andere wäre eine Ungeheuerlichkeit gewesen. Jetzt sitze ich Tausende von Kilometern von meinem Zuhause entfernt, und es ist ungeheuerlich. Sie ist die Einzige, die ich vermisse.

Seitdem wir die Asche beigesetzt haben, habe ich mit niemandem meiner Familie mehr über Ali gesprochen. Über alles Mögliche haben wir geredet, Freundschaften, Bücher, Reisen, Kochen, Computerprobleme und Fernsehserien. Um über das Fehlen zu reden, fehlt uns die Sprache.

In meinem Kopf finde ich Kleinigkeiten, ein Besuch bei Ali, wir sitzen, wie so oft, am Wohnzimmertisch, am Tischtuch, meist ein blau gemustertes, das sich mit dem Lappen abwischen lässt, manchmal ein oranges, das nebst dem Farbwechsel mit dem blauen identisch ist. An Sonntagen oder für komplizierteren Besuch ein weißes aus Leinen. Jedenfalls spielen wir Rommé. Ich könnte nicht behaupten, dass ich das Spiel mag, aber es stört mich auch nicht, es beim Reden nebenher zu spielen. Und für Ali ist Kartenspielen ein Muss. Wer sich weigert, gegen sie anzutreten, braucht eigentlich gar nicht erst zu Besuch zu kommen. Nach einer Weile schaut mich Ali plötzlich ernst an und fragt, ob ich übrigens Alkohol trinke. Ich weiß nicht, wie ich auf die Frage reagieren soll, natürlich trinke ich manchmal, auch ab und zu ein bisschen viel, aber soll ich sie jetzt zu einer Standpauke anregen? Es gefällt mir nicht, von ihr zurechtgewiesen zu werden, Ali gefällt mir als meine ältere Freundin, mit der ich einfach reden kann, außerdem bin ich fast volljährig, und überhaupt. Nach kurzem Zögern ziehe ich die Notlüge und lege meine Karten ab, eigentlich nicht so oft, eigentlich trinke ich nicht so oft Alkohol. Sie zuckt mit den Schultern und sagt, schade, sonst hätten wir jetzt zusammen einen Aperitif trinken können. Ich muss lachen, erläutere den Hergang meiner Antwort.

Ha, ehrlich währt am längsten, sagt sie, steht auf und tritt zum Buffet. Wir trinken ein Gläschen Martini. Dann noch eins.

Tobi und Meike nennen mich das Erinnerungsschaf, aber mir kommt es vor, als vergäße ich alles, nicht nur Orte und Daten, sondern auch Gespräche, wie es zu diesem oder jenem hat kommen können, das Wesentliche. Manchmal fällt mir noch etwas auf oder ein, und ich notiere es, doch beim Niederschreiben werde ich unsicher, weil ich erfinde und erfinde, weil ich unsicher werde.

Die mit Ali verknüpften Gefühle in Worte zu fassen, damit muss ich ja scheitern, denke ich. Aber die Angst, dass alles in Vergessenheit gerät, ist größer als die Angst gegenüber der Unzulänglichkeit der Sprache. Gleichzeitig habe ich das Gefühl, Ali so weit von mir fortgeschrieben zu haben, dass ich nun nicht mehr sehe, wo sie ist. Ich habe meine erinnerte Welt in Worte gezwängt und festgeschrieben. Habe Ali auf meine Großmutter überschrieben oder vielmehr meine Großmutter auf Ali, habe die Geschichten zum Schluss so oft durchgelesen, bis sie meine Erinnerungen überlagert haben. Jetzt scheint mir nur noch eine Dimension zu bleiben; die Erinnerungen, die ich mir selbst erfunden habe.

Das Vermissen von Ali aber bleibt wortlos und neblig. Unklares Gebiet in mir, das sich auszudehnen scheint, in das ich immer wieder hineintappe. Ich bemerke es erst, wenn ich mittendrin bin, das graue Fehlen. Wie sieht meine Landkarte aus, vor allem, wo gehöre ich hin, wie kann ich mich verorten? Ali hat uns verankert, sie machte jenen Teil von uns aus, dessen Herkunft wir nicht anzweifelten. Sie war gesetzt, wir stellten uns um sie herum auf, waren Töchter und Söhne, Enkel und Enkelinnen. Jetzt bin ich nur noch das Schaf. Erinnernd. Erzähle wiederkäuend, was ich noch weiß, versuche, sie in mir zu hören. Ich sage, sie hallt in mir nach, aber da ich sie nicht hören kann, muss ich annehmen, dass ich es mir nur selber einrede.

Der erste Juni rückt näher, steht als Mittwoch leer in meiner Agenda, und ich fürchte mich. Es bleibt doch Alis Geburtstag. Nur weiß niemand etwas damit anzufangen. Es ist ein Jahr vergangen. Wir leben noch, sie nicht mehr. Bald haben wir alle unseren Geburtstag zum ersten Mal ohne sie gefeiert. Auch ohne Aufhebens. Wir sind nicht zu ihr gefahren, haben uns nur irgendwo getroffen, in einer Stadt, die wir als ungefähre Mitte zwischen unseren Wohnorten bestimmt haben, haben am Nachmittag irgendeinen Kuchen gegessen, vielleicht ein Geschenk überreicht oder überreicht bekommen und sind dann wieder unserer Wege gegangen. Niemand ist für Ali eingesprungen. Niemand hat ein Lieblingsessen gekocht, eine Kiste mit Schleckereien gefüllt oder Eis aufgetischt. Niemand hat ein kleinformatiges Kuvert mit einem Brief, einem Gedicht und einem Geldschein zwischen die Orangen und Schokoladen gesteckt. Niemand hat mit uns Happy Birthday to you gesungen. Niemand sang Happy Birthday to me, wie sie es an den eigenen Geburtstagen tat, ich glaube vor allem, um auch mitsingen zu können. Alis Geburtstag haben wir stillschweigend zwischen den andern Tagen hindurchfallen lassen, haben ihn nicht aufgehoben.

Ich denke daran, wie sie mich Hexe nannte. Jetzt

wünschte ich, ich wäre eine, auch wenn Ali damit nicht auf Zauberkräfte anspielte. Es hat mich genervt, dass sie es immer wieder sagte, nur weil ich als Kleinkind nicht zu ihr fahren wollte. Dabei hatte sich die Hexe schnell ausgewachsen, als ich merkte, wie gut die Ferien bei ihr waren.

Wenn Ali mich zu Hause abholen kam, spielten wir Sich-nicht-kennen. Wir trennten uns an der Busstation, an der wir beide warteten, stiegen als Unbekannte in denselben Bus und dann später am Bahnhof auch als Unbekannte in denselben Zug. Es war ein Nervenkitzel, man durfte sie nicht aus den Augen lassen unter all den Leuten. War sie eingestiegen, stieg auch ich wie eine Erwachsene in den Zug und setzte mich auf die Nachbarbank. Mich weiter von ihr zu entfernen, traute ich mich nie, das war zu riskant, wir hätten uns verlieren können. Ali verwickelte die Leute um uns herum in ein Gespräch über irgendwas und zwinkerte mir von Zeit zu Zeit zu, ich sagte nichts; ich spielte Sich-nicht-kennen. Ich übte, mich in der Welt zu bewegen, versichert durch Alis Gegenwärtigkeit. Wenn wir ausgestiegen waren, kannten wir uns wieder oder lernten einander kennen, oder wir trafen uns per Zufall, freudig überrascht, wo wir uns doch schon so lange nicht gesehen hatten. Ali lud mich spontan zum Abendessen ein, was ich dankend annahm und dann eine ganze Woche blieb.

Im Winter saß sie morgens, wenn ich aufstand, schon in der kleinen Küche und schälte Unmengen von Boskoop, stach Kerngehäuse aus und schnitt die Äpfel danach in Ringe, um sie im kleinen Zimmerchen auf einem alten Dörrex zu trocknen. Mit dem Handrücken schob sie ab und zu die Brille zurecht. Ich kam in die Küche und setzte mich auf den blauen Stuhl. Wenn wir keine großen Pläne für den Tag hatten, bot Ali ab und zu ein Vorfrühstück an, was ich nie ausschlug und also sogleich zurück unter die Bettdecke kroch. Das Ali'sche Vorfrühstück bestand aus geschnittenen Äpfeln, Birnen und Bananen, manchmal auch Trauben oder Beeren, die auf zwei Tellerchen von ihr höchstpersönlich ins Schlafzimmer serviert wurden, wo wir dann beide wieder im Bett lagen und knabberten, während wir unsere Bücher lasen.

Mit Ali war vieles immer gleich. Weil es schon bestmöglich eingerichtet war. So lange wie möglich schlafen, aufstehen und gleich zurück ins Bett, Vorfrühstück, ein bisschen lesen, dann groß frühstücken, Ali singt ihr Lied von den zwei Kaffees, die sie morgens braucht, weil sie sonst das Haus nicht verlassen will, tralalalala. Vormittags macht jede, was sie will, oder wir spielen oder gehen gleich los auf einen Ausflug oder einkaufen, zu Hause dann wieder spielen, fernsehen, mittagessen, spielen, malen, fernsehen, abendessen, spielen et cetera, zum Schluss lesen im Bett. Ali sagt, ist die Welt auch noch so nett, am schönsten ist es doch im Bett. Daran gab es nichts zu rütteln.

Bei ihr zu Gast hoffte ich immer, auch ein Waschtag würde dabei sein. Zwar war es ein Tag, an dem keine Ausflüge gemacht werden konnten, aber es war eben Waschtag, Kellertag, Dufttag, Schleudertag. Leider gab es das nur alle zwei Wochen, also musste man Glück haben – oder ein gutes Händchen beim Ausfeilschen der Ferientage. Es begann damit, dass von der einen Nachbarin der berühmte Schweizer Waschküchenschlüssel von außen an die Türfalle von Alis Wohnungstür gehängt wurde, von da an galt es, innerhalb von vierundzwanzig Stunden die gesamte Wäsche zu waschen. Ein System, das auf der ständigen Verfügbarkeit von Hausfrauen basiert, aber das fiel mir damals nicht auf.

Zuerst der Besuch im Keller, der Geruch vom feuchten Kiesboden und dem unbehandelten Holz der Abteilgitter, der Geruch von Mottenkugeln und alten Kommoden, der Geruch von Mutprobe. Ich stieg voran, allein die Treppen hinab, tastete nach dem Lichtschalter, danach ging es schon leichter, das Kniffeln am Zahlenschloss und dann das Aufschieben der immer klemmenden Tür. Dort durfte nichts vergessen werden, die Körbe, die Wäscheklammern und der Kübel mit dem Waschmittel. Dann wurde die Wand aufgeschlossen, dahinter gab es einen Stromzähler, in den die extra gesammelten Wäschezwanziger einzeln hineingesteckt wurden, bis die Drehscheibe sich leise ratternd in Gang setzte.

Danach kam das Waschen. Das war der Teil, der am wenigsten Spaß machte, Ali füllte die Maschinen, ich stand an den Türrahmen gelehnt und schaute zu. Ich durfte dabei nicht helfen, sie wollte es selber machen. Sie verschloss die silbernen Trommeln und füllte das Waschpulver ein. Ich drehte die altertümliche Schleuder vor der Waschküche, so schnell ich konnte, immer schneller, hielt die Finger an die flitzende Gitterstruktur. Ali kam heraus und schloss die Tür, dann sagte sie, pass bloß auf, du reißt dir noch einen Finger aus! Ich zuckte mit den Schultern, das war es mir wert.

Der Trocknungsraum war groß und leer, hallte und roch nach Hunderten von sauberen Wäscheladungen, nach Tausenden feuchtduftigen Wäschestücken. Ich war zu klein, um etwas an die hohen Leinen zu hängen, die durch den Raum gespannt waren, ich sprang hoch, nutzte den Hall, klatschte, machte komische Geräusche. Ali hängte die Wäsche auf und befestigte sie mit den Klammern, obwohl es im Raum keinen Wind gab, der die Wäsche hätte herunterwehen können. Ich rechnete aus, wo im oberen Stockwerk unser Schlafzimmer und wo das Wohnzimmer war, wie die Küche lag und so weiter, teilte es Ali mit, die gespielt gelehrig zur Kenntnis nahm, was ich ihr darlegte. Dann streifte ich zwischen den großen Betttüchern herum. Das war mein Lieblingsmoment des Wäschetags, durch die schmalen Gänge zwischen den Laken zu streifen, mich dort zu verstecken und den besten Geruch frisch gewaschener Wäsche einzuatmen. Dann löschte Ali das Licht, und ich rannte ihr hinterher, die Treppen hoch. Der Waschtag war eine heimliche Zeremonie, deren Feierlichkeit wahrscheinlich von Ali herrührte, die jahrelang alle Wäsche von Hand hatte waschen müssen.

das Vermissen enttäuschen

Neben der anfahrenden Tram geht auf dem Trottoir eine alte Frau, die ich sofort als Ali erkenne. Weil sie einen ähnlichen Gang hat vielleicht oder auch nur wegen der Art, den Rucksack zu tragen, oder wegen der schnellen Turnschuhe mit den federnden Sohlen, die mich an sie erinnern. Meine alte Ali, die erst noch mit einem damenhaften Kunstlederrucksack, später mit einem Sportrucksack von Adidas von sich zu uns und zurück pendelte, bis sie bettlägerig wurde.

Das Wort bettlägerig passt überhaupt nicht zu Ali, es ist vielmehr unvorstellbar, sie damit in Verbindung zu bringen, auch jetzt noch, im Nachhinein, obwohl ich es gesehen und miterlebt habe, wie sie nur noch im Bett herumlag, herumfaulte, wie sie es nannte.

Mein Vermissen täuscht mich. Täuscht mir eine Ali vor, die es schon länger nicht mehr gab. Eine, die ich nicht einmal zurückhätte, wenn sie nicht gestorben wäre oder auf wundersame Weise auferstanden. Mein Kopf beschönigt die letzten Jahre, macht den Zerfall rückgängig, die Medikamente und die Zerstreutheiten. Er tilgt ihre unerklärlichen Wutaufwallungen, die starke Eifersucht, wenn unsere Aufmerksamkeit für einen Moment nicht auf ihr, sondern etwa auf einer Mitbewohnerin lag. Er macht auch die höflich hingenommene Langeweile wett, die sich in manche Besuche und Nachmittage einschlich, und die Beklemmung, wenn ich merkte, dass mir nichts einfiel, worüber ich mit ihr sprechen konnte. Der Kopf blendet das alles aus und zeigt mir eine Ali zu Hause beim Kreuzworträtsellösen, wie sie bügelt oder kocht, wie sie all die kleinen Dinge tut, die getan werden müssen, mit einer Selbstverständlichkeit, die nur von jahrzehntelanger Wiederholung hervorgebracht werden kann, wenn die Hände selbst wissen, was zu tun ist. Ich sehe Ali am Tisch sitzen und Karten mischen oder wie sie sich aus dem Keller ein kleines Bier holt, das sie sehr langsam aus einem noch kleineren Glas trinkt. Wie sie am Bahnhof steht, wie sie in ihren bunten Turnschuhen einem Ausflugsziel entgegenwandert. Wie sie Wäsche aufhängt. Wie sie im Bett liegt und genug Kraft aufbringt, um auf dem Rücken liegend stundenlang zu lesen, während sie das Buch mit beiden Händen hochhält.

Ich sehe Ali.

Und dann sehe ich plötzlich auch, wie sie immer dünner wird und ihre Oberschenkel durchhängen, wenn sie sitzt, ich sehe eine Ali allein in ihrer Wohnung, wie sie sich mühsam aus dem Sofa hochquält und viel zu oft zum Klo muss. Ich sehe eine Ali, die zehn Mal aufwacht jede Nacht und die den ganzen Winter über hustet. Eine Ali, die den halben Nachmittag vor dem Fernseher sitzt und Krimis schaut. Sehe plötzlich eine alte Ali, eine, die müde ist. Ich erschrecke, denn ich sehe sie zum ersten Mal.

Es ist Jahre zu spät. Damals wäre der richtige Zeitpunkt gewesen, um zu helfen, denke ich, diese rückblickende Verklärung. Damals wäre es Zeit gewesen, zu ihr zu ziehen oder sie zu uns zu nehmen, nicht erst nach Wirbeleinfall und Leberzirrhose. Aber ich habe es nicht wahrhaben wollen, solange das Leugnen möglich war, habe ich geleugnet. Es vor mir geheim gehalten. Und jetzt bete ich mir vor, dass wir es hätten verhindern können, obwohl ich weiß, dass das nicht stimmt. Verändern vielleicht, verhindern nie.

Wenige Tage nach Alis erstem verlorenen Geburtstag komme ich spätnachts am Bahnhof an und laufe los, um meine Tram noch zu erwischen. Auf dem großen Bildschirm oberhalb des Ausgangs steht *ALI IST TOT*. Ich stocke, lese noch einmal *Muhammad Ali ist tot*, steht da, in Großbuchstaben als Schlagzeile. Ich lasse die Tram abfahren und gehe zu Fuß weiter. In mir zittert etwas, weil es stimmt. Es ist Sommer geworden, und wir werden nie mehr Eis essen gehen. Nie wieder die Servietten in unsere Eisbecher stopfen, sie einstecken, zu Hause auswaschen und in den Schrank stellen.

Das hast du eh nicht mehr gemacht, seit die andere Becher verwenden, denke ich und wundere mich über dieses du. Ich sage Ali Hallo. Du bist tot.

Ich weiß, sagt sie.

Aber wieso?

Nein, fang nicht wieder an.

Ich vermisse dich.

Ich bin ja da.

Das behauptet man so, aber du hast doch selber gesagt, dass nachher gar nichts ist.

Na und? Du musst dich halt erinnern!

Das ist nicht genug.

Wieso, ist doch praktisch, es funktioniert überall.

Gar nicht funktioniert es. Wenn du hier bist, warum kommst du nicht zurück?

Ich bin tot.

Blöder Grund.

Du kannst wirklich glauben, was du willst, Spatz, Hauptsache, dir geht es gut.

ich erinnere mich

Seit den Neunzigerjahren fuhr Ali einmal im Jahr nach Zürich zur Technoparade, und solange ich jung genug war, um die Musik auszuhalten, ging ich mit. Es lief jedes Jahr gleich ab, wenn wir uns am Telefon verabredeten, fragte ich, was ziehst du an? Ich? Nix, sagte sie. Was, gar nichts? Nö, du etwa? Ja, natürlich, Ali. Ist ja langweilig, wenn du dich schämst, kannst du dir ja eine Zeitung vors Gesicht halten … Manchmal sagte sie auch, schämst du dich etwa wegen mir?

Im Gegenteil, ich war mächtig stolz, mit meiner alten Ali zu einer Technoparty zu gehen. Sie wippte mit dem Kopf oder tanzte ab und zu ein paar Schritte, Ali-Shuffle eben, eine Koketterie, die allerdings funktionierte. Obwohl sie doch immer in ihren ganz normalen Kleidern kam, zog sie die Blicke auf sich. Wir liefen rund ums Seebecken, und wenn wir müde waren, setzten wir uns auf eine Bank und sahen den schillernden Körpern zu, wie sie an uns vorbeizogen. Manchmal stellten wir uns neben einem Brunnen auf und spritzten die Leute an, worauf sie uns noch viel mehr nass spritzten. Danach: Eisessen.

Ali sagte, sie habe erst eine einzige Street Parade verpasst, das sei gewesen, als sie mit uns in den Urlaub gefahren war, ins Tessin, sie habe es nicht bereut. Niemand von uns hat das je bereut, auch wenn es ein bisschen streng begann. Auf Geheiß von Lena hatte ich für das Essen im Speisesaal des Familienhotels Tischkärtchen gemalt und in meiner schönsten Comicschrift unsere Namen draufgeschrieben. Auf Alis schrieb ich *Ali-Rosa*, weil ich stolz war, ihren zweiten Vornamen zu kennen, so einen Zweitnamen hätte ich mir auch gewünscht. Ihr hat das aus mir unerfindlichen Gründen aber gar nicht gepasst, es hat sie sogar ein bisschen erzürnt. Warum hast du das gemacht, fragte sie, und ich wusste keine Antwort, warum hätte ich es denn nicht machen sollen? Ali-Rosa, ich fand das toll. Warum sie es nicht gut fand, habe ich nicht herausgefunden. Ich konnte damals auch nicht fragen, denn ich hätte gleich losheulen müssen, hätte ich den Mund aufgemacht. Ich war verletzt, weil ich doch mit besten Absichten ihre beiden Vornamen aufgeschrieben hatte.

Ansonsten verlief der Urlaub ohne Komplikationen, wir schliefen alle in einem großen Zimmer und Ali in einem andern, ganz kleinen. Vor der Tür stand ein Steintisch unter Palmen und Wein, Ali nannte das Pergola und sprach das Wort oft und gerne aus. Pergola, unter der wir am Steintisch gespielt und Eis gegessen haben. Das Beste aber war, dass ich, wenn ich jeden Morgen viel zu früh aufwachte und keinen Lärm machen durfte, im Nachthemd zu Ali schleichen konnte. Barfuß über die morgenkalten Steinplatten, ich klopfte an ihre Scheibe, sie stand auf und öffnete und war gar nicht ärgerlich, von mir geweckt zu werden, dann krochen wir in ihr Bett, und Ali las mir Geschichten aus dem Zwergenbuch vor.

Vor Kurzem habe ich mir von Lena dieses Buch ausgeliehen, weil ich glaubte, darin etwas wiederfinden zu können. Außer ein paar kleinen Zeichnungen kam mir jedoch fast alles darin fremd vor. Zehn Kindergeschichten, und jede einzelne handelt vom Verlorengehen oder Weglaufen. Kinder, die sich von ihren Eltern absetzen, und Spielsachen, die fortgehen wollen, die meisten werden plötzlich von der Sehnsucht gepackt und vom Heimweh, dann bereuen sie, die andern verlassen zu haben. Zum Schluss gibt es jedes Mal ein großes Wiedersehen, und die Figuren sind glücklich vereint. Sehr unrealistisch. Im ganzen Buch finde ich nur einen Satz, der mir wahr erscheint: *Wenn man groß ist, sieht eben alles ein bisschen anders aus.*

Ich finde das Gefühl nicht wieder, wie es gewesen sein muss, zu Ali ins Bett zu kriechen. Am besten erinnere ich mich daran, dass sie uns täglich Eis ausgab, überhaupt gab es bei Ali immer Eis. Was Eis anging, war sie äußerst strikt, Eis war ihr liebstes Dessert, es gab keinen Abend, kein Fest und keinen Ausflug ohne. Eis war für Ali der Inbegriff von Es-sich-gut-gehen-lassen. Wenn sie sich nicht überreden ließ, mit uns in den Urlaub zu kommen, dann drückte sie Lena einen Umschlag mit der Aufschrift *Glace!* in die Hand, in dem sich eine Hunderternote befand, die dafür garantierte, dass wir jeden Tag Eis bekamen. Es war ein von Ali verbrieftes Recht auf Eis, das wir täglich und zu jeder Zeit einfordern konnten und das Lenas erzieherische Grundsätze wie

Kein Eis vor dem Essen oder Kein Eis bei Frechheiten qua Dekret unterlief.

Dass ich Ali wütend machte, passierte, außer mit dem Tischkärtchen, nur ein weiteres Mal. Ich glaube, sie hat es sofort wieder vergessen, während ich heute noch daran denke, wie wir damals einen richtigen Streit hatten. Ich noch ein Kind, neun vielleicht oder auch schon zwölf, wir waren spazieren, kamen von Rapperswil zurück, wo wir oft hinzockelten, weil das dortige Shoppingcenter mich magisch anzog und Ali ihrerseits nachsehen wollte, was sich bei den Storchennestern tat. Auf dem Rückweg durch die Einfamilienhaussiedlung waren wir uns uneinig. Ali behauptete, die weißen Blumen, die wir am Wegrand sahen, seien Märzglöckchen, ich sagte, es sind Schneeglöckchen, weil ich von Märzglöckchen noch nie im Leben gehört hatte. Darüber stritten wir auf dem gesamten Nachhauseweg. Ali sagte, die einen haben drei Blütenblätter und die anderen mehr, außerdem sind sie bauchiger und haben ganz andere Blätter. Ich sagte, es sind Schneeglöckchen, weil es außerdem meine Lieblingsblumen waren und ich das Schneeglöckchen schon einmal im Kindertheater gespielt hatte. Ali sagte, es ist doch schon viel zu spät im Jahr für Schneeglöckchen, und ich sagte, dass es Schneeglöckchen seien. Zum Schluss nannte sie mich eine sture Schese. Ali ist dann kochen gegangen, und ich hab sofort losgeheult, als sie aus dem Zimmer war, weil ich es nicht ertrug, dass sie mich Schese genannt hatte.

Ich kann mich nicht erinnern, dass Ali mir sonst je einen rauen Übernamen gegeben hat. Ein andermal war hingegen ich böse auf sie. Ali war schuld am Verlust von

Fido, und all ihre Bemühungen, wiedergutzumachen, was sie ihrer Meinung nach nur halb verschuldet hatte, besänftigten mich nicht und brachten mir auch den Fido nicht zurück. Dabei hatte es gut angefangen: Ich war bei Ali im Urlaub und hatte meinen liebsten Stoffhund dabei. Ali bastelte eine maßgefertigte Leine, an der wir Fido die ganze Woche ausführten. Wir gingen mit ihm spazieren und rutschten gemeinsam die lange Rutsche auf unserem Stammspielplatz herunter. Fido war für uns ein echter Hund, und wir passten gut auf ihn auf, erzogen ihn und ließen ihn nie zu viel kläffen. Ende der Woche, als Ali mich nach Hause bringen sollte, packte ich Fido in meinen Kinderrucksack. In meiner Erinnerung war es Ali, die sagte, er würde so noch ersticken, der Kopf müsse herausschauen, damit Fido genug Luft bekäme. Im Prinzip eine hervorragende Idee, weil Hunde ja Luft brauchen, und außerdem konnten so alle Leute sehen, was für einen tollen Hund ich hatte. Wegen Fidos steifer Konstitution bot es sich an, dass er auch beide Vorderbeine außerhalb des Rucksacks haben sollte. Will man Alis Version der Geschichte glauben, so war ich es, die stur darauf bestand, dass Fido den Kopf an der Luft hätte, sie habe nur gegen das Verdrehen und Zerquetschen seiner Beine und daher für diese Position votiert. Jedenfalls ragte mein Hund fast zur Hälfte aus dem Rucksack, was lustig aussah und uns zu Beginn der Reise beide euphorisch stimmte.

Fidos tragisches Verschwinden bemerkten wir erst kurz vor unserer Ankunft zu Hause. Wir kehrten um, liefen zur Bushaltestelle und suchten nach ihm, wir stiegen in den nächsten Bus zurück, ließen per Funk alle Busfahrer informieren, aber es führte zu nichts. Am Bahnschalter legte sich Ali ins Zeug, um Fido suchen zu lassen, und schließlich stürmten wir das örtliche Fundbüro, doch auch die Frau hinter dem Schalter schien den Ernst der Lage nicht zu begreifen. Ali bestand darauf, dass wir einen Steckbrief von Fido hinterlegen durften. Es half nichts.

Als wir erschöpft bei Lena eintrafen, ging unser Streit um die Geschichte los. Während ich Ali die volle Schuld an meinem Verlust anlastete, war sie nur bereit, die Hälfte einer auf uns aufgeteilten Schuld zu übernehmen. Schuld, Blödheit und Unaufmerksamkeit, sagte sie, von allem die Hälfte. Ich war aber von meiner grundlegenden Unschuld so überzeugt, dass ich richtig böse auf sie wurde und mich ins Kinderzimmer verkroch. Ich war so wütend, dass ich Ali nicht einmal verabschiedete, ich wollte sie nicht mehr sehen.

Heute scheint mir ihre Version plötzlich gut möglich zu sein. Ich denke sogar, sie ist wahrscheinlich wahrscheinlich.

mit Händen vor Augen

Ich habe Lust, zu Ali zu fahren, wie ich sie lange nicht hatte. Eine Vorfreude, mit ihr zu reden, ein bisschen zu scherzen, mir eine Geschichte erzählen zu lassen. Sogar das Altersheim kann mir nichts mehr anhaben. Trotz der späten Stunde könnte ich jetzt zum Bahnhof laufen und zu ihr fahren, obwohl sie sicher schon schlafen würde. Es täte nichts zur Sache, ich säße ein bisschen an ihrem Bett, streichelte ihr weißes Haar und die feine Haut auf der Stirn. Ich wäre ein bisschen bei ihr. Sie wäre ein bisschen bei mir. Alles wäre sehr unkompliziert. Heute vor einem Jahr habe ich Ali zum letzten Mal gesehen, und morgen ist ihr Hochzeitstag. Für einen kurzen Moment hat etwas in mir den Umstand verdrängt, dass Ali keinen Besuch mehr empfängt, dass ich ohne sie auskommen muss, für einen kurzen Moment freute ich mich darauf, zu ihr zu fahren. Eine fehlgeleitete Vorfreude, die sich in Enttäuschung und Fehlen verkehrt. Ein schlimmes Fehlen, das auch nicht weggeht, wenn ich auf das Foto starre, das mir in letzter Zeit das liebste geworden ist. Aufgenommen in einer Gondelbahn, Alis Gesicht, im Halbprofil ganz nah, sie schaut aus dem Fenster, einen belustigten Zug um den doch ernsten Mund. Es ist alles angedeutet, das Foulard, der gestreifte Pullover, die Träger des blauen Sportrucksacks, die Brillenschnur und die weiße Baseballmütze, die in die überbelichtete Welt hinter den Gondelfenstern übergeht.

In der Nacht träume ich von Ali, wir sind alle da, wo, weiß ich nicht, es geht offensichtlich um eine Feierlichkeit, aber es sieht doch nicht festlich aus. Zwei Holztische stehen in einem nüchternen Raum mit Fensterfront, die auf einen Rasen hinausgeht. Ich decke den Tisch. Die Geschwister bringen riesige Wärmeschalen mit Essen, sonst ist niemand da. Wir schöpfen Essen auf Teller. Lukas meckert, weil ich es falsch mache, er sagt, es würde wirklich Sinn ergeben, zuerst die Polenta zu nehmen und dann erst die Spaghetti, ich bin genervt. Onkel Emil und ein paar andere betreten den Raum, jemand ruft, sogar Alis Tischtücher haben sie hervorgeholt! Ich bin verwirrt, sehe jetzt aber auch, dass plötzlich diese Tischtücher auf den Tischen liegen. Die Leute setzen sich und essen. Tobi kommt zu mir und sagt, gut, dass es noch die Zwiebelsauce gibt. Jetzt erst fällt mir auf, dass das Essen bloß aus Beilagen besteht, Spaghetti, Polenta, Reis, Kartoffeln, dazu Zwiebelsauce, sonst nichts. Irgendwann kommt Ali herein und setzt sich zu Toto an den Tisch. Ich will mich unbedingt neben sie setzen, dränge mich zwischen Toto und Ali. Während wir so dasitzen, sagt niemand ein Wort. Erst nach einer Weile wird mir klar, dass wir Alis ersten Todestag begehen.

Am Tag versuche ich immer wieder, sie zu heben, wie einen Schatz, aber es ist, als hätte ich die Karte verloren, als wären die Koordinaten nicht richtig. Oft tauche ich im Trüben, und es fällt mir schwer, sie zu finden. Ob ich sie überhaupt noch in mir habe, ihre Stimme, ihr Lachen, ob ich ihren Humor noch in mir vorfinden kann? Am Ende finde ich immer nur mich selbst und die Zweifel, ob ich dem Suchen gewachsen bin. Womöglich habe ich mit meinen Worten alles überlagert, mit den Fotos, diesen zweidimensionalen Rechtecken von zehn auf fünfzehn Zentimetern.

Vielleicht hätte ich nie mit den Fotos anfangen sollen. Die ich mir jetzt häufig anschaue. Vielleicht hätte ich mir besser jeden Tag eine Geschichte erzählt. Jeden Tag versucht, eine neue Geschichte in mir aufzustöbern, aber es wird immer schwieriger, weil viele Erinnerungen nicht mehr angestoßen werden, da ist ja keine Ali mehr, die sie ins Rollen bringt. Auch die Orte fehlen. Ich würde so gerne nachfragen, stattdessen brocke ich Spekulationen aufs Papier, ein Tanz da, eine Kitschgeschichte dort, ein Liebhaber, ein total übertriebener Heiratsantrag, alles schlecht erfunden, alles ist ohne Referenz.

Nur ihre Hände kann ich nicht vergessen. Ich kenne sie auswendig, sehe sie vor mir, wie sie beim Äpfelschneiden das Messer führen oder wie sie über das Tischtuch fahren, wie sie im Laden Kleiderstoff prüfen oder die Waschmaschine trocken reiben. Sehe sie, wie sie Spielkarten halten, Briefe öffnen, Zettel schreiben. Diese Hände, die immer genau wussten, was sie tun. Ich sehe sie, wie sie Buonissimo! bedeuten oder Alis Geste für Geld. Ich mochte ihre leicht knochigen Finger, die zwar allesamt schief waren, aber perfekt aneinander anlagen, wenn Ali die Hände flach auf den Tisch legte. Es rührt mich insgeheim, an mir die gleichen Hände zu entdecken, die überdehnten Daumen, die Zeigefinger, die sich zum Mittelfinger hin leicht drehen. Nur war meine Haut schon als ich ein Kind war viel faltiger als Alis, deren Hände nach jahrzehntelanger Arbeit nicht zerfurcht, sondern immer glatter wurden, bis ihr die Struktur der Haut, sogar die Fingerabdrücke ganz abhandengekommen waren und ihre Hände, nur noch von einer dünnen Schicht weicher Haut überzogen, irgendwie jugendlich wirkten.

Alis Altsein konnte ich nicht begreifen, andere waren alt, aber nicht sie. Ali war in meiner Wahrnehmung voll erblüht, da war sie weit über siebzig. Der Eindruck kam vielleicht davon, dass sie sich oft um andere kümmerte, die nicht mehr gut zu Fuß waren oder an weiteren Gebrechen litten. Außerdem trug sie große Säcke voll mit Kirschen, Bohnen oder anderen Gartenschätzen zu Bekannten und Freundinnen. Was ich als Kind von ihrem Leben mitbekam, entsprach meinem Idealbild, so musste Erwachsensein sein. Während Lena und Paul ständig arbeiten mussten, hatte Ali massig Zeit, um mit uns zu spielen und Ausflüge zu machen. Außerdem hatte sie alles, was mir damals erstrebenswert vorkam: eine Wohnung für sich, Kabelfernsehen, Freundinnen und Süßigkeiten in rauen Mengen. Von ihrem Balkon konnte man direkt auf die Spielwiese der Siedlung runterklettern, und abends schien die Sonne so schön durch ihr Küchenfenster, dass der ganze Raum zu leuchten begann.

Ich habe nie in Erwägung gezogen, sie könnte allein sein oder einsam. Und ich weiß auch jetzt nicht, ob sie es vielleicht war. Ich kannte Ali ja nur, wenn sie mit uns war, und dann war sie alles andere als einsam. Und wenn wir zusammen zu Großpapas Grab gingen, dann hätte mir das zwar ein Hinweis sein können, dass er früher da gewesen war und jetzt fehlte, aber so weit reichte meine Vorstellungskraft nicht. Ich ging mit ihr zu seinem Grab, und mir fiel gar nichts auf. Es war auf den ersten Blick nur ein Park mit Bäumen und Steinen. Diese Stadt aus kleinen letzten Wohnungen unter der Erde und kleinen letzten Gärten. Ich überlegte es mir lieber nicht allzu genau.

Der Grabstein unseres Großpapas war von hellem Grau, hatte aber viel Glimmer darin. Er war nicht geschliffen, sondern sah aus, wie direkt aus dem Fels gebrochen, ein schlichter Stein ohne Spruch oder Gottesverweis. Am vorderen Rand des Grabes stand ein Vogelbad aus demselben Stein, da Großpapa, wie wir wussten, Vögel immer sehr gerne gemocht hatte. Ich liebte diese kleine Geste der Gastfreundschaft, obwohl ich kein einziges Mal einen Vogel darin habe plantschen sehen. Aber ich stellte mir vor, wie die Spatzen sich, sobald wir Menschen fort waren, im Bad vergnügten mit ihren flatternden Flügeln und Herzen, die viel schneller schlugen als mein eigenes.

Ali pflanzte Erika und Veronica und schickte mich, um Wasser zu holen. Ich nahm den Weg zum weitesten Brunnen, um an den Kindergräbern vorbeizukommen, die mich so schockierten in ihrer Buntheit. Ich verstand das alles nicht, die Fotos, die Windräder, die Engelchen und Bambis, die Farben und Verzierungen, die mir so festlich und gar nicht todtraurig vorkamen, ein mulmiges Gefühl. Ich rechnete mit den Jahreszahlen die Alter der Kinder nach, viele waren jünger als ich, manche keine zwei Jahre alt geworden. Mit zugeschnürter Kehle machte ich mich aus dem Staub, füllte eine große Kanne und schleppte sie mühsam zurück, das Wasser schwappte auf meine Schuhe. Ali wartete längst, stand aufrecht vor dem Grab. Sie goss die neuen Pflanzen an und dann einen Schluck ins Vogelbad, mehr passte nicht hinein. Ali legte kurz die Hand auf den Stein und sagte Tschüss, bevor wir gingen. Herman war schon lange tot, länger, als ich auf der Welt war, und ich fand es unglücklich, dass mein Großvater nicht einmal wissen sollte, dass es mich gab. Das weiß er schon irgendwie, sagte sie.

Sie trug die halb volle Kanne zu einem weiteren Grab, das sie pflegte, ich weiß nicht, wem es gehörte, versuchte jedes Mal erfolglos, mir den Namen einzuprägen. Der Stein war aus schwarzem Marmor. Während sich Ali um die Pflanzen kümmerte, strich ich mit den Fingern über die spiegelglatte Rückseite und betrachtete mein Lieblingsgrabmal ein paar Reihen weiter. Drei weiße Tauben auf drei Granitsäulen, eine davon wollte gerade losfliegen oder landen, das konnte ich nie ganz entscheiden. Das Grab war aufwendig gestaltet, aber trotzdem verwandt mit dem des Großvaters, wegen der Vögel eben, diese hier boten ein majestätisches Bild, aber jene, die meinen Großpapa hätten besuchen können, gefielen mir besser, auf dem ganzen Friedhof waren sie die Einzigen, die kommen und gehen konnten, wie es ihnen gerade passte.

wenn es an der Zeit ist

Trotz all der Tage und Wochen, die ich bei Ali verbrachte, gab es in ihrer Wohnung vieles, womit ich nie in Berührung kam. Die Einbauschränke im Flur, außer jenem für das Putzzeug und die Plastiktüten. Oder Alis Kleiderschrank und ihre Kommode, ich spähte hinein, wenn sie etwas daraus hervorholte oder einräumte, aber ich wäre nicht auf die Idee gekommen, den Kasten selber zu öffnen, auch wenn es nicht verboten war. Es war nur unnötig, ich wusste ja alles, was ich wissen musste.

Selbst das kleine Gästezimmer blieb mir nahezu unbekannt, ich hielt mich nie darin auf, hätte gar nicht gewusst, wozu, Ali war ja auch nie dort. Zwar fragte sie jedes Mal, ob sie mir das Bett im kleinen oder im großen Zimmer beziehen solle, aber ich schlief, bis ich groß war, lieber neben Ali im Ehebett, auch wenn ich oft stundenlang wach lag, um sicherzugehen, dass sie noch atmete. Manchmal war es so still im Zimmer, dass ich befürchtete, sie könnte damit aufgehört haben. Dann hielt ich selbst den Atem an und tastete unter der Decke nach ihrer Hand.

Eines Tages tauchte aber aus einem Wandschrank im Flur eine riesige Kiste mit Fotos auf. Ich weiß nicht, warum Ali sie damals hervorholte, vielleicht hatte ich auch danach gefragt. Ich wühlte darin herum und wusste nicht, wo anfangen, all diese Bilder vom Fotografen, Familien, gekonnt inszeniert, in Sonntagstracht und geliehenen Anzügen vor einer Fototapete. Uralt. Andere aus den Sechzigern mit zwei winzigen Menschpersonen drauf, die später Emil und Lena werden sollten, Fotos, auf denen man sie bereits als diese erkennt, die Achtzigerjahre, und dann neue, von uns, den Enkelinnen und Enkeln. Ich hatte immer gedacht, Ali würde alle entwickelten Fotos an Lena und Emil weitergeben, was offensichtlich nicht stimmte.

Ali entstaubte die Regale, ab und zu stellte sie sich hinter mich, zog ein Bild heraus, verzog den Mund oder lachte. Dann putzte sie weiter. Das war am Geburtstag von deinem Großpapa, sagte sie, da war er butzwütend, der wäre drauf und dran gewesen, seine Freundschaften aufzukünden und alle zum Teufel zu jagen. Warum denn das, fragte ich. Er hatte sich gewünscht, dass ihm zum Geburtstag alle ein Buch schenken, von dem sie dächten, dass es ihm gefalle, und dann hat sich jedes einzelne als Reinfall entpuppt, das waren Bücher, die hätte er im Traum nicht gelesen. Am schlimmsten war dieser dicke Band von Loriot dort mit Wum und Wendelin. Das hat ihn Wochen später noch erbost, diese Art von Humor hat ihm überhaupt nichts gesagt. Mir schon, Ali lachte.

Ich bin ihr mit einzelnen Fotos in den Händen durch die Wohnung hinterhergelaufen und habe sie nach diesem oder jenem Gesicht gefragt. Das merkwürdigste Bild zeigte Ali und Herman vor einer dunklen Holzvertäfelung. Sie sitzend, in einem schwarzen Deuxpièces, er im grauen Anzug hinter ihr. Beide schauen sie ernst in die Kamera. Was ist denn das, fragte ich. Das ist unser Hochzeitsfoto! Ali grinste. Nicht im Ernst, oder? Doch, natürlich. Und warum hast du das da an und kein weißes Kleid? Ich wollte halt nicht die Katze im Sack kaufen, sagte sie und lachte. Hä? Was soll denn das heißen? Na, weißt du, damals war das alles ein bisschen strenger, das weiße Kleid war den Jungfrauen vorbehalten, katholisch, und ich war da schon sehr wahrscheinlich schwanger, da war es für die Hochzeit sozusagen höchste Zeit.

Nach der Hochzeit dürfen sie endlich zusammenleben, in Zürich-Aussersihl, ein berüchtigtes Quartier. Aber wenn Ali schwanger ist, nützen ihr die vielen Tanzgelegenheiten wohl nicht viel. Später ziehen sie in eine Kleinstadt am See. Ali mit Mann und Kindern, ein ganz neues Bild, sie bewohnen eine moderne Wohnung in einem Mietshaus, das der Technik- und Chemiefirma gehört, für die sie und Herman arbeiten, wie alle Nachbarn auch, zumindest die Männer. Arbeit gibt es genug, immerhin, das ist der Grund, warum sie von Zürich in diese Kleinstadt gezogen sind. Ich erinnere mich, wie Ali die Vorteile der Schichtarbeit betont. So konnten sie beide arbeiten.

Ali macht Spät- oder Frühschichten, damit sie tagsüber da ist und ein Mittagessen auf dem Tisch steht, wenn die Kinder von der Schule heimkommen. Nachdem Herman eine Stelle in einer Bibliothek angenommen hat, finden sie eine etwas größere Wohnung mit einer Loggia, wie Lena gerne betont. In meinem Kopf das hartnäckige Bild von Ali mit einem Papagei, zu dem ich aber die Geschichte vergessen habe. Weiß nur noch, dass er sich ständig wiederholt hat, aber das ist wahrscheinlich eine Zuschreibung. Außerdem weiß ich, dass Ali irgendwann von ihm gebissen wurde, sie hat mir die Narbe am Finger gezeigt. Ich erinnere mich, dass die Narbe immer ganz rot wurde, wenn sie Äpfel rüstete.

Die anderen versuchen, mir den Papagei auszureden, sie sagen, es hätte nie einen gegeben, und die Narbe hätte Ali von einem kleinen Unfall an der Charcuterie-Theke davongetragen, aber ich bestehe darauf. Was habe ich außerdem damit am Hut, ob es diesen Vogel wirklich gab oder nicht? Für mich steht fest, es gab die Schildkröte, die in der Wohnung rumkroch, es gab auch die Meerschweinchen, die vom Balkon gesprungen sind und danach unverletzt vor der Haustür warteten, und es gab den Papagei. Es passt einfach gut. Ich sehe klar vor mir, wie er auf Alis Schulter sitzt. Wie sie mit ihm durchs Wohnzimmer geht. Sie füttert ihn mit halbierten Trauben und versucht, ihm einen Spruch beizubringen, einen Kalauer, aber nur, wenn sonst niemand zu Hause ist. Es soll wirken, als hätte er ihn aufgeschnappt.

Ein paar unterhaltsame Tiere gehören für Ali zu einer Kleinfamilie dazu. Wenn alle außer Haus sind und sie die Wohnung putzt, will sie zumindest jemanden zum Reden haben, ich glaube, es sollten noch ein paar Sittiche dazukommen, weil die singen und also irgendwie antworten im Gegensatz zur Schildkröte. Ich denke an Alis letzte Blockwohnung, in der sie, solange ich mich erinnern kann, ganz allein wohnte, diese eigenartige Wohnform, die ganz eigenen Regeln für das Leben im Block, so dicht aufeinander, so hellhörig die Wände. Unter den allesamt verwitweten Nachbarinnen die Freundlichkeiten, Rücksichtnahme, die Hilfestellungen in Sachen Wasserflaschentragen, Briefkastenleeren und Abtauschen der Waschtage. Dass alle alle kennen, aber nie jemand zu Besuch kommt. Ich glaube, dahinter steckte die Einsicht, dass man bis zum Ende des Lebens, Tür an Tür, Balkon an Balkon, irgendwie zusammenwohnen würde. Dass man voreinander nicht fliehen kann und also miteinander auskommen muss. Die Bewohnerinnen von Alis Block verhielten sich zwar zuvorkommend, bisweilen sogar fürsorglich, die Höflichkeitsgrenze des Sie oder die Türschwelle einer fremden Wohnung wurden jedoch nie überschritten. Distanzierte Privatheit, darauf zählten die Nachbarinnen und auf den Grundsatz, es kommt im Leben alles einmal zurück. Alles.

Der Block ist verloren, ich habe keinen Zutritt mehr, und es ist schmerzhaft, dass die Bilder mit der Zeit verschwimmen, dass Ali mir keine Geschichten mehr erzählt und dass nichts Neues dazukommen kann. Aber tröstlich ist die Gewissheit, dass etwas bleibt. Augenblicke. Eigenarten. Bewunderung. Vieles, das ich noch nicht verstehe und noch immer von Ali lernen kann.

Ich übe mich darin, in den Erinnerungen und Gedankenblitzen, in denen sie auftaucht, nicht mehr den Schrecken des Fehlens zu sehen, sondern ihre Anwesenheit, etwas Warmes. Ein Gefühl des Nichtalleinseins. Ali ist ja überall, begegnet mir beim Wandern, in den blühenden Bäumen und bei jedem Teller Spaghetti, in Städtenamen und Knotenpunkten des öffentlichen Verkehrs. Morgens in Olten, wenn ich zur Uni fahre. In Olten müssen wir dann umsteigen, sagt sie. Ich weiß doch längst.

Wenn sie morgens nicht zusteigt, fehlt sie mir zwar, aber es muss nichts heißen, vielleicht ist sie ja heute woanders hingefahren, nach Arth-Goldau, um die Rehe zu füttern und die Frischlinge. Oder sie spielt wieder einmal Sich-nicht-kennen, und ich sehe sie bloß nicht. Oder sie sitzt auf einer Bank in der Bretagne, stützt das Kinn auf den Stock und schaut auf die Wellen hinaus.

es beginnt von vorn

Ich bin auf sie hereingefallen, denke ich nach dem Durchsehen meiner Notizen, alles ist so lieblich geworden, so problemlos. Ich kann mir gar nichts anderes vorstellen als die schönen Zeiten, die positiven Wendungen, ohne das Elend davor, die Momente, in denen alles gut zu sein oder zu werden schien. In denen vielleicht wirklich alles gut ging und wurde. Den Dreck sehe ich nicht, den Staub und die giftigen Dämpfe der Chemikalien, es fällt mir schwer, sie zu erfinden, auch den Lärm, dem Ali ausgesetzt gewesen sein muss, die Armut, den sozialen Kampf und überhaupt das, was wir heute die Doppelbelastung arbeitstätiger Mütter nennen. Ali hat es geschafft, mir eine von Problemen, Arbeit und Geldnot freie Lebensgeschichte weiszumachen. Wenn in ihren Geschichten die Pflege ihres Mannes oder ihrer Mutter auftauchen, dann nur so am Rande, dass sie gleich wieder vergessen werden, geht es um Arbeit, dann eher als Spiel, als etwas Nebensächliches oder etwas, das man überlisten kann. Das Fließband als der Ort, an dem sie ausreichend Zeit hat, mit ihren Freundinnen zu plaudern. Was Ali gern erzählt, sind die schönen Dinge und alles, was lustig ist. An das Herumschlittern auf dem zugefrorenen Zürichsee kann ich mich so gut erinnern, als wäre ich selber dabei gewesen, damals vor über fünfzig Jahren. Und fast kann ich sie kichern hören, dass es wieder mal klappt, wenn die Kinder Heiligabend vom Spaziergang mit Herman heimkommen und der Christbaum hell erleuchtet im Wohnzimmer steht, dass Emil und Lena darauf reinfallen, wenn Ali sich schlafend stellt, als hätte sie den ganzen Nachmittag verschlafen, während das Christkind höchstpersönlich die Arbeit verrichtet habe. Obwohl, da muss sie sich das Kichern ja verkneifen. Ich sehe sie beim Jassen, beim Reisen, beim Festefeiern, ich sehe sie immer von Leuten umgeben. Ich weiß, dass da noch ganz viel anderes gewesen sein muss, und etwas in mir sagt, dass ich es hätte finden müssen, ausgraben und aufschreiben, all das Wüste und Traurige und Strenge eines Frauenlebens, einer Arbeiterin. Aber wenn Ali gar nichts daran lag, wenn sie es uns nicht hat finden lassen wollen? Ich habe all das, was sie mir erzählt hat, was sie mochte, was ihr gefallen hat, das wohl auch, worauf sie stolz war, die Momente, in denen sie den für sie vorgezeichneten Weg verließ, in denen sie getrickst und gewonnen hat. Alles, was keine Freude machte, war für Ali ohnehin belanglos.

Lena und ich sortieren die Fotos aus Alis Kiste. Ich teile die losen Bilder in Jahrzehnte ein. Dabei fällt mir auch das Hochzeitsfoto wieder in die Hände. Dieses Mal erkenne ich es sofort, obwohl es ganz anders aussieht als in meiner Erinnerung. Der Hintergrund ist weiß, Ali und Herman stehen auf einem wild geblümten Teppich, und der Stuhl steht im Hintergrund. Beide in Schwarz, beide haben eine weiße Nelke am Revers. Ali hält zudem einen Strauß Nelken und hat zwei komische weiße Dutte seitlich am Kopf, eine Art Brautschmuck wahrscheinlich, ich erkenne nicht wirklich, was es ist. Herman hält seinen Hut in der Linken und blickt ernst in die Kamera, während ihr Gesichtsausdruck schwer zu deuten ist. Auf einem weiteren Bild sitzt Ali doch, und dahinter stehen die Trauzeugen neben Herman, der genauso aussieht wie auf dem ersten Bild, als hätte er es extra gemacht.

Du interessierst dich doch für England, sagt Lena und hält mir ein Bild hin.

In der Mitte steht ein Weihnachtsmann mit angeklebtem Bart, links und rechts je zwei Frauen. Ich erkenne Ali nur, weil sie die Einzige mit Brille ist. Sie steckt in einem Ungetüm von Pelzmantel mit breiten Ärmeln, ein witziges Bild. Auf der Rückseite steht in ihrer krakeligen Schrift *England 1950* und darunter *Hildi, Ali im Opossummantel, Rosa + ?*. Opossum tatsächlich. Ich krame weiter und finde auch noch ein Bild von Victor, ebenfalls säuberlich beschriftet. Es stimmt also alles, ich fühle mich seltsam beruhigt.

Unter den Fotos liegen Alis Zeugnisse aus der Mädchenschule von 1938 und zuunterst ein kleines graues Heft, *Certificate of Registration*. Angemeldet an der *Eton Avenue*, Stempel der Dienststelle *Piccadilly Place*, aber auf der dritten Seite wechseln die Stempel, und wenn ich die Schrift richtig entziffere, steht da *Permission granted for resident domestic work, 81 Dorchester Court, Herne Hill for a period of 3 months.*

Aber das ist ja ganz woanders, als Ali gesagt hat, weißt du was davon?

Die Kiste war doch die ganze Zeit hier, sagt Lena, warum hast du sie nicht durchsucht, als du Ali noch hättest fragen können?

Ich weiß es nicht.

Mein Lieblingsbild ist in einer gekachelten Küche aufgenommen, es könnte aus den Sechzigern sein, ein mir unbekannter Mann über den Abwaschtrog gebeugt, neben ihm eine Frau und Ali, die gerade ein Nudelsieb abtrocknet. Beide drehen den Kopf über die Schulter zu der Person, die fotografiert, Herman wahrscheinlich. Sie lachen, nicht so, wie man in eine Kamera lacht, sie lachen so richtig. Das ist die Situation, in die ich mich hineinzaubern würde, wäre ich denn eine Hexe.

Meike kommt ins Wohnzimmer und beugt sich über die Fotos, die ich um mich herum ausgelegt habe. Gestern habe ich meine Aufzeichnungen durchgesehen, sagt sie, die Geschichte mit der Fähre ist echt so typisch.

Du hast Aufzeichnungen gemacht, frage ich, was mit der Fähre?

Was sie ganz am Schluss noch erzählt hat.

Da war ich nicht dabei.

Doch warst du, ich kann mich erinnern.

Nein, bestimmt nicht, was ist das für eine Geschichte?

Na, Ali war auf der Fähre nach London und stand an einem Bullauge, da habe einer zu ihr gesagt, schauen Sie bloß nicht raus, sonst werden sie seekrank. Ali hat geantwortet, das wollen Sie ausgerechnet wissen, wovon ich seekrank werde. Das Nächste, woran sie sich erinnerte, war, dass sie auf dem Deck lag und ihr jemand ein Fläschchen Riechsalz unter die Nase hielt.

Davon habe ich noch nie gehört.

Darüber hat sie noch gelacht, sagt Meike.

Klingt wirklich ganz nach ihr.

Am Nachmittag besuche ich Alis Grab zum ersten Mal. Es ist etwa ein Jahr her, seit wir den Tontopf mit ihrer Asche begraben haben. Es ist wieder Frühling geworden. Die andern haben sich längst gewundert, warum ich noch nie hier war, aber ich konnte es nicht, auch wenn ich oft in der Nähe war. Von unserem Elternhaus ist es ein Katzensprung, keine fünf Minuten zu Fuß, aber das Grab eines Menschen zu besuchen, geht mit dem Eingeständnis einher, dass dieser Mensch tot ist, unwiederbringlich fort. Dieses Eingeständnis zu machen, war ich nicht bereit. In manchen Momenten ist es mir noch immer eine persönliche Beleidigung, dass der Tod sich erlaubt hat, Ali von uns zu trennen. Aber jetzt gerade freue ich mich, mir das alles anzusehen, die vielen Steine auf ihrem Grab oder ebendort, wo wir die Urne eingegraben haben. Freuen ist vielleicht das falsche Wort, aber es ist gut, dass Ali einen Ort hat, an dem wir sie besuchen können, und dass ich ihr von meinen Reisen noch immer Steine mitbringen kann, wie es früher unsere Abmachung war, wenn ich verreiste. Mitgebracht werden mussten die Fotos, ein schöner Stein und eine Portion Nougat oder Torrone oder Turrón. Im Rucksack trage ich die Steinsammlung eines ganzen Jahres den Hügel hoch, ich habe sie an den verschiedensten Orten gesammelt, und es sind wieder einmal viel zu viele. So ist es seit jeher, Ali wollte nur einen einzigen Stein mitgebracht bekommen, und ich habe ihr immer einen ganzen Beutel vollgepackt und angeschleppt, Steinmassen, mit denen sie in ihrer Wohnung nichts anzufangen wusste. Sie suchte sich den schönsten Stein aus, die restlichen schmissen wir zusammen in den Kanal.

Ich muss an das Bild denken, das Lena vor bald zwanzig Jahren für mich gemalt hat, als ich in der ersten Klasse meine Freundin verlor. Es zeigt den kleinen Prinzen auf einem Stein sitzend, und darunter steht dieser Spruch: *und wenn du dich getröstet hast ...* Damals kam es mir zynisch vor, denn ich war untröstlich. All das war falsch, falsch eingerichtet. Und jetzt? Jetzt lege ich Steine auf einen Haufen, sie sind klein, rutschen in die Spalten und verschwinden. Ich denke an Tanjas Karte, die sie mir nach Alis Tod gab, *Freundschaft ist unleugbar alles, was uns bleibt*, hatte sie darauf geschrieben, und das ist vielleicht dasselbe, aber so, wie ich es verstehen kann. Es ist nicht falschgelaufen, auch wenn es noch lange wehtun wird; ich kann froh sein, Ali gekannt zu haben. Sie ist alt geworden, sehr alt, und dann ist sie gegangen, langsam, als würde sie noch einmal zurückwinken, wie sie es immer gemacht hat, wenn sie ging. Bis man sich wiedersieht. Ich betrachte die Berge in der Ferne und bekenne, dass Ali tot ist, dass wir sie nunmehr in uns selbst finden müssen und in allem um uns herum. Ali hat nichts bereut, dann sollte ich wohl auch nichts bereuen. Unsere Freundschaft ist unleugbar, sage ich, und das bringt mich zum Weinen, Tropfen auf dem Steinhaufen, wie der Sturm vor einem Jahr, jetzt findet er in mir drin statt. Ich blicke auf den See hinunter, auf Zürich und Rapperswil, auf das Land, das sich Ali zu einem Zuhause gemacht hat und damit auch uns. Du bist nicht allein, hat Tobi gesagt. Bald wachsen hier Schlüsselblumen.

Bilder im Kopf

Es ist dunkel, die Straßenlaternen brennen nicht mehr oder noch nicht. Es macht nichts, sie kennt den Weg auswendig. Alis Schritte sind schnell und hallen auf dem Pflaster. Der Weg steigt steil an, denn die Fabrik ist oben am Berg gebaut, die Arbeiterhäuser unten. Sie ist allein und doch nicht allein, sie kann nicht die Einzige sein, die gerade auf dem Arbeitsweg ist, Schichten sind Schichten. Ali summt ein Lied, *Only the lonely* von Roy Orbison vielleicht, mehr inwärts als nach außen, summt für sich ein Lied auf dem Arbeitsweg, hat es im Radio gehört und es sich ins Ohr gesetzt. Oder sie pfeift, *Morgens um sieben*, das auch im Radio gehört, aber pfeifen gehört sich nicht für Frauen. Sieht mich ja keiner, denkt Ali, schmunzelt und kann drum kurz nicht weiterpfeifen. Der Arbeitsweg gehört ihr allein.

Die Dunkelheit stört sie nicht, sie mag das Eintauchen, die versprengten Sterne am Himmel, und sie mag es, zu wissen, dass das eine Phase ist, bevor eine Sonne aufgeht und ein Tag anbricht. Sie ist froh, jetzt noch diese kühle Nachtluft atmen zu können. Nachher geht es ins Labor, wo die Luft schlecht ist, beißend und sauer, dass einem schummrig werden könnte, wäre man nicht daran gewöhnt. Im Labor ist es noch dunkler als hier draußen, weil das Entwickeln von Filmen zu Negativen eine Arbeit ist, die immer wieder für längere Zeit die *absolute Abwesenheit von Licht erfordert*, wie es auf einem Zettel an der Tür heißt. Rauchen ist in dem Labor darum verboten. Aber Ali raucht sowieso fast nie.

Sie schlüpft in den Mantel, ein blauer Mantel aus dickem, solidem Tuch, fast so blau wie ein Mechanikerkittel, sie hängt ihre Kleider an den Haken. Sie ist früh, es ist noch fast niemand in der Umkleide. Sie stempelt ihre Karte ein, geht durch den langen Flur bis zum kleinen schwarzen Raum, legt die eingegangenen Filmkapseln in einer langen Reihe auf den Tisch, zu jeder Kapsel kommt eine Spule, dazu die schwarzen Schraubcontainer mit Deckel. Es muss sich anschließend zurechtgefunden werden in der Dunkelheit, in der nicht einmal das Rotfilterlicht brennen darf. Sie knipst das Licht aus und beginnt, nacheinander die Filmkapseln aufzubrechen, vorsichtig, um sich am Alu nicht zu schneiden. Wie Käfer knacken die Kapseln zwischen ihren Fingern, bevor sie blind die lange Lichtbildschlange herauszieht. Ali mag die Arbeit irgendwie, sie bedarf der Präzision, es dürfen keine Knitter oder Kratzer entstehen. Die Schlange wird auf die Spule gerollt, die Hände drehen sich versetzt zueinander und treiben so den klickenden Mechanismus an, durch den die Spule das Band einzieht. Jede fertige Spule setzt Ali in einen schwarzen Container, befestigt sie und schließt sie lichtdicht ab. Lichtdicht, für die absolute Abwesenheit von Licht, denkt sie. Wenn alle Spulen eingeschlossen sind, drückt sie auf den Schalter, immer ein bisschen nervös, ob ihr auch wirklich kein Fehler unterlaufen ist. Das kleinste bisschen Licht zerstört alle Aufnahmen auf dem Film, löscht sie aus ins Weiß. Eine Reaktion, die durch nichts rückgängig zu machen ist.

Ali mischt die nötige Menge Entwickler, schaltet das Licht wieder aus, füllt die Container, schließt sie, immer die Uhr im Blick, schüttelt die einzelnen Behälter, entleert sie und füllt Stopper ein, schüttelt, entleert und kippt Fixierer dazu, schüttelt, leert und wässert zum Schluss alle Spulen. Dann macht sie Pause. Im Pausenraum ist nicht viel los zu dieser Stunde, ein paar Männer sitzen am langen Tisch und rauchen. Ali setzt sich, isst ein Brot. Die Pause ist die Einleitung von Alis Lieblingsmoment auf der Arbeit, das Entspinnen der Geschichten. Sie zieht die Filme aus den Spulen und hängt sie im Trocknungskasten auf, holt sie kurz darauf wieder heraus, Hunderte von Bildern hält sie in den Händen, alle dunkelhellverkehrtherum, lässt sie durch die Finger gleiten, die verkehrte Welt, Häuser, hellgraue Landschaften vor schwarzen Himmeln, dunkle Gesichter über weißen Anzugswesten, Familienporträts, Ferien am Strand. Geschichten, die Ali durch den Kopf ziehen lässt, in Sekundenschnelle beim Abreiben der Negativstreifen. Dann setzt sie sich an den Arbeitstisch und schneidet die Schlangen in kurze Streifen zu je vier Bildern, hat jetzt ein bisschen Zeit, sich die fremden Aufnahmen genauer anzuschauen. Sie beschriftet die Taschen und legt die Negative hinein, dann kommt alles in eine Kiste und die Kiste ins Entwicklungslabor. Es ist Schichtwechsel, Ali begrüßt ihre Kolleginnen und stempelt aus. Die Vögel singen in der Morgendämmerung. Ali geht schnell, denn die Tage sind kurz.

Dank

Ich danke meiner Familie für die Unterstützung, allen voran Eva und Thomas, dass sie mich haben machen lassen, auch dann, wenn sie nicht einverstanden waren.

Jos Botsma, erster Leser, Vertrauter und Freund.

Ich danke Ruth Schweikert, die mir den Mut gegeben hat, diesen Text zu beginnen.

Friederike Kretzen danke ich für die unersetzliche Begleitung, die Gespräche und die Lektüren.

Ich danke Antje Rávik Strubel und Thorsten Dönges sowie allen Teilnehmer*innen der Autoren*innenwerkstatt Prosa am LCB im Herbst 2017 für die Diskussionen, die ernsthafte Auseinandersetzung und die vielen schönen Momente.

Ich danke Zsuzsanna Gahse und Ulf Stolterfoht für ihre zugeneigten Rückmeldungen ebenso wie Stefan Humbel und Arno Renken für die Bereitschaft, sich immer wieder mit den Alitagen auseinanderzusetzen.

Andreas Paschedag danke ich für das Vertrauen in den Text und die unerschöpfliche Geduld, mit mir jedes Komma zu diskutieren.

Ebenfalls danke ich der Sasso Residency in Vairano, die mir ermöglichte, mit fabelhafter Aussicht ein wenig Durchblick zu erlangen.

Danke für Feedback und Beratung, fürs Da-Sein, für die Morgen, die Abende, die Jahre … Almi, Anna-Lena, Céline, Domi, Katja, Kay, Ladina, Meret, Mirjam, Uli …

Danke, Tinu, der die ganze Zeit mit mir war und jede Seite kennt.

2,50

229